识骨寻踪

看现代骨尔摩斯如何破解死亡悬案

FORENSIC DETECTIVE

HOW I
CRACKED THE WORLD'S
TOUGHEST CASES

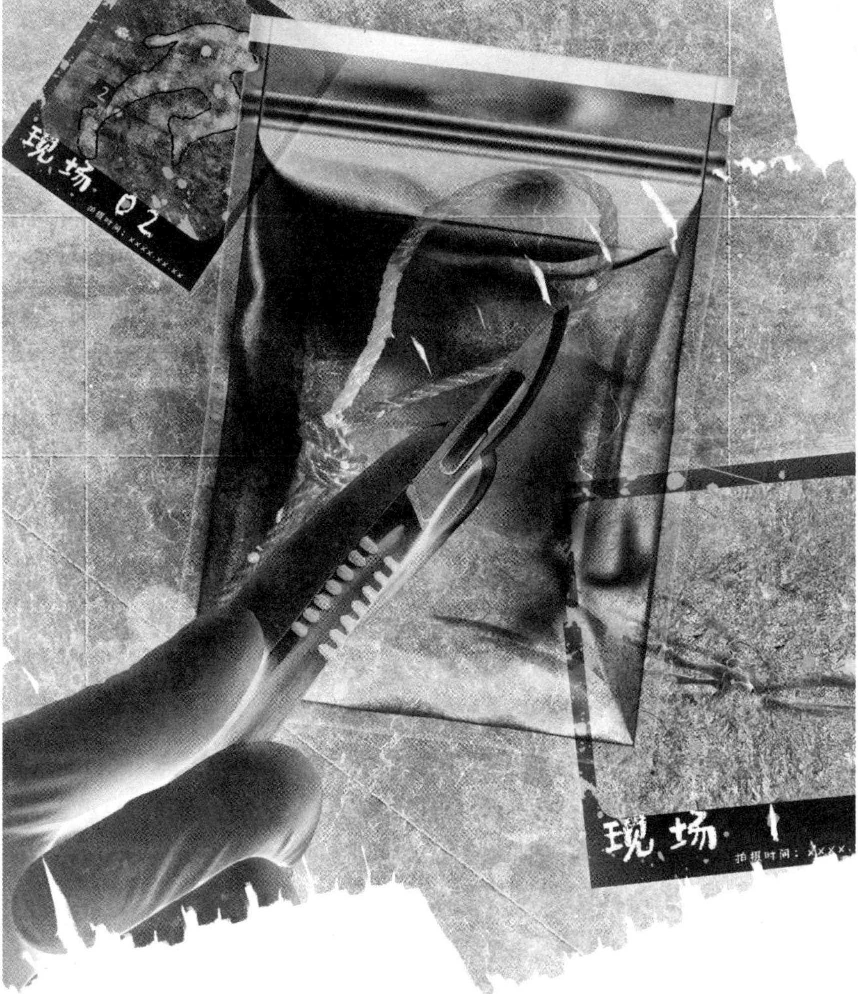

(英) 罗伯特·曼恩 —— 著
(ROBERT MANN, PH.D.)
(英) 米丽安·厄立克·威廉森 —— 著
(MIRYAM EHRLICH WILLIAMSON)
李胜达 译

台海出版社

北京市版权局著作合同登记号 01-2021-5625

FORENSIC DETECTIVE By Robert Mann,Ph.D. and Miryam Ehrlich Williamson

图书在版编目（CIP）数据

识骨寻踪：看现代骨尔摩斯如何破解死亡悬案 /（英）罗伯特·曼恩，（英）米丽安·厄立克·威廉森著；李胜达译. -- 北京：台海出版社，2022.7

书名原文：FORENSIC DETECTIVE

ISBN 978-7-5168-3303-2

Ⅰ. ①识… Ⅱ. ①罗… ②米… ③李… Ⅲ. ①长篇小说－英国－现代 Ⅳ. ① I561.45

中国版本图书馆 CIP 数据核字（2022）第 078110 号

识骨寻踪：看现代骨尔摩斯如何破解死亡悬案

著　　者：（英）罗伯特•曼恩　（英）米丽安•厄立克•威廉森
译　　者：李胜达

出 版 人：蔡　旭　　责任编辑：王　艳
封面设计：有点态度设计有限公司　　策划编辑：杨诗文

出版发行：台海出版社
地　　址：北京市东城区景山东街 20 号　　邮政编码：100009
电　　话：010-64041652（发行，邮购）
传　　真：010-84045799（总编室）
网　　址：www.taimeng.org.cn/thcbs/default.htm
E - mail：thcbs@126.com

经　　销：全国各地新华书店
印　　刷：三河市天润建兴印务有限公司
本书如有破损、缺页、装订错误，请与本社联系调换

开　　本：680 毫米 ×955 毫米　　1/16
字　　数：175 千字　　印　　张：14.5
版　　次：2022 年 7 月第 1 版　　印　　次：2022 年 7 月第 1 次印刷
书　　号：ISBN 978-7-5168-3303-2

定　　价：49.80 元

本书献给比尔·巴斯博士和道格·奥兹里博士，

是他们为我引燃了导火线。

R. W. M.

目录

|前　言|

各位即将读到的故事都是真实事件。虽然，为保护当事者，某些故事里的名字被修改过，但是故事本身并非虚构。这些故事出自一位高中肄业生的工作经历，同时他也是 20 世纪 60 年代的嬉皮士，后来成为史密森尼博物馆的人类学研究者，并在世界著名的法医骨骼鉴定实验室担任副科学官。我将带领各位走一趟穿过他国丛林的旅程，让各位经历一场鉴定某个连环杀人犯受害者骸骨的冒险，并且教各位如何通过观察一个人的骨头和牙齿读出此人的生命历程。读者将学习到如何通过一位法医人类学者——一位骨头侦探的眼睛来观察犯罪现场，你将接触到杀人犯、木乃伊，以及搜寻美国作战失踪军人。这是一趟迷人的旅程，充满了阴谋、悬疑以及当谜团终于真相大白后的畅快。

大家传统印象中的人类学者，是一群满脸胡须、戴着眼镜的教授，在埃及帝王谷中，屈身俯视一口大理石棺木，然而，现在这个观念已经落伍了。当然，在我们之间还是有些人会留胡须戴眼镜，埃及研究也仍在人类学界扮演着重要角色，但是这门学科早已拓展到了许多惊人的领域，其中包括鉴定连环杀人犯受害者和飞机失事罹难者的身份。假如法医人类学在 1888

年就已存在，科学家可能早就从开膛手杰克的受害者身上，找出了许多重要线索，甚至可以鉴定出凶手所使用的刀子的种类。

尽管可能没有刻意去关注，但是我们都曾在报纸和杂志上看到过法医人类学的身影。过去 10 年里，出现了一种新的文学类型，叫作“法医小说”。1995 年的辛普森案，2001 年发生在纽约世贸中心和五角大楼的“9·11 恐怖袭击事件”，激起了大众对法医鉴定的兴趣，其疯狂程度到了每周都有上千万美国电视观众收看《犯罪现场调查》（*CSI*）、《铁证悬案》（*Cold Case*）与《海军罪案调查处》（*Navy NCIS*）之类的节目。而法庭电视台（Court TV）每天播出的《美国法医档案》（*Forensic Files*）电视影集一直在播送。

在一些著名的鉴定案件上，如鉴定无名英雄墓地的骸骨，杰西·詹姆斯和野蛮的比尔·朗利[①]这两个美国不法之徒的遗骸，人类学者都扮演着关键角色。我们也曾协助鉴定恶名昭彰的连环杀人犯杰弗里·达摩的受害者身份，还有更近期的肯德尔·弗朗索瓦一案。弗朗索瓦最终承认在纽约州达奇斯郡杀害了 8 名女性。我们的专长领域包括鉴定任何曾经被敲打、击破、捣碎或焚烧过的人类骨头碎片。优秀的法医科学家甚至有办法鉴定被木屑机绞碎的骸骨的身份。相较于检察官偶尔会在尸体未寻获的情况下提出杀人起诉，人类学者必须取得骨头或牙齿才能进行工作，即使只有一块骨头也行。

美军有个单位负责搜寻、挖掘与鉴定美国作战失踪军人，这个单位的历史可一路追溯到第二次世界大战。20 世纪 40 年代初，它被称作“中央鉴定单位”（Central Identification Unit），后来在越战期间改名为“联合人员搜索中心”（Joint Personnel Recovery Center）。越战结束后，该中心搬到泰国并改名为“CIL–THAI”。1976 年又搬到夏威夷，改名为“CILHI”，两

① 这两个人都是 19 世纪美国中西部著名的抢劫杀人犯。

者的字尾“THAI”和“HI”都代表了该单位的所在地；最后，在2003年成为美军的联合单位之后，改名为“JPAC（CIL）”[①]。尽管这个单位曾拥有各种不同的称呼，地点也多次变迁，但它的任务从未改变。在本书中，我将统一称呼该单位为“中央鉴定实验室”，由于是美军战俘/战斗失踪人员联合核查司令部的科学部门，故仍维持此名称。

中央鉴定实验室设立于夏威夷的瓦胡岛，濒临珍珠港。该单位400多名工作人员中，有30位是法医人类学者。我们以团队合作的方式，搜寻、挖掘与鉴定在各个战争中阵亡或失踪的美军人员，其中最久远的战争甚至可以追溯到1812年的战争[②]。有些著名案件也曾拜托法医人类学者前去担任顾问，例如寻找俄国末代皇室成员安娜塔西亚以及调查山姆·谢泼德谋杀案（此案因被拍成电影和电视影集《亡命天涯》而闻名）等。法医人类学者也曾协助鉴定重大灾难的罹难者身份，其中包括纽约世贸中心双子星大楼与五角大楼的恐怖袭击事件，以及联航93号航班在宾夕法尼亚州尚克斯维尔市的坠机事故。我们也曾为菲律宾的一桩恐怖案件提供证据，以及为2004年12月的海啸灾难提供协助。由于法医人类学者具备各种不同寻常的技能，因此其成为警方侦办许多须寻找或辨识遗体的重大案件中所不可或缺的一部分，尤其是那些已死亡很长时间的尸体和化为枯骨的遗骸。整个办案过程，骨头侦探都参与其中——我们搜寻被埋藏的尸体，鉴定其身份，然后调查出他们的死因和死亡时间。我相信读者将会一边阅读一边惊叹，法医人类学者竟然能通过观察骨头（即使只是一些破碎的骨头）获得这么多关于死者生前的信息。这些在课堂中习得而后在田野与实验室中臻至完美的技术，在其他医学或

① 指隶属于美军战俘/战斗失踪人员联合核查司令部（Joint POW/MIA Accounting Command）下的中央鉴定实验室（Central Identification Laboratory）。

② 1812年，美国因有意兼并当时还是英国殖民地的加拿大而向英国发动的战争。

法律领域中都不曾出现过。一般说来，当警方必须寻找遭到掩埋的遗体或鉴定无名尸骨时，最后才被找去提供协助的法医人类学者，极有可能是社会大众最后的希望。

包括搜集证据、调查犯罪现场和处理尸体等大部分的专业领域，都设有鉴定委员会，确保每位专业人士都能达到并维持该领域的特定标准。例如求诊时，我们看到挂在诊所墙上的专业证照和学位证书，便会感到安心。医生由美国外科医学委员会负责鉴定，牙医师则由美国牙科法医学委员会鉴定。至于我们这些为警方、法医与联邦调查局处理人类骸骨的人，则由美国法医人类学委员会鉴定。若想参加委员会的法医人类学鉴定考试，必须具有人体人类学（physical anthropology，专门研究骨骼）的博士学位，还要有协助执法单位处理骨头相关案件长达 3 年的经验。此外，有意者还必须参加一场 4 小时的笔试，外加另一场 4 小时的实务操作测验。

如同我人生中经历的许多事情，我参加委员会考试的过程与大部分人有点不同，步调也比别人慢。我直到 51 岁才拿到博士学位，并在 4 年后（2005 年）才通过委员会的鉴定考试，并且开启了这本书的撰写工作。

然而，为了参加 2005 年 2 月这两场考试，我花了好几个月的时间准备。单就这一点而言，我确信我与其他同事毫无差异。首先我阅读所有能拿到手的参考书籍和期刊文章，这项工作耗费了 4 个月的时间与大量的止痛药。虽然我在实验室与田野中从事有关骨骼的工作已经超过 20 年，实务操作技术也较为纯熟，但我还是花了一个星期在史密森尼博物馆稍微复习了一下。最后，一切付出终于有了回报，我成为美国法医人类学委员会第 71 名取得证照的人。

我的同事常常开玩笑地说，照理来说，我们的博士学位考试应该是我们最后一次需要参加的考试。但在法医界，证照会增加一位专家证人在法庭上的公信力。一旦成为证照持有者，就代表你已经处于法医人类学领域中最崇高的地位——唯有如此，你才算真正通过最终的考验。

由于大部分的人没有机会或者也不想观察各种腐败与残缺不一的人类遗体，因此我决定记录一些过去20年来我碰到的较为有趣的案例。本书能让读者身临其境，好似跟在侦办重大案件的探员身边，但不用戴上外科手术口罩或手套，也不需要努力压抑腐尸味所引起的反胃感，甚至也不必离开舒适温暖的家。每起案件就像历史的缩影，展现了鉴定遗体方面的信息和技术。更重要的是，这些令人着迷的案件，反映了从英雄主义到杀人倾向的各种人性。听闻或目睹过这些人性的人着实不多，能够亲身经历的人更是少之又少。

第一章 破碎的线索

——杰弗里·达摩的第一个受害者

我本来应该去读大学，然后从事房地产工作，接着帮自己买个水族箱，这才是我原本应该做的事。

——杰弗里·达摩

1978年6月21日凌晨3点，当俄亥俄州巴斯镇的警察拦下那辆车时，他们还以为遇到了一个醉驾司机。那天是夏至，也就是一年当中白昼最长、黑夜最短的日子。在逐渐露出曙光的夜空下，警察命令那名金发、戴眼镜的年轻驾驶员走出车外，并对他进行酒精测试。他通过了测试。其中一名警察将手电筒照向车内，发现后座上放着两包垃圾袋，问："袋子里面是什么？"

那个年轻人表示袋子里面装的是他忘记拿到垃圾场去丢的旧垃圾，警察向他开了一张跨越马路中线的罚单，然后就把他放行了。"简直把我吓个半死。"杰弗里·达摩日后对联邦调查局侦讯员说。

假如当年那些警察有察觉到腐尸气味的话，那么达摩或许就不会像今天一样被认为是史上最邪恶的人之一。诱奸者、杀人犯、恋尸癖、食人魔——这些名号达摩全部包揽。他的罪行将于这次事件的13年后，在他正打算执行第18次杀人计划时被揭露，而他也非常乐意将一切和盘托出。

"我真的不敢相信，还以为我在做梦，所以就把车开回家了。"达摩这样述说他在那年 6 月那个夜晚的遭遇。根据传说，夏至那天，光明杀了他的黑暗兄弟，黑暗坠入地狱后，直到冬至再回到地面上杀死光明。1978 年的那晚，达摩执行了这个传说的前半部。而另一人将在 16 年后完成这个循环。

在他 19 岁生日的前四天，史蒂夫·希克斯在一场摇滚演唱会结束后打算搭便车前往女友家,他刚好坐上了杰弗里·达摩的车。那天是6月 18 日，达摩才刚高中毕业没几天。达摩的父母正在闹离婚。两人对于达摩弟弟的监护权应该归谁僵持不下，却没有人关心这个年长儿子的未来。达摩的父亲已经搬离他们位于俄亥俄州亚克朗市附近中产阶级社区的家；达摩的母亲和弟弟去拜访威斯康星州的亲戚，留下达摩独守家门。生着一头棕发且有着迷人笑容的希克斯，接受了前往达摩家喝上几罐啤酒的邀请，本以为接下来达摩就会开车载他去找他的女友。然而达摩可没这种打算。

在 1992 年 8 月 13 日一位联邦调查局特别探员的侦讯中，达摩说他和父母与弟弟维持着一种“还不错、蛮平常”的关系。他父亲是一位具有博士学位的化学研究员。他母亲的精神状况不佳。达摩告诉调查员他对于自己的出生充满罪恶感，因为他母亲曾对他说，生下他后就出现精神衰弱的情况。在他成长的过程中,他父母显然将全部的注意力集中于婚姻问题上，所以大部分时候是让达摩自生自灭。他们似乎也不曾担心小达摩对动物尸体表现出的强烈兴趣，他会把死去的动物带回家，解剖和移除他们的肉，然后保存骨骼。庭院里的棍子上插着死亡动物的头颅。尽管小达摩并非有意如此，但他已经在为日后骇人的杀人做准备了。当他处理猫狗和老鼠的尸体时，我很想知道他是否想象过，有一天他将会对人类施展同样的手法。16 岁时，达摩会对同性进行一些性幻想，会想象自己完全控制住对方。他后来向联邦调查局侦讯员讲述过，这些想法困扰着他，所以高中时他便用酒精来麻痹自己。

希克斯站在马路边，伸出他的大拇指，这提供给达摩一个无法拒绝的机会，他俩一起喝了 12 瓶啤酒。然而当希克斯请达摩载他去女友家时，达摩愤怒不已。日后他告诉调查员，“我只是不希望他离开而已。”当希克斯坐在房间的椅子上时，达摩用一根 8 英寸（约 0.2 米）长的杠铃，对着这个年轻人的后脑勺敲了两下，然后勒死了他。在知道希克斯已经死亡之后，达摩把尸体拖到房子底下，将它分割后，放进垃圾袋里，接着把袋子塞进后院的排水管中。3 天之后，由于担心狗会受到气味的吸引而把尸体挖出来，他把袋子放进车子里，接下来就是碰上警察的那段遭遇。

死里逃生的惊吓之余，达摩把车子开回家，开始将希克斯的骸骨敲碎，再把碎片撒到屋子后面的树林里。

根据我自己将尸体的肉从骨头上去除的经验，我非常肯定，在夏天的高温下，即使只放置了几天时间的尸体也会变得难以处理。尽管如此，达摩却还是能够在半天之内就完成这项工作。多年之后，当向警方描述他在密尔沃基所犯下的谋杀案时，达摩也提到了希克斯的这段故事。他只说出希克斯的名字，并表示自己已经彻底摧毁尸骨，无人能够再寻找了。

但是他错了，虽然你可以把一个蓝白色的瓷盘敲成上百个碎片，但你还是能够辨认出那是一个碎掉的蓝白色瓷盘。虽然你可以把骨头敲碎并到处乱撒，但你还是没有办法毁掉它们成为证据的价值。达摩对史蒂夫·希克斯的骨头所做的事，跟一架飞机坠毁时骨头会发生的事情是一样的，或者退一步来说，跟一颗子弹穿过人类颅骨时会发生的事情是一样的。身为法医人类学者，我的工作就是将骨头碎片拼凑回去，并鉴定出那些骨头所代表的最有可能的身份。当史蒂夫 · 希克斯的骨头被送到设于华盛顿的史密森尼博物馆时，这就是我的工作。当时我正任职于该机构的人体人类学实验室。

从史密森尼博物馆三楼的电梯门口通往人体人类学实验室那条悠长黑暗的走廊两旁，陈列着一整排柜子，每个柜子里都存放着人类遗骸。史密森尼博物馆收藏有 3000 具左右的骸骨。当中有些骸骨已经鉴定出身份，有些则还没有。绝大部分的骸骨都是史密森尼的科学家在那个管制掘墓行为较为松散的探险年代搜集而来的。我还记得一位人类学者叙述他每晚沿着育空河流域，顺流而下搜寻墓穴的故事，他会尽量搜集骸骨，然后在附近住户的狗追上他之前溜之大吉。长期以来，史密森尼博物馆是一个培育研究人类知识的组织，其中一部分是关于世界各地过去世代的知识。我在那边觉得自己就好像是站在糖果店里的小孩。

史密森尼博物馆的一楼和二楼是开放的，民众可以前来参观该机构的研究成果，并增进对美国历史和文化遗产方面的相关知识的了解，而三楼则禁止入内。你必须想一个充分的理由在警卫室内提出申请，才能参观那个经常被新闻媒体称为“美国阁楼”的地方。即使你拿到了许可证，也必须由一位史密森尼的工作人员用钥匙开启电梯里的通关锁才能来到三楼，而且他会跟着你一起前往实验室，把你交给你的拜访对象。史密森尼博物馆三楼之所以难以进入而且过程谨慎，是有其原因的。在 1936 年美国联邦调查局搬到史密森尼博物馆的对面之后，史密森尼的人类学者就开始协助联邦调查局解决犯罪案件。因此维持博物馆三楼的隐私状态，除了保护那边所收藏的人类遗骸和无价艺术品的安全之外，也是为了保障实验室科学研究的完整性。

1991 年 8 月 16 日，俄亥俄州萨米特郡的验尸官威廉·A. 卡克斯手里拿着一个纸盒，行走在博物馆三楼的黑暗走廊上，盒子里装着一副他希望我们协助鉴定的骸骨。卡克斯博士想知道他带来的骨头是否就是 13 年前被杀害的史蒂夫·希克斯，以及是否有其他人的骨头混在其中。

我于1988年来到该机构，对我而言这是一个圣地，是让我初次接触到法医人类学的赖瑞·安吉尔先前所待过的地方。我在威廉玛丽学院就读大学时，曾参加过一次田野调查，安吉尔博士负责向我们讲解田野概况。他是一个身材矮小、蓄着络腮胡、戴着蝴蝶结的男子，曾被某位杂志作家封为“夏洛克·骨尔摩斯”。他向我们解说通过观察一块人骨可以获得的信息，令我深深着迷。安吉尔博士是名副其实的“骨头侦探”。他已经在史密森尼博物馆的人体人类学实验室工作了许多年，不过他并不是资历最深的。创造纪录的是该实验室的创立者之一T. 戴尔·史都华博士，他在这个实验室兢兢业业地工作了66年。

安吉尔博士去世后，史密森尼博物馆拜托道格·奥兹里来接替他的位置。我和道格是在田纳西大学攻读博士学位时认识的，当时他便带着我一起前往华盛顿。一般而言，史密森尼的人类学者都是因为他们的专攻领域而受到雇用。比如说，奥兹里专攻从18世纪到20世纪初这300年，居住于美国中部平原上的美国原住民。他也曾对美国南北战争的士兵、复活岛上的遗骸、肯尼威克人①以及埋葬在铸铁棺材中的遗体进行过深入研究。他是那种会贪婪地观察和搜集信息的人。道格之所以带我一起前往史密森尼博物馆，是因为看上了我细腻的观察力。遇见道格的那年夏天，我在观察几块腿骨数分钟后就发现了一些切割痕迹，显示这些美国原住民的身体曾在某种仪式上被从关节切割开来去除人肉。而在经过将近10年后，我的视觉天赋便在达摩案上发挥了作用。我和道格组成一个极有效率的工作团队，他可能是我所共事过的科学家中最聪明、最认真和最有天赋的。但是他仍保持着谦卑、温和和忠诚的态度，并且是个好听众。我发现，在面

① Kennewick Man，1996年于美国华盛顿州肯尼威克市发现的古人类遗骸。

对复杂问题时，他的目光会左右逡巡，就好像在观察每一个角度，这让他看起来有如一位职业西洋棋棋士，正步步为营地进攻，准备痛宰他的敌手。

那几年我很快乐，每天总有学不完的事物，对于我在史密森尼博物馆工作这个事实，我也始终感到敬畏不已。这里是所有法医人类学者期盼到达的巅峰，而我刚好就被安顿在安吉尔博士的办公桌。桌子的抽屉里放着一枚费城杰斐逊医学院的橡胶图章——毫无疑问这是他在那边待过的纪念品。我把那枚图章存放在我目前任职的夏威夷中央鉴定实验室的办公桌抽屉里。它提醒我应该将成就归功于这位法医人类学奠基者。

卡克斯博士非常清楚史密森尼的人体人类学实验室有何能耐，他曾与安吉尔博士合作过一些案件。以前卡克斯在中央鉴定实验室完成一名失踪海军士兵的身份鉴定时，便找过安吉尔进行确认。这种复查工作是法医人类学的标准程序：首先由一位科学家进行鉴定，再由另外一位科学家负责确认前者的分析是否具备足够的准确度。这个让安吉尔和卡克斯最初合作的地方，在经过 20 年后，换成我工作的地方。

我在史密森尼博物馆期间，碰过不少挑战极限的案件。我曾挖掘美国东部南北战争时期的墓地，试图重建和诠释过去的历史事件。我曾前往复活岛搜寻线索，好证明或驳斥关于那里实行过食人习俗的传说。还有一次，我前往一个地方墓园去调查某个棺材是否被撬开过。警方从墓碑上的涂鸦和表明某种仪式行为的熔化的蜡烛来判断，怀疑有人在从事破坏行为。他们担心某个教派的成员偷走了一颗人类颅骨去进行祭拜仪式。若果真如此，他们就必须采取搜索行动。要判断是否有人曾经挖开泥土然后再把它填回去掩饰痕迹，是一件非常困难的事。法医人类学者接受过观察泥土中细微变化的训练，比如说大理石般的纹路代表不同的泥土种类曾被混合过，还有譬如绿叶被深埋在地下等异常点，因为埋在土壤中的叶子经过数天后就会变黄。经过这样的分析，结果显示，那具棺材上面的泥土未曾被挖掘。它已经被埋在那里超过了一个世纪之久，没有人动过它。

每件我经手的案子都既独特又令人深深着迷，并让我有机会在田野及实验室中磨炼法医技能。然而，这些经验都无法替我做好迎接那个8月天的心理准备。卡克斯博士的造访，意味着我在史密森尼法医实验室所遇过的最扣人心弦的案件之一即将展开。

实验室大门就好像出自米基·史毕兰的推理小说一样，全是灰色金属和雾面玻璃，与那个地方工作内容的重要性相比，你会对房间的狭小而感到惊讶，它只有大约25英尺（约7.6米）长、20英尺（约6米）宽。房间里灯火通明，与外面的黑暗走廊形成鲜明对比。成排的日光灯高挂在天花板上。桌灯可以在各个鉴定台到处移动，如此一来，科学家就不会错过骨头或牙齿上的所有小细节。为了避免漏看任何重要的东西，像是小凹槽或血管所通过的小孔穴，明亮的灯光是观察骨骼的必备条件。观察骨骼细部很像试图从一枚磨损的硬币上看出模糊的日期：或许你在明亮的环境下可以看出，但却无法在昏暗的客厅里做到。

为了使房间更加明亮，正对着门口的墙面设有一整排挑高的玻璃窗，窗户外面是一个中庭，里面摆放着一切你不会觉得美观的东西。中庭靠近窗户的右手边角落，悬挂着一些骨头样本和一副人类骨骼；有一个看起来像大垃圾桶的空调系统，是整个中庭里最显眼的东西。只要实验室的窗户紧闭，而且有人能不时注意一下自动调温器的话，通常一整年下来都还算舒适。不过在冬天，有时我还是会穿上白色实验袍来保暖。

大部分的地板空间，被四张看起来好像来自第二次世界大战电影的灰色铜锡合金桌所占据，桌面上铺着用来保护骨头的泡棉垫。一进入房间，你就可以看到实验室左手边的角落设有水槽、干燥区和我当年的办公桌，准备接受鉴定的骸骨就存放在桌子后面的柜子里。右手边的墙边摆着一张计算机桌和一个小型相片架。这里的白色墙壁、高高的天花板和过时的装饰，不禁令我联想到《飞越疯人院》这部电影里的病房。

事实上这间实验室共有 3 个房间，主房间摆着我的办公桌，大部分的骨骼鉴定工作也在这里进行。道格的办公室在主房间的右手边，另外还有一间给实习生和志愿义工用的小办公室也在右手边。我们因能够同时鉴定好几副遗骸而小有名声。为了保持样本的完整性，同时也为了让自己的神智保持清醒，我和道格把我们 20 世纪 80 年代末在田纳西大学所发展出来的一套鉴定流程，移植到这间实验室里，其中有些内容是借用亨利·福特的概念。首先，由一位实习生根据大致的生理结构在塑料托盘上排列出骸骨，然后为每块骨头和牙齿编号造册。接下来托盘交到道格手上，由他负责检查骸骨并推断死者的种族、性别和年龄，我负责检查骸骨上是否有创伤和疾病的迹象，一名科学家负责测量所有骨头，另一名科学家负责检查与测量牙齿，还有一个人负责为所有东西拍照。最后再由实习生把骸骨全部放回盒子里。

当卡克斯博士莅临实验室时，杰弗里·达摩正逐渐变成一个家喻户晓的人物。不到一个月前的 7 月 21 日，2 名密尔沃基警察几乎可说是意外发现了达摩在第 27 北街 924 号的 213 号公寓里收藏的人类肢体，其中有些肢体被仔细保存着，其余则是腐败程度不一的情况（该建筑物自此以后就被拆除了）。在接下来的两个星期里，31 岁的达摩向警方一一吐露了 17 起杀人分尸案的细节。从 1987 年 9 月到 1991 年 7 月，他一共杀死了 16 名年轻男性。死于 13 年前的史蒂夫·希克斯也是受害者之一。达摩被逮到时，原本正打算执行他的第 18 次杀人计划。密尔沃基警方于是联系俄亥俄州萨米特郡的有关单位，该郡是达摩的家乡巴斯镇的所在地。

卡克斯博士是萨米特郡的法医。在俄亥俄州人类学者欧文·拉维乔依的协助下，位于西贝斯路4480号的达摩老家，一共1.7英亩（4046.86平方米）大的后院，被铺上方格网，变成一个考古挖掘现场。搜索队依据标准程序将最上层几英寸的土壤经过筛子过滤后，将所得到的东西全都装进袋子里，并写上方格网的位置标记。他们发现一些疑似人类与非人类的骸骨，以及其他一些物品：一支叉子、一张日期为77-9-23开给达摩母亲乔依丝·达摩的药单、一块大理石、一只生锈的腕表、一支鞋拔以及三枚铜板，其中包括一枚1926年的便士。在一个后院里发现这些东西并不值得大惊小怪，尤其达摩家的后院是个杂草丛生、树木茂盛的地方。然而其他东西就令人注目了，其中包括了一根钉在篱笆上的犬股骨和一颗插在棍子上的犬颅骨。

与差不多每个有感情的美国人一样，我和道格早已从夜间新闻中了解了许多关于达摩的事迹。对于卡克斯博士打电话来拜托我们协助确认那些骨头的身份，我们并没有感到非常讶异。道格接受了这个委托；卡克斯表示他会在人类学者拉维乔依博士完成鉴定后，亲自将遗骸送到我们这边来。接着我们就回到手边的工作上，因为还有其他骨骼也需要我们投注心力。

能亲自参与一个受到这么多人关注的案件并获得它的第一手消息，是件非常令人兴奋的事，尽管我自认为对这起案件已经非常了解，但新闻报道却都还是一些浮光掠影。我知道达摩是一个连环杀人犯，但是并不清楚他到底做过哪些勾当。当希克斯的骨头出现在人体人类学实验室里一张铺着泡棉垫的鉴定台上时，达摩所犯下的许多罪行的细节，也开始出现在新闻报道中。

卡克斯博士带来一袋又一袋的证据，所有袋子上都标示着方格网号码，这代表确切的挖掘位置。接着他从公文包里拿出一张达摩亲笔手绘的西贝斯路房屋平面图，上面还写着被圈起来的姓名缩写 R. W. M. ，那正是我自己的姓名缩写。当我看到那几个字母时，后脖颈不禁升起了一股凉意；它们看起来就好像某种骇人的预兆。我连这些遗骸都还没开始鉴定，但是姓名缩写就已经出现在达摩所画的图片上了。似乎我早已在某种程度上参与了这起案件，有个人在冥冥之中预见了我的到来，在我不知情的状况下把我的姓名写在纸上。

当然，这些字母出现的真正理由要简单得多了。R. W. M. 也是巴斯镇探员理查德·W. 蒙希的姓名缩写，同时他也是在密尔沃基对达摩进行侦讯的调查人员之一。后来我也见过这位姓名缩写和我一样的蒙希。在我们完成希克斯遗骸的鉴定之后，他曾到实验室把遗骸取走。

在卡克斯博士做过简单的报告后，我和道格将遗骸放到塑料托盘上，然后开始分类：人类骨头和牙齿摆在第一堆，非人类的骨头在另一堆，而第三堆则是其他东西。要分辨人类和动物的骨头，实际做起来并没有听起来那么困难。它们的大小不同，有时候形状也不一样。人类的股骨[①]和松鼠的股骨形状相同，但是大小却差上许多。当一根人类肱骨[②]和其他五种不同生物的肱骨摆在一起时，你可以辨别出哪一根是人类的。我们无法做到的，是确切分辨出其他生物的每块骨头是出自哪种动物，那是史密森尼博物馆的动物学群专家伊丽莎白·摩尔的工作。摩尔博士从这堆骨头中鉴定出一头牛、一只羊、一只猪、一只猫、一只负鼠、一只土拨鼠，以及至少三只狗的骨头。像达摩家那样树林茂盛的地方会出现负鼠和土拨鼠并不稀奇。至于其他动物之所以会出现，最有可能的解释就是小达摩有把死亡

① Femur，大腿骨。

② Humerus，上臂骨。

动物带回家的嗜好，有时候邻居会发现棍子或树枝上插着青蛙和猫的尸体，偶尔有邻居的狗会失踪。显然没人怀疑杰弗里会杀害小动物，尽管日后他母亲表示自己知道杰弗里喜欢用酸性液体来去除死亡动物的肉。

在达摩家后院发现的骨头中，还有一小块火腿肉中间的环状骨，那块骨头两侧的平滑锯痕显示，它是当地超级市场里的屠夫所锯下的。它是达摩家某次晚餐的剩菜，但是用餐地点并不是在餐桌上或森林里。

尽管我们对眼前的遗骸的身份有相当大的把握，但仍遵循科学程序，检视手边所有证物，处理方式如同对死者身份毫无所知一般。那些骨头碎片的长度从 1 厘米到 5 厘米都有，那是我到目前为止除了某些飞机失事和爆炸现场之外，所鉴定过的最破碎的遗骸，也是到今天为止我所鉴定过最破碎的骨骼。这些骨头被达摩敲碎的时候，还新鲜、带有弹性而且非常粗厚。我不曾听说有人的力气大到可以赤手打断人类的股骨或胫骨[①]，不过达摩还是设法用他的大锤子将希克斯的每块骨头和牙齿给打碎了。他没有打碎的少量骨头，最终成为我们验明正身的线索。

首先，我们依据每块骨头碎片所来自的身体部位分门别类——颅骨、下颚、手臂、手掌、脊椎、臀部、腿部和脚掌。对一位法医专家来说，要分辨出胫骨和腓骨[②]碎片之间的差别，其难易程度跟一位技艺高超的木工要分辨出橡木和樱桃木木屑之间的差别差不多。诀窍全都在肉眼可见的线索上：它们在质地、颗粒和色泽上有显著的差异。我们将这些骨头碎片分成小堆，每一堆代表不同的身体部位，好计算出一共找回了多少骨头，以及每块骨头还剩下多少分量可供我们分析。我们估计，手边的骨头不到原本整副骨骼的 20%。

① Tibia，小腿两根骨头中较大的那一根。

② Fibula，小腿两根骨头中较小的那一根。

除非骨头被破坏到像尘土一般，否则只要找回全部的骨头碎片，你就知道该怎么做，身体里的每块骨头都可以黏接回完整的一块。假如所有的骨头都完整无缺，一名法医人类学者大约只要花 15 分钟就可以将一位成人的 206 块骨头全部排列出来。但是假如这些骨头因为遭遇剧烈的意外冲击而变成了上千块，好比发生坠机事故或是碰到杰弗里·达摩的大锤子，那么所要花费的时间就得增加许多了。在这一个月里，这项鉴定工作占了我们大部分的时间；我和道格平均每天各花费两到三个小时在这上面。我对这起案件非常投入，甚至周末在家里会坐立不安，然后跑到实验室再加班几个小时。要解开达摩对希克斯的骸骨所做的事情，所花的时间无疑要比达摩敲碎它的时间长上许多。这就好像两位意见相互对立的专家在研究同一起案件，企图得到相反的结论一样。达摩企图毁灭证据，而我则在 13 年之后企图复原证据。完成分析后，我们已经辨识出六颗人类牙齿，还有将大部分的骨头碎片依据大小和部位分类了，像是左股骨或右胫骨等。

完成辨识和分类工作后，接着我们开始尽可能地重建每块骨头。我们手边剩余的骨头实在太少，以至于无法完整重建其中任何一块。

我们猜想，有些骨头是被动物吃掉了。一位 1979 年被雇来为达摩家院子耙草的男子，很可能在不知情的状况下丢弃了其余骨头。基于小达摩对动物尸体的兴趣，达摩家没有理由认为耙爪中搜集到的骨头有出自森林小动物以外的可能，所以将这些骨头送进垃圾堆是很合理的举动。

大部分的法医人类学者会使用老字号的杜可牌强力胶和胶带来重组骨头碎片。我偏好先用隐形胶带把碎片黏合，直到确定所有碎片都在正确的位置上为止。重组骨头有点像玩拼图——虽然前者是三维空间，但两者的过程却大同小异。你一次能拼好的数量有限，因为到后来你就渐渐看不出骨头边缘的微小差异，然而这些差异正是拼凑的关键。一段时间之后，每块骨头碎片看起来都一模一样，你的眼力开始不灵光了。接着在一个小时之后的午餐时间，你的脑海中可能会突然浮现先前看过的两块骨头，然后回到实验室把它们拼凑起来。

尽管这副骨骼非常破碎，我们还是能够辨识出它是一名 17 至 20 岁男性的骨骼。骨头可以透露一个人的死亡年龄。幼童的骨骼还未停止成长，因此骨头之间的结合松散,或者尚未完全成形。成人的股骨是完整的一块，而幼童的股骨则有五块，这五块骨头会在青少年时期融合在一起。另外，骨头的末端都有骨臼。骨臼在一个人成长的时候是松脱的；在青春期的时候，当骨头停止成长时，骨臼就会与骨头融合。同样的，幼童的头盖骨也是由好几块彼此松散结合在一起的骨头所组成，以适应大脑的成长。一旦大脑成长完毕，头盖骨便合而为一。

依据手边这副遗骸的干燥程度以及其缺乏气味和骨脂的情况，我们判断这名受害者已经死亡多年。尽管我们无法找出任何显示这名男性死因的证据，但是我们注意到其中两根肋骨、一块颈椎骨、位于胸部中央的胸骨与左侧锁骨之上有一些刀痕。我们从这些刀痕上唯一可以得出的结论是，它们出现在死者死亡时或者濒临死亡时。骨头上的切痕和树木上的切痕有许多共同的特点。我们可以分析当骨头上出现这些切痕时，它是干燥的还是潮湿的。如果切割的是新鲜骨头，那么切口边缘会稍微卷曲；如果骨头是干燥的话，它就不会卷曲。所以结论是，这些刀痕是达摩在死者死亡后进行分尸时所留下的。这起案件提醒了所有人类学者和法医一件事情，即骨头上的切痕不一定代表死者是被刺杀的，它也有可能代表死者曾经遭到分尸或被去除人肉。骨头上的切痕无论发生在死亡前还是死亡后，对调查员而言都是一项重要信息。虽然重组骨头是整个过程中最耗时的部分，但却只是我们欲实现真正目标所做的前期作业而已。这些骨头当初送来给我们鉴定的原因，也就是鉴定死者的身份，尚待我们去完成。在将近一个月重组破碎骨头和牙齿的这段时期，我们发现其中两块骨头—— 一块颈骨和一颗牙齿，可能就是我们确定死者身份为希克斯的关键线索。我们将这颗臼齿和希克斯生前所照的一张牙齿 X 光相片放在一起，比较两者之间的齿根大小和形状，发现颇为吻合。我们又用另外一张希克斯 13 岁时为了戴牙套而拍摄的牙齿 X 光相片做比较，进一步证实了这项发现。而这张原本只是为了撷取希克斯牙齿和下颚影像的 X 光相片，也一并拍出了他的颈部骨骼。于是我们找出在达摩家院子里发现的其中一块颈椎骨，拍摄它的 X 光相片，然后与 1973 年所拍的那张 X 光相片做比较，发现两者之间有许多相似点，足以表明它们是吻合的。

当我们在分析希克斯遗骸的时候，新闻也正不断报道关于达摩后期所犯下的谋杀案的细节。一位名叫崔西·爱德华的 32 岁男子，同时也是达摩计划中的第 18 名受害者，双手戴着达摩给他铐上的手铐逃出第 213 号公寓。爱德华拦下一辆警车，向警察表示达摩刚才用一把刀子威胁他。他带着警察前往达摩的公寓；达摩让他们进入屋内，然后到卧室去拿手铐的钥匙。由于在这间相对较为干净整洁的公寓里，厨房内传来了腐肉的气味，因此其中一名警察在好奇心的驱使下打开了冰箱，却发现里面竟然有一颗人头，不禁失声尖叫出来。警察表示，被人发现一切的达摩看起来像是松了口气。通过他的口供以及在他公寓中所发现的证据，全世界很快就知道这位英俊有礼的男子已经杀害、分尸了 17 名男性受害者，其中 2 人的年龄只有 14 岁。

有关当局发现了许多达摩对他已经或即将死亡的受害者所拍摄的相片和素描，以及许多腐败状况不一的肢体部位。除了冰箱里的人头之外，警方还在卧房里的一个档案柜中，发现了许多被喷漆涂得有如模型的颅骨，一个盛着酸性液体的蓝色桶子里装有正在去除人肉的肢体部位，玄关的壁橱上有两颗颅骨，锅里有手掌和生殖器官，而冷冻库里则存放着心脏。尽管我作为一名法医人类学者，曾经历过上百起案件，但我仍觉得达摩的受害者的照片是我所看过的照片中，最令人感到诡异与不安的。那些照片呈现出受害者既难堪又受尽屈辱的模样，惨不忍睹。

有时，不禁猜想，当年的那个夏至之夜，在面对他的第一位受害者时，达摩到底是事先预谋好要杀害他，还是一切只是意外？只有一个人知道实情，但是他已经无法言语了。

达摩在密尔沃基以 15 起杀人罪遭到起诉，他坦承所有罪行，但是辩称自己精神失常，陪审团驳回其精神失常的辩护，宣判他 15 个无期徒刑加上 10 年有期徒刑，一共 936 年刑期，并不得假释。接着在被引渡到俄亥俄州后，他承认了杀害希克斯的罪行，并被宣判了另外一个无期徒刑，达摩被送入威斯康星州波蒂奇市的哥伦比亚城惩教所服刑。1994 年 11 月 28 日，他在那里被一名自称是神的囚犯粗暴地打死。这个结局加深了那个关于自然、夏至和冬至的隐喻，和那则神话所预言的一样，这一次，黑暗杀死了他的光明兄弟。

有人因为乐善好施而流芳百世，有人则因为恶贯满盈而遗臭万年。

第二章 从摇篮到殡仪馆

——一位法医人类学者的成长历程

真实生活看似毫无章法。

——英国作家艾维·康普顿-伯内特

我生平第一个有记忆的家，是位于佛罗里达州坦帕市瓦托尔大街1702号的一栋白色双层木造屋，它坐落于毕兹药局周围一个用白色页岩铺成的大型停车场旁，位于镇上一个虽然老旧但环境还不错的地区，那里每栋房子后面都连接着一条尚未铺设的小径。几年前我带着妻子回去拜访那地方，看起来跟我记忆中的样子差不多。房子里铺着木地板并设有一座壁炉。房子四周到处都是灌木丛，后面有一座独立车库，而前面则是一条破碎的人行道。

我记得我会爬进药局停车场的一个大型垃圾箱里搜集任何有趣的东西。对一个6岁的男孩而言，所谓“有趣的东西”包括刮胡膏、鞋拔、通讯簿以及空的沃尔特·雷利爵士牌烟草盒。我还记得我会在后院追逐变色龙和蚱蜢，有一次还一屁股坐在一个红蚁窝上，被蜇得满身都是包。我逃回家里，然后外婆把我的衣服剥光好赶走蚂蚁。几个月后，我又不小心在附近一座游乐场里绊到了一个黄蜂巢。我想我大概不怎么擅长冒险。

这个家一共住着四个人：我、我母亲和我的外祖父母。我记得自己有一次在家旁边那片狭窄的空地上玩火柴，结果烧掉了几片木瓦。

当消防队员来调查起火原因时，外婆把我藏在楼上的床底下。当时我 5 岁左右。外婆告诉消防队员，我正在楼上睡觉，所以不可能是我纵的火。我的外婆就是这种人——永远慈爱，永远保护着我。

我是阿黛尔和比尔·曼恩夫妇的养子，我不记得养父与我们同住过，但也有可能是我记错了。我是在 4 岁时被阿黛尔和比尔·曼恩领养的，我认为他们分开的时间大概就在那之后不久。我记得自己差不多在那个年纪时去医院动过小手术，然后把我接回家的是我外公而不是比尔·曼恩。虽然我经常会想起我的养父，但是我对他的认识极少。我知道他可能在第二次世界大战时当过军人，腿部中过弹，他的余生都在腿伤所带来的痛苦中度过。他蓄着一把小胡子，满头黑发并且是个英俊的男人，令我联想到克拉克·盖博[①]。

我外公声称他的血液中有美国印第安人的血统。他从麦克森·罗宾斯公司退休，那家公司是今日一家药品及健康用品集团的前身。外公的兴趣是在后车库里修理老旧的高尔夫球杆。车库的角落里有蝎子，梁上布满蜘蛛网，而蟑螂卵就好像超小型独木舟一样，满地都是。我外婆有着一头及腰长发，她会把头发绑成一条辫子盘在头上，看起来就好像一条睡着的蛇。第二次世界大战期间，她在机枪工厂工作过，不过当我来到这个家时，她的兴趣转变成去烦扰外公了。他们很少交流，除非是吵嘴；那正是他们表达爱意的方式，我知道这一点。

这个房子冬冷夏热，装有一台古老的窗式冷气机，但当它面对酷暑时，只能节节败退。冬天时，外婆会不屈不挠地在每个房间门口挂上床单，试图用封住房间的方式来御寒；虽然这种方式不但难看而且没什么效果，但是五十几岁的外婆才不理会别人的看法。在家时，我们大部分时间都待在

① Clark Gable，1901—1960，美国著名男演员，曾饰演《乱世佳人》中的男主角。

客厅。客厅中只零星摆设了一张沙发、两把椅子以及一张手工雕刻的咖啡桌，那张桌子后来因为我少年时把双脚搁在上面而坏了。客厅里唯一的奢侈品是一台我连弹都懒得弹的直立式钢琴。

我出生时的姓名是罗伯特·狄恩·邱吉威尔，1952 年曼恩夫妇从我生母的手边把我带走，我的中间名依照外公的名字被改成了沃尔特，而我的姓氏则改成了比尔的姓氏。对我的生母玛丽·邱吉威尔而言，生下第 7 个小孩已经超出了她的抚养极限。于是她把我送给别人领养，从此以后，我再也没有见过我的亲生父母或兄弟姊妹，或是听说关于他们的事情。我从来没有想过要去问长辈，为何一对住在佛罗里达州坦帕市的夫妇，会去领养一个来自西弗吉尼亚州的小孩，而现在能够回答这个问题的人也都不在人世间了。

我没有出生证明，当初留下来的东西只有一张领养证书，证书上写着我养父母的姓名以及我自己的姓名罗伯特·沃尔特·曼恩，没有提到我生父母的姓名。我经常会在深夜睡梦中或清晨独自冥想时，思索自己的身世，以及自己为何会变成别人的孩子。某种程度上来说，我想我可以理解在毫无预警的情况下失去亲人的感受。我的亲生父母突然消失，这在我心中留下了一个没有任何东西也没有任何人能够填补的空洞。

阿黛尔和比尔大约在我 5 岁时离婚，之后我跟着养母继续生活。我们搬到坦帕市的一间房子，接着搬到下一间房子，然后又搬到另外一间房子，但都在同一个镇上。我有点像是个职业军人的小孩，在同一地停留的时间从来不曾久到足以落地生根，或是在学校交上几个朋友。母亲在我年少时再婚又离婚，于是我们搬去和外公外婆同住。在母亲为了维持我们两人的生计而外出工作赚钱时，外公外婆决定接下抚养一个青少年的责任。尽管外公外婆曾因为他们在已经有权颐养天年时，却还必须抚养一个顽劣青少年而感到怨愤不平，但他们从未表现出来。我感受到的是他们对我那真心实意的爱，我也几乎视外公为偶像而崇拜着。有时候他会在周末带我一起去湾岸大道钓鱼。那是一条围绕着坦帕市下城和坦帕湾的道路，如今大多被拿来当作慢跑路线。

看着那张摄于 20 世纪 50 年代的照片，不禁令我想起了《小淘气》[①]这部电视剧。或许这就是我那么喜欢这部电视剧的原因：我的外貌穿着和言行举止，简直就如同剧中角色一般。我总是身穿宽大松垮的衣服，而且很讨厌被弄脏。母亲生前一直很喜欢对别人说，有一次我在她工作的木匠店骑着三轮车，从一个 6 英尺（约 1.8 米）高的平台上摔了下去。她说我站起来，完全无视鲜血淋漓的嘴唇，把身上的灰尘拍掉后，用一种好像爱发先生[②]的声音说："噢，我弄脏我的裤子了。"然而我最喜欢的回忆之一，是外婆会称呼我"巴比男孩"，而外公会叫我"小老弟"，每当想起他们时我总会热泪盈眶。

每当家中有人去世时，我总不在他们身旁。1970 年当我正在地中海中央的一艘驱逐舰上服役时，我接到外公死于癌症的无线电电报通知。外婆是在 1992 年我抵达夏威夷的第一个星期去世的，而我的母亲阿黛尔则大约在 10 年后去世，当时我人仍在夏威夷。很讽刺的一点是，虽然自己能够轻松面对他人的死亡，但是却无法坦然面对自己家人的死亡。在职业生涯中，我参加过数十次的葬礼，却未曾参加过自己任何一位家人的葬礼。

我的好奇心可能是与生俱来的。或许就是因为失去了第一个家庭，我才会对探索未知事物保持着强烈兴趣。我猜想自己之所以会对法医人类学

---

① Our Gang，也叫 The Little Rascals，是一部从1922年一直播放到20世纪50年代的电视剧，讲述一群贫穷区小孩的冒险故事。

② Elmer Fudd，华纳兄弟公司的卡通人物之一，是一个光头、讲话有严重口音的角色。他的目标是猎杀兔八哥，但最后总是反过来被兔八哥整得很惨。

如此着迷，可能正是由于希望从别人的骨头中寻找自己的根源。我花了一生时间寻找某种事物或某个人，试图解开一个随着我母亲阿黛尔的去世可能将永远无法获得解答的谜题。就某方面而言，我通过他人的骨骼寻找身份，其实也是一种寻找自己真实身份的表现。

我不记得自己曾对人类生命的奥妙失去过好奇心。童年时期我在心理学研究上的首次出击，就是想找出梦境是从大脑何处产生的。而我会对这个问题产生兴趣的主因，是一个不断重复出现的梦境。场景是一栋灰暗房子里的一间浴室，这栋房子或许就位于西弗吉尼亚州的房子的前方那条泥土路上。我在一个玻璃杯里放了肥皂水后，我的某位家人把它喝下去，接着就生病了。虽然我知道在现实生活中没有人会因为喝了肥皂水而死亡，但是在我的梦境里，那个身份不明的人死了。每个人都为此而责备我，我的家人决定把我流放。于是我被送给了别人。我投向心理学和梦境研究，就是因为我想去了解那个梦。到底这个梦境是在描述一起真实事件，还是仅仅反映出了一个孩童的胡乱想象。对我而言，这似乎是一个孩童试图查明父母把他送给别人的原因。

我直到 3 岁时才会说第一个词，而且说得毫无章法，这可能并非巧合。阿黛尔告诉我，我学会说的第一个词是“滴答”，大概的意思是饼干。虽然我对童年早期的记忆不多，但是阿黛尔告诉我，在她领养我之前，我被一个有心智障碍的叔叔虐待过。我无法知道这是不是真的，但是她说我曾被绑在床上或是被长时间锁在衣橱里，这或许就是我这么晚才学会说话的原因，以及为何我一生都活在幽闭恐惧症的阴影之下。而这些毛病又或许是我生母决定把我送给别人领养的原因。不过我的妻子薇拉（拼法为 Vara，在她的母语泰语中念成 Wella）却有不同的看法。她认为玛丽一定是太爱我了，所以才希望能让我过一种比她可以给我的更好的生活。

同样的，阿黛尔也一定是这般地爱我，所以才会插手介入，希望能带给我更好的生活；各位可以自行决定要采纳何种观点。

等到我 15 岁时，我已经遍览弗洛伊德、荣格和卡尔·梅宁格[①]的著作，并一心想要追随他们的脚步。然而我在家里的勤奋好学与在学校中的表现比起来，简直是天壤之别。我在学校里就好像一条离开水的鱼一样，专门逃学、鬼混，还努力避免被逮个正着。如今回想起来，学校只会令我感到无聊和烦躁。由于对学校的感觉实在太过疏离，所以我决定在中学高年级时辍学。当时我已经随着母亲在坦帕市四处搬家，前后一共读过 10 所学校，其中还包括一所海军学院。我会上军校并不是因为家境富裕（我们家并不富裕），而是因为我总制造各种麻烦，母亲为了同时扮演好父亲的角色，以及让我学习必要的纪律，就把我送入军校。

不过我并非真的想关上学习的大门，于是我报名了另一间中学的夜校。就读夜校的第一个晚上，坐在我前面第二个位子的那位仁兄，对我的长发大肆批评，于是我们当场大打出手。那个身兼高中橄榄球队教练的老师和我说，或许我不再上学会是个不错的主意。那年是 1968 年，一个社会和政治动荡不安的年代。那年秋天，我加入了海军，接着在 1969 年 1 月开始新兵训练，我的朋友们被征召入伍后，一个个死于越南战场。进入海军学校就读一段时间后，当时还是青少年的我发现，志愿加入海军要好过被政府征召进入陆军或海军陆战队。海军帮助我考取了 GED[②]，一种与高中学历同等的证明。原本我必须服役 4 年，不过第 3 年时我以家庭困难为理由申请退伍，以帮助母亲经营她的餐厅。从那时起，我就不断过着今天失业、明天醉倒在懒骨头椅上、后天跷起大拇指搭便车周游美国，外加

① Karl Menninger，美国著名精神病学者，一生致力于为精神疾病去污名化。

② General Educational Development，普通教育发展。

跟小区里的一群无赖鬼混的颓废生活。

朋友称我为“鬼魂”，因为我经常会无预警地失踪。在坦帕市做焊接工的时候，某天上午，趁着固定休息的时间，我出去买了包烟，然后决定就这样远走高飞。我已经摸透了焊接工作，知道这是危险的工作，因此心中产生了学习另一项技能的冲动。当年的我时常这样做。我还记得在这趟旅程中，当我在美国西部的一条州际公路上打算搭便车的时候，一个以大约 70 英里（约 113 千米）的时速开着一辆十八轮大卡车的司机向我扔了一个空啤酒瓶。我猜想那位司机大概是因为讨厌我的满头长发。

在当年的另一趟旅程中，我搭上了一辆载着两名乘客的破旧吉普车，司机的昵称是“下流”（我从不知道他的本名），而他的女朋友叫安吉儿。我还记得有天半夜他在前座殴打他的女友，声音吵醒了正在后座睡觉的我。我们到过的最远的地方是图森市[①]，为了在那里买食物，我典当了自己的吉他和立体音响。这两样东西差不多值 15 美元。我们用这笔钱买了香烟和食物——沙丁鱼和墨西哥卷饼。车子抛锚后，他们把它卖给了废弃物处理商，赚得了 50 美元。我们在图森市四周的山区游荡，过了几天在沙地上露天睡觉的生活。

在食物、金钱和运气消耗殆尽后，我弃他们而去，让他们继续疯狂下去，然后通过偷乘火车和搭便车一路抵达旧金山。我曾听过金门公园这个地方，而那正是我旅程的终点。我是受到斯考特·麦肯奇唱的《到了旧金山，别忘了头上戴朵花》那首歌的影响而来。有好几次我会为了某首浪漫歌曲，鬼魂般地丢下手边的工作离开镇上，而这正是其中的一次。这些浪漫歌曲让我感觉，外面世界的某个地方，有某种东西正等着我去发现。在旧金山待了几天后，我搭上了第一辆我能够跳上的火车开始向东折返。

① Tucson，位于亚利桑那州。

我抵达了埃尔帕索[1]，接着搭上另外一辆往东的火车到达亚拉巴马州。我在那边向某个家伙借了10美元当作回家的路费。不过身为一个“聪明人”，我用那些钱买了香烟，然后伸着大拇指拦搭便车回到坦帕市。我现身在朋友约翰家的大门前，对他说：“嗨，最近过得如何？”然后接下来几个星期我都在他的沙发上度过。至今他仍是我最要好的朋友。

我29岁时已经结婚和离婚了两次，还做过至少30种不同的工作。我在这间餐厅当洗碗工，在那间餐厅做杂役，在另外一间餐厅又担任比萨师傅。我在这间停车场清理垃圾，在那间停车场漆白线，在一间油漆店工作，后来又做过房屋的油漆工人——不，我并不是特别喜欢停车场或是油漆。我修理过收款机，在两间五金店当过售货员，在一家殡仪馆做过短工，还在一间热带鱼养殖场做过“计数员”——专门负责在人工湖里抓鱼，计算好数量放进袋子里，然后邮寄到美国各地的宠物店。我驾驶过满载酸性液体和化学物品的卡车，给新房子装设玻璃纤维绝缘材料，还担任过弗吉尼亚州威廉斯堡布希公园游乐场的警卫。在某些比较具有创造性的时刻，我会用彩虹和花朵装饰自己的背包，等着搭上任意一辆从眼前经过的火车、汽车或十八轮卡车，前往任何一个它会载着我抵达的地方。

如今回想起来，我很清楚当时自己正在寻找某个能让我安身立命和感到快乐的事物或地方。我会睡在桥梁和高架桥下，向城市里的路人乞讨。我也亲身体验过游民和乞丐的差别（乞丐会向人讨钱；游民则是利用各种方法四处游荡和寻找工作）。有一天，当我坐在得克萨斯州某个高架桥下等着跳上下一班火车的时候，我称呼坐在几英尺外的其中一个家伙为乞丐。他站起来走向我，往我的头上揍了一拳，说：“我不是什么乞丐，我不向人讨钱。”我们争吵了一阵，接着他才回到原本的位置。由于我不知道对

① El Paso，位于得克萨斯州。

方身上是否有携带手枪或刀械，所以，我从来不会傻到选择“报复”。他身上的气味无疑显示出他已经有好几天甚至好几个星期没有洗澡了，而且是个不折不扣的酒鬼。几个小时后，我看着这名男子奋力爬上其中一节开着门的空货车厢。如果有些老旧货车厢的门是敞开的话，“公牛”（火车警察）有时会让我们爬上去搭便车，但是他们不希望我们爬进新货车厢，因为游民经常会把它们当作厕所。等到确定他已经安顿好了以后，我才爬进他后面的那节车厢。我的头还因为先前的那一拳而隐隐作痛，我可不认为与他在一辆前进的火车中同行能够保证安然无恙。接下来的好几个小时里，尽管铁轨在大声咆哮，我仍可以听见他在对着自己、对着某个幻想的对象或是在睡梦中大吼大叫。

公路流浪生涯使我明白，要生存下去就必须变得更有创造力。比如说，我会身无分文地走进餐车里点一份“漂浮游民”—— 一支牙签和一杯免费的水，然后用那杯水来配咸饼干吃。那些咸饼干原本是摆出来给付钱点了汤品的客人享用的，但是我会趁服务生背对我的时候偷偷拿走一些。其中一次我所经历过的最美好的时刻，是我在坦帕市的沙滩上醉醺醺地醒过来，周围散落着几个空啤酒瓶，然后发现大约有 100 个人正等着警察前来把我移走，好让他们的复活节弥撒得以开展。

住在坦帕市某个小区里时，我发现自己得了 A 型和 B 型肝炎。当时我的女友黛比问我是怎么一回事：我的眼白部分是黄色的。我试图忽略一些事实，比如我的指甲也是黄色的，我的尿液看起来像可口可乐，而我的身体就像婴儿一样虚弱。我跑去看家庭医生，请他诊断我的病情。我拜托他不要告诉我母亲，不过他还是让她知道了。当天晚上，母亲的朋友来到小区里，告诉我可以住在母亲的房子里。那间房子刚整修过，但无人居住。我答应了，并在接下来的 3 个星期里独自住在那里，只偶尔有一些朋友路过拜访。我在床上休息了 3 个星期，这段时间几乎不曾间断地练习弹吉他和写歌，接着又在海军服役两年，希望这么做能够让我重新振作。我知道自己必须好好整顿生活，否则迟早会走向死亡。

我母亲曾经对我说："别人唯一无法从你身上夺走的东西就是你受的教育。"这句忠告终于被我听进去了。1976 年再度离开海军后，我报名了弗吉尼亚州朴茨茅斯的社区大学，并在两年后拿到了教育副学士学位①。我一时兴起申请了威廉玛丽学院，而令我非常惊讶的是，我被录取了。我在那里的 4 年大学生涯中知道了人类学，并且几乎是意外地发现了我对骨头有强烈的兴趣，接着我继续前往田纳西大学就读，1985 年我在田纳西大学获得了人类学学士学位，两年后获得了硕士学位。我在位于孟菲斯的田纳西大学医学系做过一阵子的停尸间助理所长，然后在 1988 年前往史密森尼博物馆工作，在那边待了 4 年。

我在田纳西大学期间，逐渐对某个学术议题产生了研究兴趣，而这项议题最终在 2001 年让我获得了夏威夷大学的人体人类学博士学位。我博士论文的主题是研究人类下颚骨的史戴夫尼氏缺陷（Stafne's defect），这种缺陷是因爱德华・史戴夫尼博士在 20 世纪 40 年代初期对其进行研究后而得名的，它是指下颚骨靠舌头那一侧在臼齿下方会生成的一种空洞。这些坑状的空洞直径大小从铅笔尖到一角硬币不等。它们不会疼痛，不会产生任何症状，通常是在例行牙齿检查的时候通过 X 光相片发现的。

80%~85% 的案例是在中年白种男性身上发现的，其中记录的最年轻的患者是一个 11 岁的瑞典男孩，不过它们可能在世界各个种族身上都普遍存在。虽然它们很常见，但没有人真正清楚它们的生成方式或原因。不过身为一个受过训练的人类学者，我知道"事出必有因"。

① associate degree，读完两年制社区大学或职业技术学校所得到的学位。

当我躺在田纳西大学宿舍的床铺上阅读《诺城新闻守望报》时，突然看到离学校几英里远的一家殡仪馆刊登的一则“征男学生”的广告。虽然这个工作只付最低薪资，但工作时间自由这一点很吸引人。当时我正在读大学四年级，没有任何工作或是经济来源。不能说我已经到达绝望的地步，但是一想到接下来几年能够从此填饱肚子，我就蠢蠢欲动了。我冲下楼去，只想把所有挡我去路的人一拳打飞，然后往大厅的公共电话投了一枚 25 分硬币，打给那家殡仪馆。一位听起来很友善并带有浓厚南方口音的女士回答了我的一些问题，并提了一些她自己的问题。20 世纪 70 年代初在佛罗里达州殡仪馆的工作经历，似乎给了我比其他应征者多一点的竞争优势。威佛殡仪馆正在寻找可以在殡仪馆住宿的员工，他们必须一天轮一次班并在晚间和周末接到“死亡电话”后外出执行任务，还有在下班时间接听电话。威佛太太约我去进行一场面试，当天我就被录用了。这份工作的周薪是 100 美元，殡仪馆还会以每个月 100 美元的租金提供一间小卧房，还可以使用厨房。不过我必须等到访客时间结束，吊唁者都离开以后才能开伙——也就是晚上 9 点钟左右。我认为这份工作是个好机会，工作内容不至于太难，又能维持像样的生活。我在威佛殡仪馆工作了将近 4 年，那段时间我一直都觉得自己就像是这个大家庭的一分子。

两天后我搬离了原本的学校宿舍，住进了威佛殡仪馆提供的房间，这间殡仪馆是由法兰克·威佛和他的儿子盖瑞共同经营的。殡仪馆有着光鲜亮丽的外观和精心打造的园景，是诺克斯维尔市里最受尊崇的殡仪馆之一，在这里完全闻不到死亡、腐败或是防腐剂的气息。它的员工包括几名殡仪师、两名专职防腐师以及三名大学生。不久后，我就知道自己的工作内容是在半夜接到上百通“死亡电话”后开车外出执行任务，其中有些地方光是单程就需要 4 个小时的车程。有时在孤单的灵车上唯一能让我保持清醒的东西，就是一台嘈杂的收音机和大量的万宝路香烟。

我负责从田纳西州各地的停尸间、赡养院、组合屋、公寓和医院病床上——只要是有人死亡或被解剖过的地方——运回遗体。有时候我会在半夜两点接到一通去运回一个重达 300 磅(约 136 公斤)的男子的电话，这种事情经常发生。总机人员会把下班时间后打来的电话转接到其中一名葬仪师那边，他们就跟学生雇员一样采取轮班制度。他们会记下死者的生平资料，查出遗体所在的位置，然后派一到两名学生去搬运遗体。

基于一些实际理由，如果死者是死于家中的话，我们会派两个人去搬运遗体。我们不希望让家属看到我们死命把遗体扛起来或滚动到轮床上的样子。这份工作最困难的部分，就是当我必须独自一人将一个重达 300 磅或 400 磅的男子从解剖台上或是不锈钢冰柜中搬到轮床上的时候。尸体的特性是会变得很僵硬，从侧边滚动时会渗出体液，还有，如果从手臂下抬起时会发出“叹息声”。虽然你可能听过一些传闻，像是有些被误认为已经死亡的人又复活过来的故事,但是相信我：尸体绝对不会自己动起来。

我所经历过的最困难的一次任务，是搬运一名死在组合屋后侧卧室内重达 350 磅（约 159 公斤）的男子。我们两个负责搬运的人，必须小心翼翼地将那名男子从拥挤的卧室内的特大号床上,推到地板的一张床单上。当我们把他弄到地板上后，会拖着他穿过狭窄的走廊来到客厅，再费尽九牛二虎之力把他抬上轮床，最终推出大门。

当时我的体重只有 135 磅（约 61 公斤），所以我可以坦白告诉你，当我抬起那家伙的时候我感觉自己的背都快断了。

而搬运一名死在三楼公寓的老人则是完全不同的情况。他的友人在某个周日发现他死在厨房地板上，然而因为周末法医不接电话，所以就由一位代理警长权充验尸官。我始终认为这是件很奇怪的事情，一个没受过什么医学训练的人竟然可以验尸，而且如果他没有发现谋杀迹象的话，就会下令搬动遗体，在不需要接受解剖的情况下进行防腐。但这就是田纳西州当年的规定。这栋公寓通往停车场的楼梯非常狭窄，因此我们必须将他的遗体高举过头，好使他能够穿越楼梯扶手的上方。虽然他已经被绑在轮床上，但我们还是差一点把他从轮床侧边给摔了下去。你能想象我们要如何对家属说明这一切吗？

尽管如此，这还不是我所遇见过的最糟糕的案例，“最糟糕遗体奖”要颁给一具已经胀气、生蛆且臭气冲天的尸体。我还记得那是星期六，一名医护人员打电话来殡仪馆，询问是否有人愿意帮他们把一具遗体搬出房屋。尽管医护人员与其他救援人员都有口罩可以防堵尸臭，但他们还是宁愿把搬运遗体的任务交给其他人。死者死亡时显然正坐在沙发上看电视和吃爆米花。由于我在大学里就是做关于腐败尸体研究的，因此那通电话就直接转到了我这边。我知道尸臭对自己来说不成问题，于是我跳上卡车直奔死者的房屋。当我抵达现场时，我猜想里面那个可怜的家伙一定是个隐居者；他的窗户全都被黑色窗帘给遮住了。没有光线可以射进去，也没光线可以跑出来。我穿上用来防止尸臭沾到衣服的连身工作服，婉拒了别人递来的口罩，自信满满地认为自己可以应付所有可能的气味或景象。我抓起了一只尸袋并推着轮床穿过四周围观的警察、消防队员和医护人员。我接过许许多多的“死亡电话”，而且经常会在现场遇见执法人员和救护人员。几乎没有例外，每次都会有人陪我进到屋里，指引我到遗体所在的位置。然而这次不同，没有一个人表示要与我同行。

我打开摇摇晃晃的纱门后，推开了内门，一阵热风和臭气犹如一张羊毛毯子向我席卷而来。我小心翼翼地踏入门口，看到左手边有个坐在沙发上的肥胖男子。调查人员说对了一件事情：他死亡时正在看电视，那台电视机还是开着的。这可怜的家伙或许已经在炎热的夏天中死亡了四天到五天。他肿胀的身体不禁令人感到死亡对于一个人尊严的剥夺。

我走向这间黑暗房屋的其中一扇窗户，伸出手来想要拉开窗帘，却发现他家其实并没有窗帘。我原先以为是黑色窗帘的东西，其实是布满窗户上想要飞出去的苍蝇。我把纱窗打开让它们自由飞去。苍蝇都飞出房间后，几位救援人员进到屋子里来帮我把那名男子搬到轮床上。他曾患有心脏病，这个病史排除了对他进行解剖的必要。回到殡仪馆后，我们把他放进一个干净的尸袋里，并做了必要的处理，然后用硅胶把尸袋的拉链封住。整场葬礼，他的棺木一直维持在关闭状态①。

我在威佛殡仪馆工作期间接触过的大部分案例，都要比上面这则案例无聊许多。我可以在殡仪馆中怡然自得地生活，这一点让某些人视我为怪人。对许多人而言，一谈到殡仪馆，他们脑中浮现出的画面是一堆像僵尸一样躺在棺木中的遗体，而家属则在一旁痛哭流涕。但其实殡仪馆为社会提供了一个重要且基本的服务，它帮助哀悼者安排好送亲人走完最后一程，并给予遗体一个充满尊严的处置方式。我承认当初在考虑是否要接下这个工作时，想象过半夜里鬼魂穿过大厅飘向自己的画面，但是这种事情从未发生过，而且我接下这个工作后，也没有再出现过这种想法。我不曾感到害怕，在那 4 年中连一次都没有。事实上，我认为亡者只不过是比自己先走一步的朋友而已。我相信，即使世界上有亡魂的存在，它们都是心地善良的，会保护生者。

威佛殡仪馆令我印象最深刻的是我的同事们。其中包括罗比，一位有孩子气外表的男孩。艾瑟儿·蒙戴，她总是面带温暖的笑容，对身为

① 按照西方葬礼的传统，在下葬之前，会打开棺木让亲友有最后一次瞻仰死者遗容的机会。

学生的我鼓励不断。小法兰克，身材虽小巧但智慧超群。巴斯·赛特菲尔德，他的身高有6.3英尺（约1.9米），对我来说简直像高塔一样。他左手戴着一只很大的共济会戒指，给人一种别去招惹他的感觉，但是我们很快就成了好朋友。瓦伦，一个秃头又安静的老烟枪，他会把闲暇时间拿去阅读BMW汽车零件型录，而且只要你提出问题，他就有办法把任何一种BMW汽车零件的时价报给你。我花了几个星期才学会如何轻松自在地与他共处，不过现在回想起来，我们差不多就像兄弟一样。有人会想哪个正常人愿意在这种地方工作和生活呢？许多个夜晚，我们一起在电视机前做一些我们最擅长的事情——抽烟和讲笑话。这是我生命中一个不需要负太多责任的时期，我有一些微薄的积蓄、一群好友，并洞见了人死后真实发生的一切。威佛殡仪馆真是个充满生命力的地方。

第三章　人体农场

凡是人类都必将腐坏，当命运召唤时，君王亦须臣服。

——英国诗人约翰·德莱顿《佛莱克顿之子》

请想象一下，当你走过一片树林，突然看到一个被铁网栅栏围住的庭院，里面到处躺满了各种分解状况不一的人类尸体时，你会怎么想？你会怎么做？我猜想你会认为自己不小心闯进了某种宗教秘密仪式或是某个连环杀人狂的巢穴。我敢保证你会用手边的一切东西——诸如手帕、丝巾、衣角来遮住自己的口鼻，试图别让臭味跑进鼻子里。然后，依据你因眼前的景象和气味而受到的惊吓程度，不是走向栅栏往里头窥伺，就是拔腿就跑。

如果你闻过腐肉的气味，一定无法忘怀。肉体分解时所散发出的浓重的味道，即便是对已习以为常的人来说，都非常具有征服力，尤其是在大热天，那气味会让你不断分泌唾液，你的口中会充满吸吮一枚铜币时产生的那种金属酸味。有些人会试图用其他气味来掩盖尸臭。当我还是研究所新生时，在必须面对尸体时，曾试图用乳液涂抹在口罩内侧来掩盖尸臭，但没有用。而且这样做的后果比失败还要糟糕，我会将乳液那舒服的气味与死亡的可怕气味联想在一起。嗅觉记忆据说是所有感官记忆中最强烈的。

从此以后，当我闻到乳液的气味时，总会跟着一起闻到死亡的气味。最令我沮丧同时也是最有趣的一次尝试，是我把救生员薄荷糖放在自己的手术口罩和皮肤之间。那天又湿又热，当我把口罩拿下来时，脸上已经粘满了一个个糖果溶化后形成的白色小圈。接下来有好几个月我都没办法再吃下一颗救生员薄荷糖。企图消除气味不但毫无效果，而且这一领域中的大多数人也认为那是一种无能的表现。他们或许不会在你面前嘲笑你，但是却可能会在你背后这样做。

有些解剖器材用在墙上装设喷雾罐的方式来消除气味，有点像是某些人在浴室中使用除臭剂。然而事实上，没有任何东西能够成功遮掩从“漂浮者”身上散发出来的分解气味。“漂浮者”是我们用来称呼分解尸体的术语，即使那具尸体从来没有碰过水。分解气味的强烈、顽固和持久是很惊人的，它会在房间中维持数天到数星期之久。我们不时听说某人在汽车里自杀后，过了好几天才被人发现。之后有人为了把车子卖掉而试图清除车子内的尸臭，但却徒劳无功。任何一点点毛细孔大小的东西，死亡的气味都会吸附在上面；那气味会像一张充满恶臭的毛毯包裹住你，让你逃无可逃。

有一次在路易斯安那州的麦当劳餐厅里，店经理请求我们这一群人在室外用餐，好让其他客人可以享受食物。当时，我们才刚在路易斯安那州立大学的一个小房间里处理过一具“漂浮者”。但是我并没有从这次的经验中学到教训，多年以后，在另外一间快餐店里又发生了同样的事情，当时我正在诺克斯维尔市田纳西大学的人类学研究中心工作。这间研究中心有个与派翠西亚·康薇尔[①]的畅销小说《人体农场》同名的

① Patricia Cornwell，美国女性推理小说家，其小说的主角是一名女性法医。她的《人体农场》一书即取材于这间人类学研究中心。

响亮名号。该研究中心旨在研究人体分解现象。我在弗吉尼亚州威廉斯堡的威廉玛丽学院读过 3 年人类学后，于 1983 年转学到田纳西大学，满心期待可以遇见在 1971 年写出那本人类骨骼研究圣经的比尔·巴斯博士，并向他拜师。《人类骨科医学：实验室与田野指导手册》（*Human Osteology: A Laboratory and Field Manual*）至今都是法医人类学者必备的随身参考书籍。这本书是我在威廉玛丽学院所使用的课本，它令我充满想认识和亲自请教作者的强烈欲望。

比尔·巴斯从他经历过的某个案件中发现，法医科学对于人体分解方面的认知极为缺乏，于是就设立了人类学研究中心。尽管我们这些在人体农场工作的人在处理送来进行研究的遗体时，都抱持着绝对尊敬而谨慎的态度，但我们还是会说些不正经的玩笑话，好让我们可以在那个充满死亡气氛的环境下继续工作。我们的玩笑之一是把巴斯博士姓氏的开头字母“B”放在人类学研究中心的缩写“ARF”前面，如此一来就变成了“BARF”，也就是呕吐的意思——这个字用来形容人体农场的真实状况实在非常贴切，尤其是遇到诺克斯维尔市典型的闷热夏天时。然而过了一段时间后，“BARF ”这个昵称就被抛在脑后，几乎所有人都开始称研究中心为人体农场。不过和这个名称不一样的是，那个地方并没有种植人体；相反，那边满是杂草、苍蝇和蛆。

人体农场是绝无仅有的一间研究中心[①]：死亡不久的遗体被摆在地面上、埋在各种深度不一的土里、浸泡在水中、包在塑料袋里或是放置在汽车内，通过各种不同的环境因素来控制遗体的分解作用。这是一所让死者教育生者的学校，而且除了研究分解作用的科学家之外，这个议题对其他

① 本书大约写于 2005 年，当时美国类似的研究机构仅有田纳西大学的这一个。2006 年，美国西卡罗来纳大学已成立了第二间类似的研究中心。

人来说也很重要。对警方、调查人员、检察官、辩护律师和痛失亲人的家属而言，一个人在不寻常的环境下死亡后，一直到遗体被人发现的这段时间内所发生的一切事情，他们都有非常强烈的意愿去多加了解。死亡时间就跟一起神秘死亡案件的所有信息一样，对于还原真相来说可能至关重要。大部分的法医（以前称为验尸官）都是具备病理学专长的医生，他们能够判断死亡时间的对象，通常是在 24 小时到 48 小时内死亡的人。但是一旦分解作用开始后，要判断死亡时间就需要用到另外一种不同的专业知识了。而这就是人体农场的研究成果得以发挥功用的地方。

在念完两年的社区大学后，我进入威廉玛丽学院就读，此时我的学术兴趣已经从生物学转移到了人类学上。这门学科一共有 4 个分支—— 考古学、人体人类学、文化人类学和语言人类学。在决定走哪条路之前，我决定将这 4 门分支学科全都选修来看看，不过等到三年级时，我的目标就开始逐渐确立了，而这完全要感谢一位对我而言与其说是个科学家，还不如说是圣诞老人。

我在弗吉尼亚州考古学研究中心担任学生义工的某天下午，遇见了比尔・布坎南，他是一位长发蓄胡、来自阿肯色州的男子。布坎南是我的实验室指导员。在我痛苦地为上千块陶器碎片和夹杂于其间的几支箭头编列号码时，或许为了帮我减轻烦闷，他拿出几块骨头给我看，然后问我：“你可以告诉我这里面有没有人类的骨头吗？如果它们不是人骨的话，又是什么动物的骨头呢？”

我看着那些骨头，对它们到底出自何种动物一无所知，然后把这个他想必早已预料到的答案告诉他。令我惊讶的是，接下来他开始说出每块骨头的名称，以及它们来自身体的哪一侧。他告诉我这些是一只火鸡的骨头，而且是一只年轻的火鸡。“瞧这里，”他充满热情地说，“像这样拿着这块骨头，将长杆的弯曲部分朝向你，然后将这两个圆形髁突朝下的话，你就会发现这是一根右股骨。而它的骨臼帽还未融合，代表它是一只未成年的鸟。”就是这么简单。我对比尔·布坎南的敬意立刻暴增了1000倍，他成了我的新偶像。

在此之前，我认为火鸡骨头只不过是感恩节晚餐结束后，留在盘子上的残肴而已。比尔·布坎南打开了我的视野，使我明白生命历史都会记录在骨头和牙齿上。就人类而言，骨头会反映出我们的年龄、种族、性别和饮食习惯，有许多疾病都会显示在骨头上，如小儿疾病、性病、骨折或牙齿疾病等。我们的骨骼也会透露一个人生前是否拥有强壮的体格，还会显示出他们生前经常从事的活动，像是裁缝、射箭和习惯性蹲坐等。只要你愿意聆听，骨头真的会说话。

我汲取了比尔·布坎南所提供的一切知识。他告诉我骨折痊愈后所留下的伤痕，可以用来鉴定一个人的身份。而如果一个人营养不良的话，他的骨质会比饮食正常的人更疏松。营养不良也会造成弓形腿和牙齿疾病。从比尔·布坎南试图用几块火鸡骨头来纾解我无聊情绪的那天开始，我就对支撑我们肉体和保护脏器的那副骨架充满了好奇心。

接下来的那个学期，我选修了骨质考古学，这也是威廉玛丽学院唯一与骨头相关的一门课，我的人骨职业生涯从此开始慢慢成形。为了尽量学习一切有关人类学的知识，我待在学校的时间比一些朋友要长，以读完学校所提供的大部分人类学课程。我满载着从威廉玛丽学院那边学习到的所有知识，于1983年启程前往诺克斯维尔市寻找巴斯博士和一个叫作人体农场的地方。

1972年，比尔·巴斯创立人体农场的目的一共有两个：为某个问题寻求解决之道以及贡献科学知识。当地的警察和法医经常会碰上一个问题——当身份不明和无人认领的遗体不再有作为证据的需要时，应该如何处理它们？人体农场为这些遗体提供了一个去处，好纾解当地政府已经很紧张的殡葬预算。这些遗体为巴斯博士和他的学生带来一个理想的机会，让他们可以研究人类遗体以及弄清楚遗体究竟要花多长时间才会变成骨骼，这些信息对于破解犯罪案件和制裁犯人具有重要作用。

人体农场坐落在一个森林茂盛的地区，距离阿尔科高速公路不远，就在田纳西大学医院后方数百码远的地方。这个地区原本很偏僻，然而随着紧邻人体农场的医院扩建以及一个大型停车场的兴建，医院工作人员只要坐在户外的野餐桌上，就能瞧见这个地方——而且只要风向正确的话，他们也会闻到味道。

你一定认为大家会尽可能远离一个摆满分解尸体的地方，但其实并非如此。事实上，研究中心甚至必须装设一架监视录像机来吓阻围观者和入侵者。尽管冬天喜欢恶作剧的人似乎比较少，但是某些季节会激发人们做出一些奇怪的行为。尤其是在万圣节期间，警察必须提高警觉，因为有些大胆的捣蛋者会用棍子穿过铁网栅栏，试图将其中一具遗体勾到可以碰触的距离。我离开研究中心几年后，作家派翠西亚·康薇尔提供了部分赞助，让田纳西大学将该中心扩建了数英亩，并在围栏顶端装设了刺铁丝和刀刃铁丝（跟监狱隔绝犯人的设备相同）来保护遗体的尊严以及实验的完整性。

许多年以来，在判断死亡时间方面，人体农场的研究结果已经被不断证明具备重要价值。在人体农场成立以前，对于一具死亡 2~3 天后才被人发现的遗体，警察和法医用来估计死亡时间的方法，除了依赖尸体的温度（测量肛温）外，就是采用“SWAG”[①]法，即“大胆的科学猜测”。人体农场为医学界和司法界提供一些建立在田野研究基础上的准确信息。当

① 这个字原本有赃物、贵重物、摇晃等意思。

某个证人在法庭上针对自己在受害者死亡前看见死者或和死者说话的时间提出证词时，这些研究结果可以用来支持或驳斥他们的说法。许多年以来，人体农场已经成为三个“D”的哈佛大学——死亡、腐烂与分解。

比尔・巴斯很慷慨，乐意和人分享知识，即使对待像我这种初学者也一样。这在德高望重的教授身上是一个稀有的特点。我甚至在申请进入田纳西大学之前，就已经把他当作考古人类学界的沃尔特・克朗凯特[①]了。抵达田纳西大学后，我便前往设于田纳西大学橄榄球场内的人类学系办公室。我努力克制全身的紧张颤抖，满心希望能见到巴斯博士本人，不过并不预期这种好事真的会发生。他的秘书安娜特・布莱克波恩请我稍等一下。“巴斯博士正在和警方通电话。”她用一种对我这个来自西弗吉尼亚州的人听来像是田纳西口音的浓重腔调告诉我。不久之后，他从办公室里走出来，用双手握住我的手问候我，并用一种日后将是我非常熟悉的高频率嗓音说道：“嘿，你好哇，有什么事情是我能帮忙的吗？”我说：“我是一名新生，希望可以主修法医人类学。”同时我在心中期盼他不会拒绝。我们坐在他的小会议桌前，讨论我未来的法医人类学课程内容。我毫不隐瞒地告诉他自己的学历背景，以及修过哪些课程。他向我建议未来在田纳西大学应该选修的课程。他的慷慨大方令我印象深刻；他竟然只是为了和我说话就丢下手边的工作。尽管他的行程紧凑，还得过许多奖项和证书，但巴斯博士仍然是一个真诚而友善的人。

我就读于威廉玛丽学院期间，曾研究过 56 副美国原住民骨骼，对我而言这是一个繁重的毕业论文，所以我认为自己可以用这篇论文来给巴斯博士留下深刻印象。在此之前，我从未见过有人愿意花一辈子时间在美国大平原上挖掘上百个坟墓，或是鉴定上百个凶杀案的受害者，所以我真的

① Walter Cronkite，美国前 CBS 主播，是美国新闻界元老。

不知道56副骨骼到底算多还是少。日后我才知道这个数量其实并不算多。当我把自己的论文拿给巴斯博士看时，他的妻子安妮正好走进来并在我身旁坐下。安妮·巴斯博士是一位营养学者，专门以美国东南部的原住民为研究对象。她是一位迷人而优雅的女子，遗憾的是日后不幸死于癌症。被两位巴斯博士夹在中间，我不禁拘谨忸怩起来。我脑袋中发出一个声音，警告自己不要说出任何愚蠢的话。然而根据我对自己的了解，我很清楚只要时间一久就会露馅。比尔博士收下我的论文，但是并没有多看标题一眼。他把论文放在面前的桌子上，就好像那是一张刚使用过的餐巾纸，接着满脸笑容地说："每个人都会写论文，年轻人。但是你了解自己的骨头吗？那才是我想知道的。"

我在椅子上局促不安地扭动了一下，回答道："是的，先生（长官）。"我开始出现以前当军人时的习惯。

"那么，我们何不到楼下的实验室里，看看你在骨头测验上的表现如何呢？"

当他带着我下楼并请我在其中一张实验台前坐下时，我感到自己的脸颊泛红、手心出汗。我已经大约两年没有拿起一块人骨了。他请实验室管理员将他上个星期骨科课中用来测验的10块骨头拿过来。

巴斯博士不只要我辨识出每块骨头的名称，还希望我能尽量告诉他，自己从每块骨头上看到了什么。无论我刚开始走进他办公室时的自信有多么坚定，现在它都像春天的雪花一样融化了。尽管如此，我还是努力辨识他递给我的每块骨头。"这是一块左肱骨，这是一块小孩的右股骨……"如此这般，直到我说完这10块骨头的名称。每当我辨识完一块骨头后，他就会说："很好，很好。你做得很好，鲍伯[1]。"但是我心中仍在不断揣

① 鲍伯（Bob）是罗伯特（Robert）的昵称。

测何时会出现真正的大难题—— 一块让我答不出来的神秘骨头。然而它并没有出现。我正确辨识出了所有的骨头，两位巴斯博士也向我道贺。我们回到他楼上的办公室，继续讨论更多有关法医人类学的事情。然后他们邀请我共进晚餐。

吃过晚餐后不久，巴斯博士开着他的蓝色雪佛兰小卡车载我前往人体农场。我很快就知道他习惯每 3 年就将自己的卡车卖掉，然后再买一辆品牌、型号、颜色和内装都完全一样的车子。改变的只有车子的出厂年份。我们从田纳西大学医院后方离开主要道路，经过一小段狭窄的泥土路后，来到一块用栅栏围住的地方。我知道前方是一个摆着四五具人类遗体的笼子，因而感到有些毛骨悚然。虽然我已经习惯了人骨，但是一想到即将面对分解中的尸体，不禁坐立难安。巴斯博士走出车外，打开那道防止好奇民众或大型动物闯入的大门门锁。这间研究中心不会比大部分美国家庭的后院大上多少。里面有一块被铁网栅栏围住的小区域，大小刚好装得下一只德国牧羊犬。我觉得自己就像是学校中的重要人士，由巴斯博士亲自花时间陪我到人体农场进行私人参访。他告诉我哪些地方曾经或现正埋有遗体，以及如果我想要在研究中心做事的话就应该知道的所有事情。当年人体农场是位于偏僻安静的森林里，四周没有房屋，没有加油站，也没有舞厅。经过许多年，它的面积和周遭景物都起了变化，然而其初衷并未改变。

身为一个教育家口中所谓的非传统学生，即一个比其他一般学生要年长许多的学生，我拥有的某些优势之一就是比别人更了解这个世界的运作方式。比如说，我明白应在对的时间去做对的事情的道理，于是自愿加入了系里的法医调查队做义工，并以我的绿色连体工作服和一顶前面绣着团队名称与骷髅头的棒球帽为荣。这套制服确实象征着某种与众不同。当然我们只有在犯罪现场工作时或是发现一具“漂浮者”时才会穿上它。我们无法预知何时会接到案件或被指派任务。我经常会驻足在人类学系办公室里，等着一展才华的机会。

巴斯博士不可能不注意到从早到晚待在学系办公室的我。他看出来我充满了决心，是一位会尽自己所能把一切关于人类骨骼知识吸收进大脑的学生。但是我花了一段时间才发现他看到了我对这门学科的付出。

第一个学期特别难熬。虽然我比其他学生要年长许多，但还是选择了住在学校的宿舍里。我刚从弗吉尼亚州搬来田纳西州，身边除了吉他之外，一个朋友都没有。由于我已经在威廉玛丽学院修过人骨相关课程，因此就选修了巴斯博士的法医人类学研究生的课程，并把它当作大学学分来修。不久之后，我开始觉得自己的表现不佳，巴斯博士好像也不怎么喜欢我。他似乎总是点出班上其他学生加以赞赏，而经常忽略我。我曾经认真考虑是否要弃修这门课，不过最后并没有这样做。日后巴斯博士向我表示，当时他几乎是立即对我的法医人类学技能感到印象深刻，因此认为自己应该给予其他需要指导和帮助的学生更多关注。我完全误判了状况，并且差一点赔上自己的职业生涯。在 1985 年我即将取得学士学位时，巴斯建议我来年去申请担任他的法医助理一职。于是我提出申请并被录用了。我的这份工作一直持续到 1987 年获得人类学硕士学位后，离开田纳西大学为止。

虽然巴斯博士的法医助理是一个听起来多少带有些威望的身份，但是我的工作内容中有许多最基本的工作，比如其中之一就是更换人类学系办公室的电灯泡。我记得有一次发生一件事情，虽然如今自己已能微笑面对，但当时却令我羞愧难当。有天早晨，巴斯博士出现在我的办公室，请我跟着他走。我们来到大厅中央，他停下来，问我看见了什么。我一头雾水，并老实告诉他自己什么也没看到。他一言不发地从附近的一个橱柜中拿出一把梯子和一根日光灯管，再回到我们刚才停下来的地方。直到那时，我才发现大厅中有一根已经坏掉且需要更换的灯管，然而我那天早上路过它时却没有看见。尽管我一再坚持，但巴斯博士还是亲自爬上梯子更换了那根灯管。从此以后，我再也不需要任何人来提醒自己关于灯泡坏掉的事情，我已经从大师那里上了一课。

当警方与法医发现一具“漂浮者”或需要找人协助处理案件，而巴斯博士又出城不在时，就由我负责担任田纳西大学这边的联络人。在我读了几年大学后，巴斯博士和他的妻子会拜托我在他们外出旅行时代为照看房子。由于我的卡车停放在殡仪馆里，所以巴斯博士会把他雪佛兰小卡车的钥匙留给我，准许我开车往来于他家和学校之间，或是从警察或法医那边运载遗体。有个周末，我决定前往研究中心检查几具遗体的状况，并稍微整理一下环境。我花了差不多一天的时间从一具腐烂的遗体身上搜集昆虫。接着我清扫树叶，捡起散落在笼子里的手术手套和尸袋，并倾倒垃圾。那天正值仲夏，天气又湿又热，这意味着你必须和许多蛆及苍蝇奋战，而我的衣服上也沾满了腐尸气味。那天快结束时，我已经变得久而不闻其臭了。对这些气味丧失敏感度可能会让你碰上麻烦，尤其是回家途中路过加油站或便利商店的时候。有时衣服上的气味即使经过清洗也无法消除，这时候我们就会把衣服丢掉。研究中心许多年来已经处理太多遗体，因此尽管地面上没有放置任何一具遗体，闻起来还总是有死亡的气息。尸水已经渗进土壤、水泥和笼子的木头中，这些东西上的气味即使用漂白剂和水去清洗也无法消除。

那天的工作结束后，我钻进驾驶座，把巴斯博士那台才刚买几个月的卡车开回他家，接着再好好地清理卡车和我自己。我把脚踏垫拿出来，用吸尘器清理地毯和座椅，把卡车的门窗打开通风几个小时。我自认为清理工作做得还不错。最后我拉上车窗，锁上车门，把它留在那边等待第二天回家的巴斯博士。因为我不需要在巴斯夫妇回家时待在那间屋子里，所以便回到了殡仪馆，也就是当时我居住和工作的地方。

第二天，星期一，当我抵达学校向巴斯博士报到时，令我惊讶的是，巴斯博士问我："鲍伯，你对我的卡车做了什么？"

"没有啊！"我答道，感觉自己的喉咙里似乎卡着一颗棒球大小的东西。

"这个嘛，但是它闻起来确实有些味道。"他说。

很显然，我想把卡车完全清理干净的企图失败了。在走向卡车的路上，我向他表示自己昨天去过研究中心。当他打开车门时，一阵恶臭向我们袭来。我到处闻了一下，发现味道来自驾驶座下方的塑料脚踏垫。经过推断，我明白是自己走在发臭油腻的水泥地上以及被油腻尸水渗透的泥土地上时，把那些味道沾上了网球鞋，接着又带到了脚踏垫上。我的嗅觉在那天快结束时已经被麻痹了，所以即便被臭鼬用臭气攻击恐怕也毫无感觉。当卡车在紧闭状态下经过一晚之后，那味道变得更加强烈。很不幸，我把他的新车味道换成了腐尸味。这位大师再次教给我宝贵的一课——你必须小心维护他人的财产。巴斯博士是我这一生所遇到的最宽宏大量的人之一，但他对自己 3 个儿子的教育方针就是，无论你向别人借了什么东西，都必须原封不动地归还。

在人体农场成立以前，对尸体分解的研究都是使用狗和猪，除了人类遗体不易取得之外，也是因为任何人类遗体在露天环境下进行分解，对某些人而言是一件骇人听闻的事情。然而我很怀疑，一只 35 磅（约 16 公斤）的狗和一个 150 磅（约 68 公斤）的人，他们的分解模式和完全变成骸骨的时间会是相同的，所以我便针对这个议题进行了研究。

某个夏天，在巴斯博士的准许下，我从田纳西大学兽医学系那边获得了4具遭受安乐死的犬尸。我把其中一只放在人体农场的泥土地上，另外一只放在水泥地上，用每次两只的方式进行实验。我复制了绝大部分人类遗体被人发现时所处的环境，也就是在树林中或者在人造平面上。

我每天观察人体农场中的那两具犬尸，一直监控它们的分解作用长达一个月以上。我从各个角度拍摄犬尸，记录它们从“新鲜”变成“干燥”（骸骨）所要花费的天数，并且用瓶子搜集昆虫进行物种鉴定。

虽然我不是法医昆虫学者（我的同学比尔·罗德里奎斯才是那个领域的专家），但我还是想多了解苍蝇和蛆，以及它们与死亡时间的相互关系是怎样的。我的犬尸研究显示，虽然狗和人类在死亡后，尸体上会出现相同物种的昆虫，而且是像接力赛一样，一个物种接另一个物种地出现，但是两者的分解速度是不同的。

考虑到两者体型大小的不同，我想出现这种差异是很合理的。那些狗的体重介于40~95磅（约18~43公斤）之间。令我讶异的是，一只40磅重的狗会在3天之内完全变成骨骼。蛆会把骨头上的肉吃得一干二净，并且在骸骨四周留下一圈近乎完美圆形的狗毛。虽然蛆不过是一些有如米粒般大小的食腐动物，但它们却能够在进食过程中把狗毛推离尸体，在尸体周围形成一圈毛发。于是那圈毛发成了那只动物被分解地点的有力证明。

日后科学家就把这个原则用在有关人类遗体的案件上。直到现在，我都会使用这项研究的幻灯片来为警察和医学专家说明死亡时间。我会问他们是否可以估计出这只狗的死亡时间。大家猜测一或两个星期，很难相信一只动物的尸体只需要3天就会变成骸骨。科学家已经发现猪和人类的分解速度差不多，而我对犬只的研究结果则显示，用狗来代替人类遗体所做的分解研究，都必须抱持着谨慎甚至是怀疑的态度。这就是科学实验最美妙之处：研究和实验有时会提供给我们一些与常识互相矛盾的知识与看法。

从这一系列的实验中，我学到一具尸体的分解速度是由一连串因素所决定的。这些因素包括温度、湿度、昆虫亲近度、降雨、尸体所接触的表面，以及尸体上是否存在伤口。我的朋友兼同事比尔·罗德里奎斯博士，曾遇到过一名女性被弃尸在树林中的案件。警方发现她时，尸体已经开始腐烂。令人惊讶的是，她的手部比其他身体部位的分解速度要快上许多。经过仔细观察后，他们找到了原因：在面对那个用刀子攻击她的人而试图自我防卫时，她的手指头留下了伤口。这些伤口吸引了苍蝇在上面产卵，因此造成了较快的分解速度。

虽然一具尸体完全骸骨化通常需要花上数星期到数个月的时间，但是有些案例却会反其道而行之。我在人体农场的一个早期研究对象，是一名遭到奸杀的 21 岁的女性。她在解剖之后被送到我们这边来。我把她装进一个黑色尸袋中，放在人体农场一处阴暗地区的地板上，等待别人向警方领取这具遗体。为了让昆虫接近这具遗体，我把尸袋的拉链打开到她的膝盖部位，让它维持在稍微开放的状态。所以它的周遭环境既阴暗、温暖又潮湿—— 一个理想的分解环境。法医在解剖时已经移除了她的内脏。消化器官充满了细菌，这些细菌是食物分解和提供营养的过程所必需的。一般而言，人死后腹部里的细菌会形成气体，造成腹部膨胀。这个过程会加快分解。

在这个案例中，由于死者的内脏已经被移除，因此理论上其分解速度应该比其他没有遭受解剖的遗体要来得慢才对。然而这名女性在第七天就变成了骸骨。我几乎不敢相信自己的眼睛。这是我所见过分解速度最快的一具遗体。身为巴斯博士的好学生，我用照片把这一过程记录下来以资证明。对于这具遗体快速分解的原因，我唯一可以提出的解释就是当时环境极度湿热。

气候和地区对一具尸体的分解速度有很大的影响。假如一具尸体在寒冬中被放在纽约州的北部森林里，它的分解速度会比一具夏天时被丢在佛罗里达州森林里的尸体慢上许多。其中一个原因是，让尸体变成骸骨的两个主要因素——苍蝇和细菌，在户外的寒冷天气中并不活跃。人体农场的实验显示，冬天被放在户外的尸体，其腹部膨胀的程度比夏天的尸体要轻微，而且有许多尸体会变成我们称作“万圣节颜色”的橘色和黑色。

尽管并非所有的案例都是如此，尸体通常会经过一些可以预期的阶段：新鲜、膨胀与干燥。在最后这个阶段，尸体已经停止分解，蛆也停止觅食，而且除非有啮齿动物或更大型的肉食性动物来啃食，否则尸体即使经过好几年的时间也不会有太大的改变。如果骨骼上还留有任何肉的话，它会逐渐硬化，变成皮革或是羊皮纸一般。在分解的初期阶段，尸体内的气体会让腹部膨胀，皮肤会像塑料袋一样被撑开来，血管中因为充满了细菌而呈现绿色和黑色，看起来就好像是一条条细长的公路或是大理石上的纹路——所以这种现象就被称为“大理石纹路化”。

最长不过两个星期，脸颊、下巴、喉咙、鼠蹊和腹部会最先骸骨化。肉较少同时对蛆来说也较为缺少吸引力的部位，比如手臂和腿部，则常常是最后才分解的地方。如果你抬起一具尸体观察它的下方，那些和地面接触的部位通常看起来就像瑞士奶酪或苦艾草；那就是蛆离开尸体钻进土中的地方。而和一般大众认知相反的是，头发和指甲在人死后并不会继续生长；那是人体组织的萎缩让人产生了继续生长的错觉。头发和指甲是死去的细胞，它们早在个体死亡之前就没有生命了。

我从人体农场研究中学到了一些有用的诀窍。比如手掌上的皮肤会和下方的人体表面分离，于是我们可以把皮肤从尸体上脱下来，像戴在别人的手上的一只手套。这是我们从严重腐败的尸体上取得指纹的方法之一。从死者身上撷取指纹有几种方法：你可以脱下遗体的“手套”，戴在别人手上来按出指纹；或者说，你可以把整只手掌切下来，放进酒精中，再送到警局的实验室让他们自己搜集指纹。这两种方法我都用过。

我在人体农场学到的另一件事情是，当一具尸体开始分解几天后，它的头发会掉落在头颅周围，形成一团被我们称为“发堆”(hair mass)的头发。寻找发堆是很重要的一件事情，因为即使头颅滚到了山坡下，只要你找到发堆，就等于找到了遗体的分解地点。

如果人体农场是一个让你在白天听起来还是感觉可怕的地方，各位可以想象一下那边晚上时的景象。某个秋夜，我决定去那边观察昆虫是否会在黑暗中出现不同的行为。在此之前我并不是因为害怕才没有这么做，至少我是这样告诉自己的。我宁愿相信自己是出于实际理由才没有这么做的：如果我什么都看不到的话，为何我要在黑暗中到那个地方去呢？但是现在我决定动身前往，因为我想知道苍蝇产卵了没有，以及那些白天躲在尸体里面的蛆是否会在夜晚跑出来啃食尸体表面。白天时我观察过许多尸体，知道蛆并不喜欢被阳光直射。它们会在尸体内侧活动。我开始怀疑昆虫是否会轮流行动——白天在尸体里面活动，晚上则跑到尸体表面。而我唯一可以查明真相的方法，就是前往那边亲自观察。

好奇心是很强烈的动机。大约在晚上 8 点钟时，我一个人开车前往人体农场。当我行驶在通往研究中心的狭窄的泥土路上时，我不断观察是否有人躲在左右两边的灌木丛中。我在大门前停下车，走出车外，顺着车子的前照灯来到栅栏前把门锁打开。我迅速钻回卡车里，开始觉得后颈发凉。其实那里根本没有什么好害怕的东西；我不过是在自己吓自己。

冷静下来后，我把车驶过大门，下车将大门闩上，然后把车子停在一块小空地上，空地旁边是一个壁橱大小的围栏，里面放着两具尸体。天空中照射下来的月光，加上轻拂脸颊的微风，使整件事情的开始看起来比我当初所预期的还要像一部恐怖电影。当时我不但在一家殡仪馆工作，而且还住在那边，和遗体相处时也还感到轻松自在。但这个地方却令我毛骨悚然。直到今天，和膨胀尸体一同工作带给我的其中一个危机就是，偶尔我会在半夜惊醒，以为我正躺在地板上，全身爬满了蛆。

我从卡车移向地面上其中一具躺着的遗体。那具遗体已经放在那边达数星期之久，而且部分已经骸骨化了。遗体脸部已经被蛆啃食殆尽，其中几根手指的顶端有被啮咬过的迹象，我认为应该是老鼠做的。将手上唯一一支手电筒用作防身武器，我走到那具遗体旁跪下，然后用灯光从它的脚照到脸部，满怀警戒地等待着有什么生物会从遗体下方或里面冲出来。令我松了一口气的是，我看到的东西只有苍蝇和蛆正在做着和白天同样的事情——飞舞、产卵和觅食，和白天没有什么不同。我知道或许只有白痴才会觉得这是什么伟大的真理，但我还是必须说，对于没有亲眼看过的东西，我都无法理直气壮地说出来。然而现在我可以很肯定地告诉你尸体在夜晚时的情况，因为我已经见过了：它们和白天的情况完全相同。

先前我刚下车的时候，感觉自己听到了左边树林中有什么东西在骚动。我用手电筒照向那里，但什么也没看到。快要观察完遗体时，我又听到了沙沙作响的声音，这一次是来自我右手边的灌木丛。正当我照亮那块区域的时候，有一只兔子从我身旁匆匆跑过，并踢起了一些叶子和树枝。我一时被吓得魂飞魄散，快速奔回卡车，然后锁上车门。我花了几分钟的时间才恢复镇定，鼓起勇气离开相对安全的卡车，然后锁上大门，这样我就可以回家了。虽然我曾经在人体农场看见过小动物，比如在其中一个放着分解遗体的铁丝网笼子里看到一只母负鼠和它的幼鼠，或是老鼠把某具遗体的腹部吃出了一个垒球大小的洞，但这是我第一次听见小动物的声音。这也是我最后一次胆敢在晚上前往人体农场。

人体农场如今享有盛誉，有些人甚至在遗嘱中表示愿意捐赠遗体来进行研究，其中之一便是葛罗福·克朗兹博士。他是华盛顿州立大学的人类学者，把“大脚”[①]变成了一个家喻户晓的名字。他热衷于搜寻有关大脚的证据，研究别人宣称是那只大野兽所留下来的足迹模型，并且会用神秘传说、冒险和不可思议的故事来激发学生的好奇心。几年前克朗兹死于癌症，在这之前他立下遗嘱，把遗体捐赠给人体农场两年，并且指定他的遗骨在研究结束后送至史密森尼博物馆存放。同时他要求把自己那3只心爱的爱尔兰猎狼犬的遗体与他一同放在史密森尼博物馆中。我们很少有人会选择在博物馆的一个柜子中结束这一生。不过一旦想到如果自己死后是被放在一个铁盒子里，埋在永恒的黑暗之中，我就不认为克朗兹的选择有那么糟糕了，至少这样不会孤身一人。

① Big Foot，美国民间传说中一种身材高大、全身长满毛发的类人猿生物。

第四章　凯兹湾命案

我不会有事的，我是个大女孩了。

——罗瑟琳·古德曼

1984年9月23日，当时已经生有两个小孩，绰号为“罗茜”的35岁的罗瑟琳·古德曼，身穿运动衫、牛仔裤和运动鞋离开她位于田纳西州孟菲斯的家。她告诉母亲自己要到加特林堡进行一趟为期4天的大烟山国家公园健行之旅。当母亲表露出担心时，她回应道：“我不会有事的，我是个大女孩了。”她把远足装备放上她那辆1970年款的黄色大众汽车，接着就开车前往凯兹湾——美国最受欢迎的景点之一。半路上她曾在杰克逊市停留探望她的哥哥，然后去拜访住在纳什维尔市的朋友。罗瑟琳曾打电话给她的女儿说自己隔天晚上就会回家。在这通电话后，她最后被人看到的地点是马利维尔市的一间餐厅，她当时正和一对身份不明的男女对话。

在罗瑟琳没有回到家，明显是失踪了以后，当地警方开始着手调查这起案件。过了1个月，在警方一筹莫展的情况下，罗瑟琳的朋友在盖林堡的地方报纸上刊登了寻人启事。一位记者曾询问国家公园管理处的官员，但是他们无法证实罗瑟琳到过此地。不过在辛苦搜索了3000

多笔的公园记录后，确实发现了一张罗瑟琳亲笔填写的出入登记卡。在报纸持续报道这则新闻期间，一对住在威斯康星州的夫妇联络警方，表示他们曾在9月28日或29日看见罗瑟琳与一名男子同行。

《诺城日报》转述了她家人对罗瑟琳的形容，说她是一名心性自由、和蔼可亲、关心他人的女子，她对每个人都抱持着信任态度，并热爱大自然。她才刚在孟菲斯买下了一栋小房子与一家房屋清洁公司，并且是个热爱生命的人。但是3个月过去了，罗瑟琳还是下落不明。这起案件就像田纳西州的天气一样逐渐转冷了。

12月29日，一个从事打猎的家庭在凯兹湾追捕一只雄鹿时，于一间小屋外大约100码（91.44米）远的地方，发现了一副骸骨和女性的衣物。警方根据这副遗骸描述死者为一名5.4英尺（约1.65米）高、留有及肩棕发的女性。她穿着红色运动衫、绿色夹克、黄色背心、灰色条纹衬衫、蓝色牛仔裤和一双网球鞋。假如她曾携带任何个人物品的话，那么这些物品已经不见了。某人把她丢在一棵倾倒的树底下，似乎是打算隐藏尸体。虽然警方找到了她的衣物，但无论是谁犯下了这起抢劫杀人案，杀手都足够冷静且移除了一切可以辨认死者身份的东西。

当时我还在威佛殡仪馆工作，求教于田纳西大学的比尔·巴斯博士门下。巴斯博士接到了大烟山国家公园巡逻队助理队长杰瑞·霍布斯打来的电话，希望他能协助鉴定当天早些时候发现的一副人类骸骨。他们派公园巡逻队队员罗伯特·怀特曼把这副遗骸送到田纳西大学人类学系来。同遗骸一起被送来的还有一份证物记录和一张平面图，图上标示着巡逻队所发现的每一块骨头的位置。巴斯博士表示巡逻队处理这些证物时运用的一些田野调查技巧，是他从事法医调查工作30年来所见过的最好的技巧。在采集和记录证物的过程中，巡逻队表现出一种非常精细的态度。

在巡逻队队员怀特曼在场的情况下，我们初步鉴定这副骸骨可能是一名30多岁的白种女性。凯兹湾唯一被通报失踪的白种女性是罗瑟琳·古德曼。这副遗骸的软组织几乎已经消失，仅剩一些看起来像皮革的干枯韧带把几根骨头连接在一起。颅骨里还看得到一些蛆和一些以蛆为食的甲虫。根据人体农场对人体分解的研究，我们估计她已经死亡了 3~5 个月。此时所有证据都显示出我们已经找到了罗瑟琳。我们将这副遗骸摊在一张鉴定台上，以生理结构排出顺序，然后开始我们的分析工作。

许多骨头上都有犬齿所造成的齿痕，这表示它们曾被肉食性动物啃咬过，像是狗、浣熊或熊。虽然手臂和腿部等部位的长条状骨头没有一根完好无缺，但是大部分的骨头都还在。接下来我们要进行系统化的法医人类学鉴定工作，寻找所有可以告诉我们死者身份或死亡原因的蛛丝马迹，是时候拿出放大镜来检查了。

巴斯博士将这起案件指派给我、史蒂夫·赛姆斯和东尼·法赛提，我们这几个人都是法医人类学系的研究生。我们每个人负责一部分的鉴定工作。我的工作是估计死者的年龄以及为她的发堆拍摄 X 光相片。也正因如此，我才知道她死时头上绑着马尾。虽然我的目标是寻找有关枪击的线索，但是我只找到了一个布面橡皮筋式发圈，更正确的说法是，我找到了关于那个发圈的线索。X 光相片上出现了用来连接橡胶发圈两端的金属物。

我们先各自进行鉴定工作，最后再互相验证结果的正确性。我们可以通过对颅骨和骨盆的肉眼鉴定，以及用数学公式计算颅骨尺寸的方式，来判断这副遗骸是一名女性的。她的颅骨比较小，并缺少一般男性有着强壮肌肉的特征。她的额骨是垂直的，眼窝的上缘是尖的，而且乳突（耳朵后面的突起部分）也比较小。她的脸颊较圆（男性的较方），而上颌骨（嘴巴的上方部位）也比较短窄。她的臀骨也表现出女性的特征：位于前方的耻骨较长，坐骨槽较浅较宽，还有骶骨与两侧髋骨连接的部位有一块平台般的骨头。毫无疑问，死者是一名女性。

为了消除个人偏见的因素，我们还采用了另外一种鉴定技术，用一种叫作卡尺的测量仪器测量出颅骨的八项数据。将这些数据代入一个数学公式后，就会得出一个代表这副遗骸可能性别的数字。这个方法有 86% 的准确率，而且普遍应用于人类学领域中。如我们所预期的，数字结果告诉我们这副遗骸是一名女性的。无论是统计学还是肉眼判别，这两种方式都是依照骨头的尺寸和形状来判定的。一位经验丰富的人体人类学者几乎可以做到看一眼颅骨，就判断出其年龄、种族和性别。不过用统计学的方式来分析，可以验证我们肉眼所见的事物。我们从颅骨和头发的特征辨别出死者的种族。检查这副遗骸后，我们发现她的颅骨与白种人的特征相符。颅骨从前侧到后侧的距离较短，而颅骨后侧则较宽圆。她的下颌缺少齿槽前突的现象（一种常见于黑人身上的嘴部突出特征），另外她的牙齿有轻微的过度咬合现象。她的上门牙缺乏铲状特征；铲状门牙是一种常见于黄种人身上的牙齿特征，尽管有时候在白种人和黑人身上也会看到。

调查人员经常会忽略遗落在犯罪现场的头发，因为它可能混在土壤或落叶之中。如果头发和土壤的颜色一样的话，就几乎无法被察觉。然而一个有经验的人知道该怎样寻找头发，并且会搜寻附近的树木和地面，因为有时候鸟类会用头发来筑巢。偶尔会有细心的调查人员在颅骨里面或是在骨折裂缝和弹孔等创伤部位，找到一根头发。无论头发是否被漂白或染色过，用显微镜来观察它便可以得知头发主人的种族、发长、发色等信息，以及这个人在死前多久剪过头发。这次我们很幸运，因为公园巡逻队找到了头发。

说到头发，我想起了一起始终困扰着我的案件。2002 年有人发现了一具遗体，死者被判定为华盛顿特区联邦监狱局的实习生钱卓·莱威，她是在 2001 年 5 月 1 日被通报失踪的。1 年多以后，她的遗体在离她公寓 6 英里（约 9.66 千米）远的华盛顿岩溪公园被人发现。警方认定她的死因是他杀，但是当时尚无人被起诉。我并未参与此案，但令我困惑不已的是，调查人员并没有在死者遗骸散落的地点发现她的发堆。尽管她已经在树林中死亡了 1 年 3 个星期之久，调查人员最终还是寻回了 95% 的遗骸以及部分衣物，但是没有寻获她的头发。莱威小姐有一头深色长发。她的头发没有被寻获，这意味着搜索人员不知道要寻找发堆，而她的发堆也应该还在现场。许多人错以为头发会分解，或者以为蛆和其他小动物会像吃掉皮肤及其他软组织一样吃掉头发。或许那些头发躺在落叶堆和石砾之间，让搜索人员无法辨认。没有发堆也可能代表她的遗体是在其他地方分解的，不过这个可能性很小。

由于我并未参与搜索，因此我不知道当时的搜索行动的细致程度究竟怎样。我只是试图指出在莱威命案中没有找到头发的可能的解释，而不是在事后批评调查人员。我和许多华盛顿当局的人员一同工作过，他们的表现都很好。我必须不断提醒自己，他们可能并不清楚我要寻找的东西是什么，以及寻找它的用意为何。对我而言，寻找莱威小姐的头发最强烈的理由就是，查出她当时计划前往岩溪公园的目的是什么。比如，她的头发绑着马尾，代表她可能是去慢跑；或者她的头发是放下来的，则代表她可能是去赴某人的约。

正是因为有一位北卡罗来纳州的男子发现了一起命案受害者的发

堆，这起命案才开始展开调查。当他养的那两只狗把那些发堆拖进院子里时，一开始他还以为那是假发。他把那束棕色发堆丢进垃圾桶，但是过了几天后，他发现自己的狗正啃咬着几根骨头，于是他又把那束发堆给捡了回来。那些骨头和头发的主人最后被证明是来自弗吉尼亚州的 9 岁的珍妮弗·薛特。那个女孩的父母在自己家中遭人枪杀，珍妮弗被歹徒绑走，最后头部中枪毙命。假如那名男子没有发现发堆并质疑它的由来，那么我们可能永远不会知道那个小女孩最后的遭遇。

我们鉴定凯兹湾遗骸之死者年龄的方法，是根据牙齿数量、骨盆的生长变化、颅骨的密合程度以及脊椎和肩胛骨的关节炎程度来判断。她的第三大臼齿（即智齿）已经完全长出，齿根也完全成形，代表她至少已经 18 岁了。原本在幼儿时是分开的臀骨以及颅骨骨缝已经完全密合，代表她死时已超过 21 岁。她的脊椎有轻微的关节炎现象，根据其程度我认为她已超过 30 岁。调查人员事后得知罗瑟琳曾经找过脊椎按摩师来减轻脊椎侧弯所带来的痛苦。从肩膀和骶髂骨关节没有关节炎症状这点来看，死者可能在 30~34 岁之间，不过这只是推断。所有证据都指出，这名女性的年龄在 32~36 岁之间。而罗瑟琳的年龄是 35 岁。

接下来我们检查骨头和牙齿上的外伤迹象，她的骨头没有遭到枪击、穿刺或棒打的迹象。如果骨头曾经遭受了枪击和刺伤的话，很容易就可以辨认出来。虽然我们没有找到任何濒死创伤（死亡时或死亡前不久所受的创伤）的线索，但是她的死因可能是勒杀。有时位于颈部上方的新月形舌骨在勒杀时会断裂，然而这块骨头并没有随着遗骸一起被寻获。如果可以找到它的话,那么我们就有可能推断出一个明确的死因了。

最后确定这名女性身份的决定性证据，是夏比郡探员 J. E. 布莱克威尔从她的牙医那边取得的一份牙医记录和两张咬翼 X 光片。诺克斯维尔市的牙科法医专家威廉·波威尔博士检查了遗骸的牙齿后，将它们和牙医记录及 X 光相片进行比对。通过比较死者牙齿和罗瑟琳牙齿的 X 光相片，可以看出两者的牙齿形状、间距以及牙髓腔的结构和填充物都完全相同。现在我们知道在凯兹湾发现的遗骸是罗瑟琳·古德曼的了。

警方通知罗瑟琳的家人表示她已经被找到了，然而他们不清楚罗瑟琳的死因为何。她的车子在离凯兹湾很远的田纳西州阿尔科市的一个停车场被人发现，车子从里到外被洗刷得一干二净，似乎有企图消灭证据的嫌疑。罗瑟琳失踪的事件在新闻上闹得很大，但是为何最后被人看到与她同行的那名男子没有与警方联络？虽然调查人员已经知道受害者的身份，但是现在他们面对着更多的疑问。

我们将鉴定结果交给着手侦办此案的警方，公园巡逻队向在罗瑟琳遇害期间于凯兹湾拍照或摄影的人征求照片或录像带。警方希望或许有人会无意中拍到罗瑟琳以及那名和她同行的男子。大部分的人可能会根据报纸上那名长发及肩的女子的照片，努力回想自己是否曾经看过这号人物。不过根据我的发现，实际上罗瑟琳当天头上是绑着马尾的，我希望这一点能有助于某些人回想起她，然而事与愿违。

4 年过去了，罗瑟琳·古德曼的案子还是没有进展。1988 年 6 月，一位诺克斯维尔市的联邦调查局探员葛瑞·史迪在收看《美国头号通缉犯》时，认出了屏幕上的那张脸。这一集节目的主角名叫威廉·休里特，他因为犯下强奸案和伤害案而被两个州通缉。但是那名探员并不认识威廉·休里特，他所知道的那个人名叫哈利·史蒂芬·摩瑟。摩瑟被列为凯兹湾命案的关系人，是联邦调查局希望找来进行侦讯的对象。联邦调查局有休里特和摩瑟的照片，但是他们没有认出两张照片是同一个人。44 岁的休里特和他 34 岁的妻子琳达（其真名为丽贝卡·乔·休里特）

大部分时间从事餐厅方面的工作，而且每3个月搬一次家。

他们是那个年代的邦妮和克莱德[①]（哈利·史蒂芬·摩瑟日后在监狱里写给他妻子的信中，如此描述自己），联邦调查局认为他们就是罗瑟琳失踪前在凯兹湾被人看到与她同行的男女。

1970年，摩瑟持枪走进西弗吉尼亚州的一间银行，他声称自己是联邦储蓄保险公司的一名督察员，要求把银行关闭，以进行他所谓的查账。这个举动相当大胆，不过并没有人上当受骗。他因为抢劫银行和扣押人质而被判刑，在监狱关了5年后假释出狱。摩瑟被美国法警局列为15名头号通缉犯之一。1985年圣诞节的《诺城日报》上，有一篇报道引述了某位调查员的话，他认为无论摩瑟和他妻子到底有没有杀害罗瑟琳，他们都是整起调查案的关键人物。那名调查员表示，摩瑟夫妇可以说出罗瑟琳当时的情绪和想法。事实上，那名调查员并没有说实话，摩瑟正是罗瑟琳命案的头号嫌犯，同时摩瑟也是1977年另外一起性侵案的嫌犯。在这起性侵案中，他不断殴打一名女子，导致她的脸部骨头碎裂。然而摩瑟夫妇在流浪中总是可以赶在他们的追兵之前先逃一步，罗瑟琳命案的追查还在持续。

在《美国头号通缉犯》播出4年零3集之后，警方终于抓到了威廉·休里特，也叫哈利·史蒂芬·摩瑟、比利·乔·爱德华、约瑟夫·杰克森·爱德华、刘易斯·佛莱德列克、理查德·厄尔·克雷顿、威廉·约瑟夫·汤普森以及乔·哈德逊。尽管他经常变换名字，但是却无法遮掩他的脸孔与恶行。他在密西西比州的格夫波特市被捕，由他住在比洛克西市的朋友交到联邦调查局手上，然后再带回诺克斯维尔市接受罗瑟琳命案的审判。休里特坦承他在凯兹湾先强奸罗瑟琳，后再用一条细绳将她勒毙了。

① Bonnie and Clyde，美国20世纪30年代经济大萧条时期一对有名的鸳鸯大盗。

他被宣判无期徒刑不得假释，古德曼一家终于可以获得抚慰，因为杀害罗瑟琳的凶手将在牢笼里度过余生，而罗瑟琳也得以好好安葬。休里特一只手臂上有一个花花公子的兔子图案的刺青，另一只手臂上刺有一颗被一箭穿心的蓝色心脏，而胸前正中央则大大地刺着另一颗心脏：这是一个有 3 颗心的杀人凶手。

第五章 万圣节木乃伊

科学是因果之学，前因后果均以事实为依据。

——英国哲学家托马斯·霍布斯《利维坦》

我在田纳西大学时经历过的最奇特的案件发生于1986年。万圣节过后没几天，诺克斯郡警方联络上巴斯博士，表示他们在海沃西河里发现了一具被铁链缠绕着的上半身尸体。尸体是在星期五被人发现的，警方计划隔天在河里打捞它的下半身，当地电视台已经获知这项消息，并且正在向警方追讨一个说法。警方希望巴斯博士能尽快赶到市立停尸间，帮忙解答围绕在这具尸体上的谜团。

由于尸体已经被送到停尸间了，因此我们不必全副武装——乳胶手套、毛巾、采集证物用的塑料袋、马克笔，以及铺设网格用的风筝线和木桩。这次我们的作业地点在一张不锈钢解剖台旁边。经过15分钟的车程，我们抵达了田纳西大学医院，在医院地下室有一具人类木乃伊的上半身正等待着我们。警方发现它被铁链缠绕，并被绑着一个煤渣块沉到水里，这无疑是一起命案。

当我们抵达停尸间时，现场已经有几位法医病理学者和警官正围在一起盯着一具皮肤黝黑、缺了一只右手的上半截木乃伊。我和巴斯博士不约而同地被这东西给迷住了；眼前的景象简直可以登上《国家地理杂志》

的封面。这具木乃伊的皮肤干枯坚硬，双眼紧闭，鼻子微微塌向一边，头上几乎没有毛发。通常主要用来鉴定性别的颅骨，已严重扭曲，以至于我们无法立即判别它是男性还是女性，不过我第一眼认为它是一名男性。现在你已经知道，普遍而言，男性颅骨的尺寸较大，肌肉与骨头相连部分的特征较明显，乳突较大，眼窝上缘较钝，下巴也较方。

然而最惊人的是，它没有散发出任何腐败气味。当一具尸体干枯了好长一段时间后，它的皮肤会皱缩到紧贴骨骼，看起来就好像包在骨头上面。这种干燥作用所造成的其中一个结果是脂肪会逐渐消失——胸部会完全变平，鼓起的腹部也消失不见。到了这个阶段，除了性器官之外，男性和女性几乎无法用肉眼分辨。在这个缺少下半身尸体的案例中，任何我们可以从颅骨搜集到的线索就变得尤为重要。

警方最想从我们这边获知的首要信息，是这个人已经死亡多久了。警方是否要宣布这具木乃伊是一名命案受害者并对凶手展开追查，死亡时间将会是重要的决定因素。假如这个人已经死亡数十年之久，警方仍然想查出它的身份、死因以及遗体为何会跑到河岸边被人发现，尽管发生在数十年前的死亡事件并不代表就排除了他杀的可能，但是它有可能代表所有可供追查的线索已经烟消云散，因此也就没有继续追查下去的理由。随着时间的流逝，一个案子可以从侦查在线，慢慢被移到悬案档案柜里。

我和巴斯博士走近那具遗体，戴上防污的乳胶手套，然后开始进行系统的鉴定工作。我把一只手伸进它的背部底下，另一只手伸进它的头部底下。我慢慢地将遗体从冰冷的解剖台上抬起，好观察它的背部是否存在可能的外伤迹象。它的重量轻到令人讶异，大约和一双男鞋差不多重。从它的躯干底部，在一具完整的尸体上应该是腰部的地方，我们可以窥伺到它的胸腔内部，就好像我们在看着一个洞穴。里面的器官全都干缩成纸片一般薄。现在我们手上拥有的是一个人的空壳，它皱缩的心脏曾跳动着将血液输往全身，它干瘪的肺也曾随着呼吸一同膨胀与收缩。

接下来检查这个人的脖子时，我们惊讶地发现，在脖子右侧有一道3英寸（2.54厘米）长的垂直切口，里面塞满了棉花并用针线缝合起来。这表明曾经有防腐师切开它的颈动脉（供应脑部血液的主要血管）以放干遗体的血。那道缝合处的垂直方向以及切口在脖子上的位置，是19世纪和20世纪初防腐技术的典型特征。我在威佛殡仪馆偶尔会协助那边的防腐师，所以很熟悉遗体防腐方面的知识。我知道现在的防腐师会在右锁骨上方开一道水平的切口。因此，我们知道这具尸体在河岸边被人发现的多年以前，就已经被防腐处理过了。

下一步我们照了几张胸部的X光相片，观察肋骨联结胸骨的地方以判断年龄。这个联结部位在年轻人身上是平滑工整的，但是在老年人身上，就会变得凹凸不平，而且联结肋骨和胸骨的软骨组织会变成硬化的骨头。这些软骨组织硬化后，在男性身上看起来就像龙虾钳子，而在女性身上看起来就像是瑞士奶酪。几分钟后，我们差不多已经推测出这具木乃伊是一名70多岁的女性。我们继续进行鉴定工作，以找到其他有关性别的证据。

我们对这具木乃伊的兴趣有增无减，因为它的颅骨使我们认为这具遗体应该是一名男性。我们将注意力转移到胸部外侧，第一眼看起来那个部位完全无法给出什么明确答案。虽然那边没有乳房，但是也看不到胸毛。到底它是一名平胸女性，还是一名无毛男性呢？有一次我在史密森尼博物馆检查过一具埃及木乃伊，她是一名死亡超过3000年的怀孕的少女。早期研究者曾经切开她的腹部将胎儿取出，不过幸好还将其和她的遗体存放在一起。虽然她已经怀孕了，但是她的胸部完全是平坦的。从这里我学到的一点是，我们用胸部的外观来判断一具木乃伊的性别时，必须抱持非常谨慎的态度。

当我们更近一点观察万圣节木乃伊时，我们注意到它的乳晕和乳头位于胸部非常靠下的位置，比较像是年老女性乳房下垂的样子。而且不只是那两个美国 1 元硬币大小的乳晕位置很低，它的乳头本身对于一个男性来说也过大。我们将这些线索综合起来，发现结果最符合一名年老女性，但是就科学上来说还是不足以让我们完全肯定。人类学者主要是用骨头来做鉴定工作，因此依赖乳头的大小和位置来进行判断已经有点超出我们的专业范围。我们将这些软组织上的线索加入我们的评估内容中，这对于骨头侦探而言是很不寻常的事情。假如有臀部可以让我们鉴定的话，肯定就能拍板定案。我们把自己对于那具木乃伊的意见告诉警方和病理学者后，就打道回府了。

几天后警方联络上巴斯博士，表示他们已经确认木乃伊的身份为伊莱莎·兰诺德女士。兰诺德女士是 1901 年安葬于一个地上墓穴中的一名 60 岁白种女性，在她墓穴入口处的上方刻着家族姓氏。我们很震惊，他们不仅有办法确认她的姓名，甚至还知道她的死亡时间和死因，以及她的遗体是何时被人移出原本应该是她的最后安息之地的。一份警方报告解释说，万圣节的几个星期前有破坏者入侵了兰诺德女士的墓穴，还偷走了她遗体的上半部。接到报案后，调查人员前往现场，并将遭到破坏的墓穴与剩余的下半部遗体拍照存证。

调查破坏事件的警探在听到有关木乃伊的传闻后，发现了两者之间的关联性，于是整件事情开始逐渐明朗。在他的案件档案里，有一张在墓穴内部拍摄的木乃伊下半身的照片。毫无疑问，那就是我们先前鉴定过的那具遗体的另一半。根据历史记录，兰诺德女士的丈夫曾于南北战争时期在田纳西州门罗郡担任过医生。

兰诺德女士的遗体在2001年以前都交由巴斯博士保管，他将兰诺德女士当作教学用的标本，一直到她的陵墓被修复好为止。巴斯博士说他在许多演讲中都带着兰诺德女士，还说“兰诺德女士教育过田纳西州和北卡罗来纳州的许多警察”。他表示她死后的旅行次数有可能比她生前还要多。他补充道，有一家殡仪馆在她回到最终安息之地时为她捐赠了一具新的棺木，并希望不会再有破坏者来搞恶作剧了。

至于兰诺德女士为何会被移到海沃西河河畔，我们认为最有可能的解释是，那个偷走遗体的家伙是一名万圣节恶作剧人士。我们猜想那名恶作剧人士为了让整起事件看起来像是一起谋杀案，所以用铁链和煤渣块绑住遗体，并把遗体放在别人可以发现的河岸边。不过很幸运的是，破坏者没有把这两件事情算进去：法医人类学者的高技能以及一名警察的好记性。

第六章 一名男子与他的车

不过很幸运的是，破坏者没有把这两件事情算进去：法医人类学者的高技能以及一名警察的好记性。

——R. W. M.

田纳西州约翰逊城是一个拥有大片绿草地和茂密森林，而且气氛祥和的安静城镇。这是一座大学城，为东田纳西州立大学及其医学院的所在地——听起来是一个生儿育女的理想地点。然而，1986 年 9 月 24 日，一名男子与他的车却用一种令人最不舒服的方式破坏了这个城镇的平静生活。

在通往切罗基山山顶的蜿蜒山路上，有一个叫作情人崖的地方。一对年轻男女从悬崖上往下窥探时，发现下方大约 200 英尺（60.96 米）深的山谷里似乎有一辆黑色跑车。他们发现那辆车子有被焚烧过的迹象。那名年轻男子爬下山谷来到那辆车旁边，但除了它可能是一辆 MGB 小跑车之外，他找不到其他任何可以辨认车子的线索。他爬回山坡上报警，之后，警方派了一辆拖吊车将那辆车子从它诡异的葬身之地给拖了上来。

拖吊车工人爬下山坡将一条铁链钩住车子后方的拖车钩，回到悬崖顶后，他启动绞盘将车子拉到狭窄的泥土路上。那条路，也就是那辆失火的车一开始被人发现的地方，有个贴切的名称——“火警瞭望塔路”。当警局队长爱德·葛瑞毕尔经过烧焦车子的后方时，注意到一股令人反感的臭味。他打开扭曲的钢制后车厢盖后,发现里面躺着一具用地毯包裹着的、已经被烧到无法辨认的尸体。警方马上采取犯罪现场的处理方式，封锁那辆车子和它的内容物,以确保没有证物受到破坏。接着他们联络上法医室。几分钟后，法医室的法医便打给田纳西大学的法医调查队寻求协助。于是比尔·巴斯博士带着 3 名学生——我、亨利·凯斯和马克·盖堡，携带田野调查工具，开了 4 个小时的车抵达犯罪现场。

约翰逊城警局的警官在切罗基山山脚下与我们碰面，然后陪我们走上一段漫长蜿蜒的道路。那条路的某些路段很是险峻，一不小心就会翻下山谷。这是一个偏僻的地带，到处长满了茂密的草丛和树木——对于谈恋爱、喝啤酒的人来说是一个完美的僻静之地。年轻的市民和东田纳西州立大学的学生都会充分利用这个地方所提供的隐私性，而且任何从泥土路上靠近的人都无所遁形。当地电视台和报纸的新闻记者早已上工，按着照相机快门，扛着摄影机拍摄，访问任何愿意发表意见的人。平日里隐秘的情人崖，突然间成了这个小城镇的焦点。

那辆车子除了后拖车钩之外，其余部分都被焚烧过，轮胎已经烧到只剩下钢带，看起来就跟围绕在轮圈上的缆索一样。它们让我联想起戴在小指上的大银戒。由于燃烧温度实在太高,以至于大部分的窗户都熔化了。有些熔化的窗户凝固在车门底部，看起来就好像一摊冻结着的混浊的水。挡风玻璃在车子坠下悬崖时摔了个粉碎，而后车窗玻璃和部分的敞篷车顶则熔化到完全消失不见。装在车座椅后方的音箱也熔化了，只剩下两张座椅的金属骨架，椅垫、地毯和烤漆则已被焚烧得一干二净。

车子前头因为遭受撞击而留下了凹陷处，毫无疑问，它摔下悬崖时是车头部分朝下的，然而从它所承受的 200 英尺下坠撞击力道来看，这辆

1973 年款的 MGB 跑车，整体结构还是保持得非常良好。只有一样东西消失了：可以让警方确认出车主身份的汽车牌照——据推测，车主应该是后车厢的那具尸体。在对那辆车子上所找到的牌照进行调查后，发现车辆登记的车主另有其人，显然有人刻意把它弄成了一起神秘事件。找出死者身份的唯一线索，是一张留在未烧毁的后拖车钩上的“东田纳西州立大学学生”停车贴纸。除了法医专家，看到尸体的人都无法辨认出它的真实身份。

警方在车子周围围成一道人墙，好阻挡记者的视线，他们将后车厢盖打开之后，我和马克就开始进行我们的鉴定工作。那具尸体正面朝上，头部朝向驾驶座那一侧。它的手掌、前臂和小腿不见了，像这种大火，经常会把皮肤暴露在外的人体部位给烧掉。它的脸部特征无法辨识：嘴收缩紧闭成一抹诡异的微笑，耳朵、鼻子和头发都已烧得不见踪影。尸体的体型较大，代表受害者是一名男性。由于它的皮肤烧得焦黑，脸部特征也极为扭曲，就目前来看，我们甚至无法猜测出它的种族。

我们将尸体抬出后车厢，把它放进车子旁边地上的一个尸袋里。当警察和纵火调查员在后车厢仔细搜查残骸时，我则在寻找颅骨碎片，并试图将碎片拼凑回原本的样子。我想要看看那些骨头能否提供任何有关死因的线索；烧死只是其中的一种可能而已，或许我可以找到像是铁锤等钝器攻击或是枪击的线索。有次我和巴斯博士遇到的另外一个案件，是要在一辆烧毁的汽车里面筛拣残骸。那辆车子于田纳西州的乡间被人发现，警方认为里面可能有一具失踪男子的尸体。警方怀疑那名男子可能因为牵涉某种“海菲德茨与麦考伊斯家族式”的世仇[①]而被人杀害。他们把一条用来固定后车窗玻璃的熔化了的防水衬条交到我们手上，以为那是一根肋骨。

① Hatfields and McCoys type feud，在美国于 1878~1891 年发生的一起两家族间的流血冲突，后来用于比喻所有彼此间有严重世仇纠纷的团体。

烧焦后的骨头很难用肉眼分辨，更不用说要分辨出是否为人骨了。

那辆 MGB 跑车里的颅骨碎成了好几片，这并非什么不寻常的现象，高温会造成颅骨破裂碎开，但颅骨并不会像某些人所说的那样会爆炸。颅骨本身有许多孔穴，足以让里面的高压气体释放出来。在颅骨燃烧时，有两个过程会同时进行：首先，颅骨外部会比内部暴露于更高的温度下，因此会以较快的速度变干；其次，头颅内的脑部和体液会沸腾并膨胀。不过通常来说，即使碎开的颅骨几乎都被大火吞噬了，仍有可能找出受伤的线索。我们要做的就是把碎片拼凑回去，然后检查缺少了什么。燃烧并不一定会摧毁，甚至不会严重改变穿刺伤或枪伤的证据。如果某人是遭到射杀的，我们就会看到弹孔；如果他的头是被铁锤打碎的，我们就会看到铁锤状的洞。这两种伤口都是我要寻找的目标。

我坐在尸体旁的地上，开始进行我的颅骨复原工作。那具焦尸有一股强烈的味道。我发现好几块来自消失的前臂和小腿的骨头碎片。手掌、前臂、脚掌和小腿的肌肉暴露在高温之下，会不断收缩，最后造成骨头碎裂。如果骨头没有粉碎的话，通常肌肉的收缩会把前臂和手掌拉向头部，手掌的拳头紧握，看起来就好像一只张牙舞爪的螳螂。法医科学家通常称其为“拳击手姿势”，因为那看起来就像一位拳击手的备战姿势。在我继续拼凑颅骨的同时，其他队员负责从后车厢的余烬中搜寻骨头碎片和牙齿。我们把每一片骨头碎片都放进尸袋里，直到全部碎片都采集完毕后，才能运回停尸间。

几分钟后，我发现颅骨上有一些可能与枪伤相符的骨头碎裂迹象，但是在没有照 X 光之前我们无法肯定这一点。即便不是天才科学家，我们也知道死者不可能爬进后车厢，把后车厢盖关上，往他自己头上开一枪，放火烧了车子，然后再开车冲下悬崖。他一定是先被人射杀，放进后车厢后，车子才被点火焚烧。但是，车子究竟是怎么掉进山谷底部的呢?

当警方试图查出 MGB 跑车的车主身份、人类学者忙着搜集遗骸的同时，一名田纳西州纵火调查员对车子进行了鉴定。熔化的轮胎和玻璃显示当时的火势相当猛烈，燃烧时间也很长。不过无论好莱坞电影告诉我们什么，事实上并非所有从悬崖上掉下去的车子都会起火爆炸，纵火调查员寻找的是有关起火原因的线索。后车厢底的衬垫上积了好大一摊血迹，从这一点可以判断车子起火前死者已经流了许多血。

没过多久，纵火调查员就发现目标了：车子燃烧的模式和分布区域与催化剂引起的燃烧相符。被用来放火烧车的是某种易燃液体，有可能是汽油。有人想利用纵火来摧毁车子和装在里面的尸体，但很少人明白要完全摧毁一具尸体有多么困难。无论凶手毁尸灭迹的意念有多么强烈，他们总是会忽略某些部分，这就是法医鉴定的精妙之处。就算线索是藏在最幽暗隐蔽的地方，也会被我们找到。在鉴定数百起凶杀案的过程中，法医科学家从他人的智慧和错误中得到磨炼、学习。

在我们都完成野外分析工作后，警方便把尸体带回停尸间进行解剖。死者的脑部 X 光相片显示，在他的脊髓顶端卡着一颗子弹。那颗子弹从他的脖子后方进入，打断第一和第二颈椎并切断了脊椎神经，死亡无疑是一瞬间的事情。对遗骸所进行的人类学鉴定则显示，死者为一名年龄在 25~30 岁之间的年轻白种男性。从体内器官的状况可以判断，死亡时间为过去几天内。

警方调查了他们手上的失踪人口名单，并且从田纳西州安全部调来了这一区的 MGB 跑车车主名单。几个小时后，通过牙医记录，我们确认死者为一名 27 岁的东田纳西州立大学白种男性学生。警方追查的时间范围锁定在詹尼最后一次被人看见在他家拖车屋外野炊的礼拜三晚上，到他的尸体被人发现的礼拜五中午。调查人员很快就找到了凶手，凶手告诉警方他们的杀人动机是死者欠他们钱。射杀被害人后，他们把他包裹在地毯里放进车子的后车厢；他们把汽车牌照拿走，以为这样警方就无法追查到车主。他们把车子浇上汽油，发动油门，然后将车子推下 200 英尺高的悬崖。就在车子坠落山谷之前，他们往车里丢了一根火柴令它熊熊燃烧。凶手以为那把火会把车子和尸体烧得一干二净，以便永远隐藏住死者的身份和死因。不过正如这个故事的结局告诉我们的那样，他们可是错得离谱了。

第七章　佛罗里达吊死鬼

生活的艺术与其说像舞蹈，不如说像搏斗。

重点是你必须站稳脚跟，随时准备承受一波预料之外的攻击。

——马可·奥勒留[①]

① 罗马帝国五贤帝中的最后一位皇帝，推崇斯多葛学派，有“哲学家皇帝”。

1990 年 10 月，在又一个炎热的夏天结束时，一名男子在佛罗里达州潘尼拉斯郡的威斯拉库奇州立公园中撞见了一副骸骨。警方抵达现场后，发现死者有可能是名上吊的男性，若不是被人吊起就是自己上吊自杀的。在某棵活栎树离地 30~40 英尺（9.144~12.192 米）的一根树枝上，垂挂着一条打着简单套索的绳子，在绳索接触树枝的地方已经有植物生根了。地面上散布着骨头与男性衣物，现场没有发现任何可以辨别死者身份的东西。

虽然我看过一些上吊自杀和男性窒息式自慰（在自慰过程中，用绳索勒住脖子意图提升高潮感而导致意外死亡）的案例，但这是我第一次遇见尸体已经骨骼化的案子。我遇过的其他吊死事件，都是刚死亡不久的案例，因此法医能够判断到底是自杀还是他杀。其中一个案例，是一名男子在佛罗里达州的柳橙园里上吊自杀，被人发现时他还吊在树上，他的脖子被拉长成古怪的模样，而他风干的尸体则几乎完整无缺。法医是依靠软组织来进行鉴定，而我接下来要告诉各位的这起案子并没有软组织的存在，因此这已经超出了他的专业范畴。但这正好是法医人类学者的看家本领。

于是同样的，潘尼拉斯骸骨案也找上了我们。

警方用风筝线和木桩在犯罪现场架出了方格网，他们将这种考古学网格用作参考坐标，记录每一项在地面上发现或挖出的潜在证据的确切地点，类似于方格状的绘图纸，这种技术结合相片及现场素描后，就可以让人在数个月甚至数年后重建犯罪现场。调查人员在地面上的一小块区域找到了大部分的骨骼、衣物及一双网球鞋。套索的高度为 12 英尺（约 3.66 米），这意味着死者的脚趾距离地面至少有 6 英尺（约 1.83 米）的距离——这可不是能够轻易上去的高度。因此只有三种可能：他脖子套着绳索爬上树枝后一跃而下；他利用卡车或汽车的车顶上吊自杀，尽管在现场并没有发现任何车辆；有人在他情愿或非情愿的状况下帮他这么做的。前两种可能是自杀，至于第三种可能，即使那名帮他上吊的人是应死者的要求而为，仍属于他杀。于是当时任职于史密森尼博物馆的我和道格·奥兹里被请去帮忙找出事实真相。

这起案件中最不寻常的一件事是，死者脖子上 7 块颈椎中一块已半边骨折的颈椎在警方抵达现场时还留在套索上，其余的骨头则全都像落叶般掉落在地面上。我们希望这块碎骨带有足以告诉我们死因是否为自杀的讯息，但线索还不只如此；警方还在遗骸附近找到了 3 条黏在一起的黑色绝缘胶带、一块织物、4 瓶机油、一罐体香剂、一副被人用黑色绝缘胶带贴住的蛙镜、一条卡在死者腕骨上的细皮带、两把刀子以及一把美工刀。这些物品可不是平常在树林里一棵大树底下会发现的东西，其中有些物品可能和这起吊死案件有关，而有些物品则无关，这就有赖于警方把证据和垃圾区分开来。

要破解这起案件的一项关键信息是这名男子的死亡时间；警方可以从衣物的破损情况和尸体已经骨骼化等线索，来判断这名男子至少已经死亡数个月。但是如果这起案件最后要对簿公堂的话，检察官就需要一个更精确的死亡时间，也必须知道死者的死亡地点是否就是他的遗骸被人发现之处，毕竟他有可能是在死亡一段时间后才被人带到那里。于是我们向周遭环境寻求帮助，当一具尸体在树林中被人发现时，植物经常可以为我们解答疑惑。

植物学者是专门研究花草树木的科学家，植物学者能够在看到一片树叶、一根藤蔓、一片树皮、一颗橡实或是一条树根后，说出那种植物的名称。有时候植物学家也可以告诉你某种植物的根、树干或枝丫，每生长1英寸（2.54厘米）要花多久的时间。假设一条根每个月生长1英寸，那么在犯罪现场发现的某块骨头里面如果有植物的根的话，那条根多少英寸就代表那块骨头在现场已有多少个月没有被动过。而判断尸体下面的某种植物已存活多久，则能够帮助科学家了解那具尸体已死亡多久。在这起案件中，植物学者估计植物在绳子上面的植物已经生长了1~2年的岁月；也就是说，死者至少已经吊在那边1~2年之久。

由于这副骸骨的软组织已经消失不见，因此也就没有弹孔、穿刺伤、淤青或绳子咬痕等线索可以让我们看出谋杀方式。蛆已经把大部分的关键线索给吃掉了，在颈椎上也找不到任何沟痕。假如头颅上的软组织还存在的话，我们就有可能找到淤点，也就是当头部血压升高时会出现的小红点；但软组织已经半点不剩了，只有骨骼能告诉我们这名男子究竟遭遇了什么。

上吊有可能造成喉咙受到压迫后窒息而死；上吊也有可能造成脊椎神经断裂，瞬间使脑部功能和所有的生命功能终止。如果这两种情况都没有发生，那么身体的下坠力量还是有可能会压碎一块以上的颈椎，导致脊椎神经受到致命的伤害。当犯人被宣判处以绞刑时（在撰写本书时，这种死刑方式还存在于美国特拉华州、新罕布什尔州及华盛顿州的州法律中），行刑单位会将受刑人的体重和身高纳入考虑范围，以确保身体下坠时脖子会被折断。法律上的绞刑要求在不会发生尸首分离或非必要的窒息等情况下达到致死目的。事实上，由美军编制的绞刑下坠距离表，详细规定了受刑人应该下坠的高度，以确保死刑是以人道的方式来执行的。

根据受刑人的身高和体重，“下坠高度”会被设计成够施予脖子 1260 磅（约 571.5 千克）的力量。比如说，一个体重 150 磅（约 68 千克）的人下坠距离应该为 6.7 英尺（约 2.04 米）。虽然你不一定会想知道，不过如果你想要计算你的“下坠高度”为几英尺几英寸的话，只要将 1260 除以你的体重就能获得。距离太长可能会造成尸首分离，而距离太短则有可能造成缓慢窒息；执行得当的话，绞刑应该会造成第三和第四颈椎（以医学术语来说就是 C-3 和 C-4）的分离。另一方面，对脖子逐渐施加压力——像是窒息式自慰或用手勒紧脖子，则不会伤害颈椎。这起案件中那块卡在套索中的颈椎将会是我们判断死因的关键。

收到遗骸和证物后，我和道格·奥兹里将骸骨摊在鉴定台上，开始我们的鉴定工作。道格负责估计死者的年龄、种族、性别和身高；而我则负责检查骨骼和牙齿上有无创伤的痕迹，以及研究在现场找到的证物。这类鉴定工作的难题在于遗体没有附上死者数据，因此我们必须自己猜测推敲——这也是法医人类学所谓的“技艺”。没过多久，我们就知道死者是一名年龄介于 30~35 岁，身高约 5.9 英尺（约 1.80 米）的白种男性。

接下来，我们要判断在现场找到的物品到底和死者有没有关联。我首先检查黑色绝缘胶带，这 3 条胶带每条大约 6 英寸（15.24 厘米）长，它们的长边彼此相连，组成了一条大约童子军三指礼宽度的胶带。在胶带中间有一块隆起的部分，我很快就发现那块凸起的部分有一种特别且可辨认的形状；它的形状就像是一个鼻子，显示这条胶带曾经被用来遮住死者的脸部。由于死者没有道理在自己的口鼻上贴胶带，因此这名男子比较有可能是先被折磨后被杀死。

接着，我检查卡在死者左腕月状骨上的那条细皮带。月状骨是一种形状像新月的骨头，其不规则的形状经常会让人误以为它是一块小石头或木片。那是条老旧的皮带，许多地方都被磨得很平滑，表示死者死前数个月就已经戴着它了。警方一开始怀疑它可能是被人用来绑住死者的手腕以防止他挣扎，然而它磨得发亮的外观显示，死者应该是把它当作手环来戴。于是我的注意力转移到了蛙镜上，那是一副游泳者都会拿来保护眼睛免受氯水伤害的普通塑料蛙镜。由于死者是在树林中被人发现的，那边离海岸甚至任何一座游泳池都很遥远，因此我们推断凶手在“替”死者上吊时，死者身上戴着蛙镜，但是蛙镜并不是死者本人的；镜片上的绝缘胶带看起来是在他死亡前遮住眼睛用的，这是第二样显示死者曾被虐待的线索，或者至少代表死者的眼睛曾被人蒙住了。至于机油、体香剂和那块可能来自窗帘的织物，我们则无法解释它们为何会出现在犯罪现场。我们唯一的推测是，那块织物可能是用来堵住死者的嘴巴或者绑住死者的手脚。

那几把刀子则又为整起事件添上了一种不祥征兆，它们可能被用来折磨死者，或是把死者吊上树后捅他几刀。如果死者曾经被人用刀刺伤的话，我们就必须仔细检查他的骨头，希望能在上面找到刀痕。但是刀子不一定都会伤到骨头，我认为那些刀子不太可能只是用来吓唬死者。无论是谁杀了他，都不是为了开开玩笑或虚张声势，因为从结果来看，他们确实是玩真的。死者衣物上没有任何刀伤或枪伤的迹象。死者长裤的腰围和腿长显示他为中等身高，这符合道格的判断，也就是美国成年男性的平均身高 5.9 英尺；在死者的衣物上，我没有发现任何可以帮助缩小搜索范围的记号或不寻常的特征。

那副骸骨几近完整，但是却没有肉食性动物啃食的迹象，这项发现令我感到惊讶。根据经验，那些在田纳西州、南北卡罗来纳州、路易斯安那州和得克萨斯州的树林区和沼泽区被人发现的尸体告诉我，无论是大型还是小型的肉食性动物，都会啃食人类尸体，尤其是骨头的部分。肉食性动物会啃咬骨头的柔软部分，用牙齿在上面留下清晰可见的擦痕、沟槽和穿孔。由于这起案子里没有类似的迹象，所以我认为死者的死亡时间应不超过两年。

死者有几根肋骨在死亡前不久或死亡时断裂了，相较之下，这些断裂的肋骨还算完整，只是上面有长长的裂缝，表示这些骨头曾经遭受了足以使它们弯曲到裂开的外力。假如肋骨是在死亡数个月之后才断裂的，那么它们就会表现出不同的样子；这些骨头会断成两截，而非只是裂开且维持原状。显然死者在被吊上树枝之前或之后不久曾遭人殴打。换句话说，我们找到的一切线索导向的结论都是，这名死者是他杀而非上吊自杀。

当一起案件同本案一样，发现死者身上有几根断裂的肋骨时，每个想要从外伤线索来判断死因的人，都应该好好留意。死亡前超过 10 天所发生的骨折，通常会有愈合的迹象；而死亡前几天才发生的骨折则不会，这就是为何我们会注意到没有愈合迹象的断骨，并怀疑这些断骨和死者的死因有关。然而 2005 年 2 月，我在新奥尔良一场法医人类学研讨会上听到的内容，却永远改变了我对骨折的观点。

我记得当自己听到那位年轻的研究生，描述她在人体农场所做的研究时，下巴几乎整个掉下来。在针对浣熊的夜间活动所进行的研究中，她用录像机捕捉到一些我前所未见的事情：一只圆滚可爱的浣熊摇摇摆摆地走到一具被铁丝网围起来（想必是用来隔绝大型肉食性动物并防止它们把尸体拖走）、正在分解的人类尸体旁，将它的手伸进尸体腹腔里扭下一根肋骨，接着开始津津有味地嚼食起来；那位学生也捕捉到浣熊从腹腔里抓出几把蛆来吃的画面。如果不是亲眼看到这段影片的话，我根本无法相信。而且我也预料得到，或许哪天会有一个聪明的辩护律师引用这段影片，向陪审团暗示遗体上某根断掉的肋骨可能是死后因浣熊觅食而造成的，而非受害者死时被攻击者殴打所造成的。在本案中，假如有浣熊搞鬼的话，它们必须等到尸体腐烂掉到地上之后才能行动。当然这并不能保证所有的骨折都是动物造成的，只是代表我们多了一种可能性要考虑。在本案中，我仍然认为死者肋骨断裂的原因是被人殴打。

留在套索上的骨头是我工作表上的下一个分析对象，它是脖子里 7 节颈椎的其中一节，一半靠着运气，一半靠着尸体分解作用而得以留在套索上。所谓靠着运气，是因为风雨没有把它从套索上给吹打下来；至于靠着尸体分解作用，则是因为脖子和喉咙的组织制造出的某种黏性物质，把它固定在了原位。我对这块骨头被人发现时的状态特别感兴趣，我知道它有可能告诉我们，死者到底是从高处被人丢下，还是脖子套着绳索慢慢垂降下来。我发现这块颈椎用来让椎动脉通过的两个洞的其中一个（医学术语为椎间孔）已经被压碎了，虽然左侧椎间孔的形状完整，但是约一根吸管宽度大小的右侧椎间孔因为受到强大外力的挤压而碎裂了，仅仅这样就足以置人于死地。

我把那 7 块颈椎像赌场筹码一样堆起来后，发现卡在套索上的颈椎是 C-4。下坠力量造成死者的 C-3 和 C-4 分离，就跟绞刑处死时的情况一样，不过法律当然不会允许在一座佛罗里达州立公园里执行死刑。

通过观察颈椎还留在套索上时所拍摄的照片，我们可以判断死者被人吊时的身体位置，套索的压力将死者的第四颈椎的右侧给压碎。当凶手将套索套上受害者的脖子时，绳结的位置通常是在受害者脖子的某一侧。

回想一下你看过的那些西部片，双手被反绑在背后的西部牛仔坐在他的马背上，头上的套索永远是垂在他的头侧而非他的背后。在施以绞刑时，绳结通常置于左耳后方；相对而言，上吊自杀时，绳结的位置大部分都在脖子后方。所以，尽管遗体上已经没有软组织的存在，但我们还是可以重建这起命案。也就是说，从现场找到的骨头提供了明确的证据，显示是他人将套索套进死者的脖子，而非死者自己上吊身亡。而压碎的右椎间孔，无疑代表他是从高处被人丢下而非脖子套着绳索慢慢垂降的。所有证据都显示这是一起凶杀命案。

我们甚至查出了死者的长相。我和道格拿着那颗比起一般人来说要窄长许多的颅骨，穿过宪法大街前往对面的联邦调查局总部，找到一位计算机专家帮忙。他把一张潘尼拉斯郡警局认为是死者本人的照片重叠到那颗颅骨上，发现一切吻合。照片上眼睛的尺寸和位置与颅骨的眼窝吻合；嘴巴和牙齿的轮廓吻合；颅骨的尺寸及比例与照片也很吻合。计算机上那颗在照片影像后面如鬼魂般浮现的颅骨，看起来就好像沉在游泳池底部的一张溺水者的脸。那张脸的主人是一个名叫蓝道·安德鲁的 32 岁的流浪汉。联邦调查局的一名牙科法医专家将死者的牙齿与他的牙医记录和牙齿 X 光相片进行比对后，进一步确认了死者的身份。

完成鉴定工作后，我们将自己的发现写成报告呈交给潘尼拉斯郡警方。我们表示，根据死者断裂的肋骨以及他没有机会存活到肋骨得以愈合的这一点来看，死者在被人吊上树之前曾经遭到殴打。此外，我们表示他被人从一个足以造成其颈椎碎裂的高度丢下，然而我们无法判断那个高度究竟是多少。

我们的报告证实了警方先前的怀疑，此时他们已经羁押了几名命案嫌犯。某个因为与本案无关的一起案件而遭到逮捕的男子曾打电话给他的女友，表示他曾和另外三人将一名男子吊死。他的女友把这件事情告诉别人，后者又透露给其他人，最后这个消息传到了警方耳里，那名囚犯说死者意外闯进了一片大麻田。根据这位告密者所述，凶手们在杀他之前曾经殴打了他，这解释了死者为何有几根断掉的肋骨，以及为何会在现场找到蛙镜、绝缘胶带、织物和刀子等物品。当时很有可能是由一名男子先爬上树，将打了绳结的绳子缠绕在树枝上，再由其他人把死者举到他们能力所及的高度丢下，或者将他抬到一根树枝上，再从那里把他推下去。虽然这些都只是推论，但多少可以解释死者的第四颈椎是如何碎裂和分离的。

那些人以谋杀安德鲁的罪名被控告，然而检察官却无法找到足够的陪审团来进行起诉。由于现有证据无法满足陪审团，那些嫌犯并没有受到审判。2002 年，也就是我经手本案的 12 年后，我致电佛罗里达州探员提姆·惠特菲尔德和盖瑞·金宝，打听有关本案的最新消息。看来截至目前，有人成功逃过了法律的制裁，凶手一定超过一人，而且有可能超过两人，他们杀了人却仍旧逍遥法外。

第八章　谋杀疑云

当你排除了所有不可能的选项，无论剩下的是什么，无论它的可能性有多低，都必然是真相。

——英国作家阿瑟·柯南·道尔

在俄亥俄州法医威廉·卡克斯将史蒂夫·希克斯的遗骸带到史密森尼博物馆接受鉴定的几个月后，他又为我们带来了另一批骸骨。一名农夫在犁田时发现了这副骸骨，在它身旁还发现了一把枪膛中有颗空弹壳的12口径猎枪。另外在现场还找到一些破布、一条皮带、一双鞋子、一只皮夹、一串生锈弯曲的钥匙、一枚圣克里斯多福徽章和一罐鼻喷剂。我想卡克斯博士应该是对于杰弗里·达摩第一个受害者的鉴定结果感到满意，相信我们能够再一次发挥高超的观察能力，并希望查出这名男子到底是自杀还是他杀。这起极不寻常的案件告诉我们，事情的真相并非永远如它外表看起来的那样。

将遗骸拿出来后，我们发现它的颅骨碎成了好几片。重建颅骨后，我们发现有几片颅骨在阳光曝晒下被漂成了白色，其他部分则因为埋在土壤底下而呈现深褐色。同相片和壁纸一样，骨头在阳光底下曝晒久了也会褪色。毫无疑问，我和实验室的老板道格·奥兹里都认为这颗颅骨在多年前就已经破裂了——至少时间久到足以让它褪成白色。另一个显示这副遗骸已躺在地上不止几个星期或几个月而是有好几年的迹象是，有一条显然是男性内裤的棉布部分已经破损不堪，只剩下印着商标的腰带部分。

我和道格所建立的死者生理概况显示，他是一名已经死亡 3~5 年的白种男性，而颅骨的破裂状况显示他的脸部曾遭到枪击。为了验证我们的自杀假设，我们使用低倍率显微镜观察他的额窦，即眼窝上方的空洞区域，并发现了一小块硝酸纤维素，也就是俗称的火药。我们的看法是，火药要能够跑到他的额窦里，只能是猎枪枪管放在他的嘴里或下巴底下开枪，此时子弹和火药才会往"上"而非往"后"前进，然后停留在额骨中而非枕骨[①]上。后来我们得知，这名因为离婚而郁郁寡欢的男子最后被人见到是正前往打猎的路上，经过了 4 年半后，他才重新现身。

鉴定完颅骨后，接下来我们检查脊椎和手臂，然后是臀部和腿部。我们发现了令人困惑的事情，在手臂和腿部的骨头上，有一些新近的切痕，这些切痕彼此之间的距离都是 18 英寸（45.72 厘米）。而被太阳晒成白色的髋骨上，则嵌着许多铅弹——一种用来猎鸟的鸟弹。问题是，在遗体身旁所发现的猎枪并不是用来发射鸟弹的，而是用来发射一种约弹珠大小、俗称为"南瓜球"的来复枪子弹。更重要的是，死者头颅的受伤程度显示，死者不可能对着自己的头开两次枪，尽管在其他的自杀案例中，有时会发生连开数次枪的情况。那些案例都是因为子弹没有足够的力量打穿颅骨进入脑中，而仅从头皮上擦过。我拍摄臀部和脊椎的 X 光相片后发现，上面布满了鸟弹，那影像不禁令人联想起撞球桌上散乱的撞球。我将两片髋骨和荐骨用胶带粘在一起，复原成原本的生理结构样貌，然后在每个弹孔上插入细木条，看看是否可以找出子弹进入骨头的角度。

---

① occipital bone，即后脑勺的那片骨头。

等我完成后，那块骨盆看起来就好像一只全身长满红色尖刺的白色豪猪。当我们用三维空间模型来描绘子弹弹道时，我们发现它们的行进方向是从头部至脚部、从背后至胸前、从右侧至左侧。然而其中最具有价值的信息是，有些子弹穿透了股骨（即大腿骨）的顶端，却没有打到髋臼[①]。这种事情唯一可能的解释就是，当鸟弹击中死者的臀部和大腿时，它们就已经分离了。否则，子弹必须穿过髋臼才有办法打到股骨顶端。

完成鉴定后，我们可以告诉俄亥俄州法医和郡验尸官的信息，恐怕比他们原先预期的还要多。从某些角度来看，这起案件和其他案件并无二致，死者确实是卡克斯博士原本所怀疑的那名男子，他躺在地上已经有 3~5 年的时间。我和道格认为这应该是一起自杀事件，不过在缺乏目击者和科学证据证实的情况下，我们无法排除死者因为摔到猎枪上或触动扳机而造成意外走火的可能。最令人讶异的是，死者的遗体在他死“后”许多年被人开枪射击过；接在这起可能的自杀事件后面所发生的是一起死后枪击事件。虽然我们已经永远不可能弄清楚事情的真相，但是我们猜测有一名猎人在不知道这是一副人类骸骨的情况下对它开枪射击，或许是做瞄准练习，又或许是为了猎杀禽鸟或野兔。至于骨头上的平行切痕，则是农夫开着牵引机耕田时，牵引机的圆盘状刀片所留下的。我们看到了一张牵引机在田地里拖着圆盘状耙齿犁具的照片，而发现了这一点。我们请其中一名探员去丈量耙齿之间的距离，发现其长度与骨头上切痕的间距完全吻合。

在缺乏科学证据和证人证词的情况下，郡验尸官不愿意对外宣称这是一起自杀事件，也不肯担保这起枪击是一出意外，并将结果裁定为死因不明。在只有骨头可供鉴定的条件下，我们重构了整起事件的前后顺

① hip socket，即骨盆和大腿骨顶端的接合处。

序，知道这个可怜人在死亡数年后曾被鸟弹打中，接着再被一台牵引机碾过。没有任何一个计划把一起案件弄得扑朔迷离的人，能够比那个农夫和猎人做得更好——这简直就像是小说中才会出现的情节。

第九章　最后的无名英雄

事情并非如它们被看见的那样，或者更确切地说，事情并非只是如它们被看见的那样，而有更多部分是你没有看到的。

——英国作家阿道司·赫胥黎《写给西方世界吠陀经》

在美国空军中尉麦可·布莱西 24 岁生日之后的 1 个月又 1 个星期，他在位于越南边和空军基地的备战营区，度过了他生命中的最后一晚。翌日的 1972 年 5 月 11 日清晨，布莱西从这座基地驾驶一架 A–37 型飞机起飞。A–37 型飞机原本是一种教练机，经过改装后被重新命名为“蜻蜓机”,专门用来投掷炸弹。布莱西的任务是在北方 60 英里（约 97 千米）远的安禄—— 一个大约有 7000 人口的省会投下烧夷弹，然后返回基地。

驾驶另外一架飞机的同伴表示，他还记得自己看见布莱西的飞机正降低高度准备轰炸目标。突然间，橄榄绿的机身冒出了一阵白烟。飞机向右边翻滚下落，坠入树林中，然后爆炸成一团火球。布莱西的飞机是在敌方控制的区域中坠毁的，因此不可能展开搜救行动。由于有人目睹了这起飞机失事事件，所以布莱西被列在“阵亡 / 遗体未寻获”（KIA/BNR）的名单之中。

麦可·约瑟夫·布莱西生于 1948 年 4 月 4 日，出生地为密苏里州的圣路易斯，是琴·布莱西和乔治·C. 布莱西夫妇的儿子，是 5 个小孩中的老大。他的父亲曾经在第二次世界大战中担任过美国陆军空战队[①]的中士，

① Army Air Corps，为现今美国空军的前身。

麦可死时，他正从事切肉工作。麦可的朋友回忆起他来，都说他是个喜欢大笑，热爱网球、足球、鲔鱼和焗烤通心面的人，他在中学时负责吹奏巴松管和萨克斯。大家都觉得他是个对所有事情总是尽力而为的男孩。许多年后，他的其中一位朋友表示麦可激发了他对足球的热爱，至今他正在推行一个有 2000 名年轻球员参与其中的足球计划。

麦可在中学毕业后进入美国空军学院就读，还曾经在 1968 年露西·波儿[①]在该校拍摄《双乐满堂》[②]这部电影的外景时，被他的教官任命为她的贴身护卫。从空军学院毕业后，布莱西经过飞行员训练和野外求生训练，被派往越南服役。在四个半月的战场生涯中，他执行过 132 次飞行任务，其中绝大部分都是支持地面上的作战部队。“假如我活着是注定要战死的话，那么我何必努力求生呢？”麦可·布莱西在写给未婚妻露·亚当斯·潘贝克的最后几封信中说道，“只要我可以为自己和他人的生存而奋战，我就会活着继续奋战下去。”

为了纪念他的儿子，乔治·布莱西在家中地下室设立了一个纪念展览馆，展出麦可的奖状、照片和勋章。美军曾颁给麦可一枚杰出飞行十字勋章、一枚奖励在战争中负伤的紫心勋章、一枚奖励在战争中表现英勇的银星勋章以及一枚奖励在飞行任务中有卓越贡献的橡树叶空军勋章。乔治·布莱西每天早晨都会在前院的聚光灯中升起美国国旗，晚上再降下来。

1972 年 10 月 31 日，在麦可·布莱西的飞机被击落的 5 个月后，一支南越军搜索队发现了几根骨头（左右各两根肋骨、一块骨盆和一根肱骨）以及一些看起来属于一架飞机或是其飞行员的物品。名单中所列的发现的物品包括一张飞机弹射座椅、几块飞行衣和降落伞的碎片、一个枪套、一

① Lucille Ball（1911—1989），美国喜剧女演员，被誉为美国的“喜剧女王”。

②《Yours，Mine and Ours》，露西·波儿于 1968 年拍摄的一部喜剧片，这部电影于 2005 年被重新翻拍。

艘单人充气船、两个指南针、一面旗子和一只皮夹，皮夹中放着一张写有布莱西姓名的身份证。这些遗骸被标示为“BTB（据信为）布莱西，麦可·约瑟夫”，然后被送往西贡一空军基地的美军停尸间做进一步的鉴定。然而不知为何，那只皮夹和里面的身份证在这一过程中失踪了，不是被偷走就是遗失了。1976 年，这些仍然被认为是麦可·布莱西的遗骸被送往了泰国的中央鉴定实验室。

这个实验室的工作就是负责确认或推翻这些骨头的身份。如果这些骨头是布莱西的，有关当局要如何证明？那支南越军巡逻队是真的在同一个地点发现骨头和身份证，还是他们其实是在不同地点发现这两样东西，事后再把它们放进同一个袋子里的？现今的中央鉴定实验室有一套标准作业程序，每当遗骸被人发现时，它会派出一支团队前往现场，监督整个遗骸的搜集流程，并且仔细照看遗骸，以确保回到实验室后鉴定结果的完整性，但是这个案例并没有遵循这套程序。假如当初搜集遗骸时现场有政府的殡葬管理人员的话，或许皮夹和身份证就不会失踪了。这两样物品即使不足以证明死者的身份，对于鉴定工作也会有所帮助。法医人类学家在鉴定过程中的目标是寻找足以支持宣誓作证时对遗骸身份的认定证据。单单只有一项证据，无论它多么具有说服力，都是不够充分的。

法医人类学者在处理一副遗骸时，照例会先梳理出死者的生理概况——判断死者的年龄、种族、性别、身高和血型。虽然布莱西的身份证失踪了，但是他存档在美国空军那边的医疗记录中还保有这些信息。对这些“据信为布莱西”的遗骸所采用的鉴定程序，是在未参照空军医疗记录的情况下进行的。科学家只有在结束对这些骨头的鉴定后，才会参阅那些医疗记录。实验室的鉴定结果显示，这些骨头的主人的身高在 5.6 英尺和 5 英尺 11 英寸（约 1.71~1.80 米）之间，年龄为 30~40 岁。在分析了飞行衣中所发现的一根腿毛后，得知死者的血型为 O 型。布莱西的医疗记录则显示他的身高在 5 英尺 11 英寸和 6 英尺（约 1.80~1.83 米）之间，年龄为 24 岁，血型是 A 型。这副遗骸和布莱西之间唯一具有科学说服力的相同点就是，几乎可以确定这些骨头是属于一名男性的。

这些差异使中央鉴定实验室的专家感到很疑惑，确定死者性别并不困难，男性的关节比女性粗大，所以其骨头末端也比女性要大。臀部的骨头也有一些可以用来分辨性别的特征。虽然除了性别之外，这些骨头其余的生理概况完全不符合布莱西的医疗记录，但即使如此，也不能证明这些骨头不是他的。如果通过骨头所推测的身高和年龄与死者实际的身高和年龄有差异的话，很容易就可以解释为这只是人类骨骼的正常变异而已。

比如说，一个身高 5 英尺 9 英寸半（约 1.75 米）的人，其股骨（大腿骨）的平均长度为 19.1 英寸（约 48.5 厘米）。平均而言，同样身高的人应该会有 14.3 英寸（约 36.3 厘米）长的肱骨（上臂骨），但是有些人的肱骨会比较长，有些人则比较短，腿长只是分析身高的许多因素之一。骨盆尺寸、颅骨尺寸和形状以及 24 节脊椎骨中每一节的尺寸也都是如此 。在“据信为布莱西”的这些骨头上，单单只用一根上臂骨来判断死者的身高，可能会造成和实际身高之间的差距达到数寸之多。

就判断一个人的年龄而言，生活模式对骨头的影响很大。比如说，长期剧烈运动、滥用药物或者酗酒，都会使一个人的骨头看起来比实际上的要老。基于这类原因，有些人的骨头无法用一般标准来判断。

最后一点，虽然鉴定人员可以从骨髓得知血型，但是通常无法从骨头本身获得，除非这些骨头被保存在极不寻常的良好状态中。虽然在衣服上寻找腿毛确实是个妙招，但是通过任何一种人体组织来鉴定血型，都有 1/3 的概率会造成误差。在这个案例中，遗骸暴露在越南的恶劣气候下，可能会造成用来判断血型的抗原流失或变质，导致任何血液看起来都像是 O 型。

虽然法医人类学是一门建立在科学之上的学问，但是在进行专业分析时，还是必须有主观感性的成分在里面。有一点我们必须始终铭记在心的是，通过骨骼特征来判断死者的生理概况，其准确性一向有先天上的限制。从现有的数据来看，科学家无法证明也无法推翻这些遗骸是属于布莱西的。假如这些遗骸不是布莱西的，那么又会是谁的呢？在这个地区发生坠机事故的还有其他 8 名飞行员，但是其中只有一名飞行员的生理特征可能符合那些遗骸：来自加州托伦斯的 30 岁的罗德尼・史卓贝基上尉，他的响尾蛇直升机于同一天在布莱西失事地点 2 英里（约 3.22 千米）远的某处坠毁。然而假如那些遗骸是史卓贝基的话，就无法合理解释那些和骨头一起被人寻获的物品。其中最有问题的是单人救生艇的残骸，史卓贝基的直升机并没有配备这种东西。

1979 年，在那些“据信为布莱西”的遗骸被人发现的 7 年后，五角大楼宣布他们无法鉴定这些遗骸的身份，并把这些遗骸存放在标示为“X-26”的盒子中。这个盒子被放在中央鉴定实验室的一个架子上，等待未来某一天科学进步到可以给我们一个更明确的答案。而且直到这些遗骸的身份重新被鉴定出来为止，我们都不得将已经发现可能为布莱西遗骸和遗物的这件事情告知他的家人。

1973 年，美国国会颁布了一项法案，规定将一名越南战争的无名英雄安葬于阿灵顿国家公墓，位于两次世界大战的无名英雄身旁。为了名副其实，这具遗体必须是一名死于战场上的美国人，而且对于确认他的身份所进行的一切努力都宣告失败了。虽然法律上无此规定，但是依据习俗其遗骸必须至少还保有八成，不过这项法案并没有设定达成期限。

1976 年，在收到白宫指示挑选越战无名英雄的命令时，尚未从泰国迁移到夏威夷的美军中央鉴定实验室手上只有 4 具未鉴定出身份的遗体。就实验室方看来，部分遗体的身份在未来某一天是有可能鉴定出来的。美国政府的首选是一具被标示为 X-15 的遗骸，这副遗骸来自西贡的美军停尸间，而且死者应该是一位美国军人，但是这副遗骸不符合任何被列为战斗失踪或下落不明的名单记录。这表示这名阵亡军人可能是一位逃兵，因为中央鉴定实验室手上握有所有的阵亡名单和失踪名单。然而这副遗骸的骨头数量很多，甚至还包含了牙齿，这让身份鉴定变得容易许多。因此实验室指挥官小钱宁·韦伯少校无法昧着良心担保这名死者是无法被鉴定的。

韦伯是对的。那副遗骸不但可以鉴定，而且鉴定结果甚至还洗刷了来自密歇根州圣查理镇的一等兵艾伦·基思·巴顿的罪名。巴顿隶属的雷德克里夫营区设立于南越中部沿海地区的安溪附近，他也的确从 1970 年 7 月 28 日于营区失踪的那天起被列为逃兵。1 个月后，巴顿的母亲收到一封来自其长官马蒂·C. 奇夫上尉的信，提及巴顿未经许可，擅离职守已经超过 30 天，因此被列为一名逃兵。“我认为你应该建议他归营，”奇夫在信中表示，“离营在外的时间愈长，他被逮捕后所遭受的惩处将会愈重。”巴顿失踪时仅 18 岁，他父亲已经在军队中服役超过 20 年的时间，巴顿是在德国服役一段时间后，自愿前往越南作战的。巴顿做律师的姑姑雪莉·博戈则一直努力要军队洗刷他的罪名。

1972 年 3 月 28 日，一副右手臂嵌有 3 颗钢弹的骸骨在雷德克里夫营区的边缘地带被人发现。同时还发现了一个信封截角，上面有密歇根州萨吉诺市的邮戳，第二天又发现了更多的骨头和个人物品，但是这些东西在一个军队收发室里遗失了。这副遗骸被送往中央鉴定实验室进行身份鉴定。1983 年，通过牙医记录和骨骼鉴定确认这副遗骸的身份为巴顿之后，他被送回家人手中。根据一位美军发言人乔治·史汀内少校的说法，巴顿先前没有被人鉴定出来，乃是由于美军只针对被通报为战斗失踪的士兵进行鉴定。史汀内表示，巴顿可能是因为触到地雷而死亡。

接下来一个被选中的盒子里装着骨头，上面有一个标有威廉·麦克雷名字的狗牌。然而众所皆知，麦克雷的遗体早已被人鉴定出来，并安葬于波士顿的一座公墓里，因此中央鉴定实验室手上所拥有的这副骸骨被认定为未鉴定出身份。麦克雷可能是因为多次擅离职守，而曾在越南的一所军人监狱服刑。美军让他提早出狱，条件是他必须回到他原先所属的单位继续执行任务。给擅离职守的军人一个赎罪机会在当时是很平常的事情。

1967 年 8 月 9 日，麦克雷从监狱中被释放。他搭上一架准备飞回他所属单位的休伊直升机。直升机的乘客名单上写着 4 名机员和麦克雷的名字。直升机升空后没过多久，就对撞上一架单人座的 F-101 型飞机，F-101 的飞行员因及时弹射出机舱而生还，直升机则带着机中 5 人坠毁并燃烧起来。4 名机员的身份很容易就被鉴定出来；第 5 具遗体严重烧焦，不过在法医鉴定人员的鉴定下，它符合麦克雷的年龄、种族、发色和身高。那具遗体上穿着军服和军靴，但是制服上没有军徽。对一个刚从军人监狱被释放出来的人来说，这并非一件不寻常的事情。基于以上证据，这具遗体的身份便被认定为麦克雷，并送回他的家人手上，在波士顿的公墓下葬。

4 个月后，一位在休伊直升机坠毁地区巡逻的士兵发现了第 6 具已经严重腐坏的遗体。在新山一空军基地的停尸间里，调查员发现那具遗体上戴着麦克雷的牌子。但是由于麦克雷已经被人鉴定出来并下葬了，因此这具遗体便被列在未鉴定出身份的名单中，标示为 X-32，然后运到位于泰国的中央鉴定实验室等待进一步的鉴定。存放 X-32 的盒子安放在中央鉴定实验室的架子上，直到 1982 年第一个越战无名英雄候选人被否决为止。

接下来考虑的人选轮到 X-32 了，假如科学家无法鉴定出遗体的身份，他们就必须认定这具遗体为无法鉴定。当科学家打开盒子发现了麦克雷的牌子后，他们便去找出麦克雷的牙医记录，并通过牙医记录确定这具遗体的身份为威廉·麦克雷。麦克雷的家人被告知了这个消息，原本埋葬在波士顿墓地中的遗体被挖掘出来，换上了麦克雷的遗骨。X-32 于是也换成了一具被中央鉴定实验室人员命名为“波士顿比利”的遗体。

当 X-32 的身份被证实是麦克雷之后，一项对所有在休伊直升机坠毁地点附近失踪人员的调查结果显示了一个可能性：第 6 具遗体是一位来自俄亥俄州的名叫杰瑞·戴南的平民。戴南是一位独立承包商，为一家叫“德卡导航系统”的公司工作。戴南的工作是训练飞行员使用德卡公司精密复杂的飞机导航系统。他每个星期都会寄一卷录音带给家人，描述他在越南的生活经历。录音带在 7 月时停止寄送，不过他的家人一开始并没有多加在意，认为戴南只是过度忙于工作。然而到了 8 月下旬，他的家人联络上德卡公司位于西贡的办公室。那边的人表示，一旦戴南回到办公室，他们就会叫他打电话回家。1 个星期后，他的家人又打了一通电话，此时德卡公司才意识到戴南已经失踪了好长一阵子。9 月 20 日，德卡公司向西贡的美国大使馆提出人口失踪通报。而在接下来的调查中，一位公司经理发誓他曾经于 8 月 14 日，也就是休伊直升机坠毁的 5 天后，在西贡的一间旅馆外看到戴南和德卡公司的另外一位员工同行。那名经理说他很确定就是那个日期，因为隔天他就休假飞往香港了。

有关当局将戴南列为失踪及下落不明人口，直到 1974 年他的家人前往法院要求宣告他死亡为止。在过去 7 年中，他们持续支付戴南的人寿保险费，显然认为现在是拿回那些钱的时候了。假如戴南是军中人员的话，政府老早以前就会开始深入调查他的失踪情况，而调查委员会也将会宣告他死亡。然而戴南的失踪是个平民事件。在当年法院记录的证词中，包含了那位在1967年8月被认为与戴南同行的人的证词。那个人是一名飞行员，他查询了他的飞行记录并可以肯定当天他人绝对不在西贡附近，是那位认出他的经理搞错了。法院基于这项证词，便将戴南宣告死亡。然而由于戴南是一介平民，因此中央鉴定实验室从未获得这项消息。

“波士顿比利”的身份直到2002年才真相大白，这主要归功于中央鉴定实验室一个绰号为“牛头犬”的超级探员罗伯特·梅维斯。实验室人员会定期从架上拿下老旧的盒子，看看是否有什么最新科技能帮忙鉴定出盒内遗骸的身份，而其中一个盒子就是“波士顿比利”。梅维斯所知道的全部信息是，这副遗骸被人发现于8月9日的直升机坠毁现场，以及乘客名单上5个人的遗体都已经被鉴定出来。梅维斯开始质疑直升机乘客名单的正确性。实验室调查了从1967年8月到9月之间所有的越南失踪人口，将可能性一个个排除。最后剩下一个唯一能够合理解释的人，就是28岁的杰瑞·戴南。然而光这一点还不足以用作鉴定上的科学证据，因此实验室联络上了戴南的家人。法医鉴定人员所提供的死者年龄、种族和身高与戴南的吻合。戴南的家人提供了一张胸部X光相片，而戴南的兄弟则寄来了血液样本，后者成为决定性证据：DNA比对结果显示死者与戴南兄弟的DNA吻合。由于杰瑞·戴南负责直升机飞行员的训练，所以那些飞行员必然都认识他。因此为了搭便车而临时跳上其中一架直升机，对他而言可能是家常便饭。

由于第二个盒子中的遗体无法鉴定是否来自一名死于战场上的美国军人，因此中央鉴定实验室将目光转向第三具遗体。这具遗体是老挝政府单方面移交给美国的——单方面的意思是在寻获遗体的过程中，没有美国人参与,因此也没有可依赖的证据监管链[①]。中央鉴定实验室的指挥官指出，由于无法肯定这具遗体的身份是一位美国军人，所以它并不符合法律的规定。

到了这个阶段，五角大楼再次提议将来自安溪的 X-15 选为越战无名英雄，因为它的骨骼完整度最高。但是这副遗骸包含了牙齿，尽管目前还没有相关的技术，不过将来很有希望会成为采集 DNA 的来源，这使得韦伯再一次拒绝签署同意书,并表示这具遗体的身份终有一天可以鉴定出来。针对这次拒绝令，五角大楼派来了一位将军，他告诉韦伯，如果你真的那么肯定能够鉴定出这具遗体的身份，那么我给你 6 个月的时间。也就是在这 6 个月的期限内，中央鉴定实验室鉴定出这具遗体的身份，为当年被人误以为逃兵的 18 岁的一等兵艾伦・基思・巴顿。

于是，最后只剩下第四个编号为 X-26 的盒子，里面装着一度被认为是麦可・布莱西的遗体。由于这副遗骸的身份以当时的科技还无法鉴定出来，韦伯只好勉强在一份宣告其无法被鉴定的文件上签字，不过在此之前,他还是进行了最后一次尝试。他寄给陆军最高长官一封备忘录，主张不要挑选这具遗体为越南无名英雄，因为它曾经被认为可能是属于布莱西和史卓贝基的。尽管韦伯提出了抗议，但这具遗体还是正式被选为越战无名英雄。

1984 年 5 月 28 日，美国阵亡将士纪念日当天中午，一支美军队伍将棺木运往阿灵顿国家公墓。葬礼期间有数千位民众在旁围观，其中包括 100 多位美国战争中的荣誉徽章[②]受奖者。在葬礼现场，里根总统将一枚

---

① chain of custody，证据监管链是指从采集证据开始，每次将证据交由下一位人员鉴定或保管， 或者让任何人接触到证据时，都必须有文件记录的过程，并尽量减少证据转手的次数，以确保证据不会被有心人士破坏，同时也确保证据作为呈堂证供的可信度。

② 美国政府所颁发的最高荣誉军事奖项。

荣誉奖章颁发给越战无名英雄。接下来是一场令人动容的传统仪式，一名身穿正式军服的美国第三步兵团士兵在代表死者亲属的里根总统面前跪下，恭敬地将先前覆盖在棺木上折成三折的美国国旗呈献给他。虽然那个时候没有人可以预料，但是里根总统当时所说的话已预言了越战无名英雄的未来。"我们不会写下任何结局，"他说，"我们不会合上任何书本。我们不会忘记任何过往。"

麦可·布莱西去世 22 年后，1994 年 7 月的《美国退伍军人快报》上刊登了一篇文章，指出埋葬于越南无名英雄墓中的遗骸的身份，很可能是布莱西。这篇文章的作者是该快报的发行人泰德·山普利，他曾经是越南战争期间美国绿扁帽[①]的成员。同时，山普利也是"最后的火力基地退伍军人档案项目"团体的创始人和领导人，这个团体专门为越战战俘和被五角大楼列为战斗失踪的军人发声，该团体保存着大量的战俘和战斗失踪人员档案。

在发表该文章之前，山普利先打了一通电话给麦可住在圣路易斯的母亲琴·布莱西，告诉她这篇文章即将揭露的内容。这篇文章刊登出来后，山普利寄了一份快报给五角大楼。麦可的妹妹帕特当时是一名美国空军上尉，她联络上空军伤亡办公室，希望他们能证实山普利的报道，然而她被告知没有任何数据可以支持山普利的论点，于是布莱西一家人便把这件事情搁下了。3 年后，山普利再度刊登了这篇文章，并把它张贴在快报的网站上。哥伦比亚广播公司新闻台的文斯·冈萨里斯在网站上读到那篇报道，并与布莱西的家属取得了联系。布莱西一家人答应协助冈萨里斯对此进行深入调查，并在电视上播放。

1998 年 1 月 19 日在 CBS 上播出的那则新闻一开头如此说道："CBS

① 即美国特种部队，因其成员所戴的绿色扁帽而得此昵称。

新闻台经过 7 个月的调查之后发现,(越战)无名英雄的身份几乎已可确定，而且无论是基于何种理由，有部分的军方官员早已知道真相，却试图隐瞒大众。”麦可的母亲琴和妹妹帕特也在电视上现身，力促政府挖掘出越战无名英雄，使用当年还没有的 DNA 测试技术再一次鉴定身份。“所有证据都指向那块墓地,”帕特・布莱西向 CBS 的访问记者表示，“如果他是麦可的话，那么他就不是无名无姓。”

不出所料，这则新闻果然引起了骚动，越战失踪军人的家庭和退伍军人团体更是关注此新闻。几天后,《华盛顿时报》引述了五角大楼发言人麦可・达博岱海军上校的话，表明了政府的两难之处。“我们对那些等待解决问题的家庭负有责任,”他说，“同时我们也对所有曾在那场战争中服役的人，以及将这块墓地视为圣地的人负有责任。”

美国国防部部长威廉・科恩任命一支调查团队重新检视现有证据，同时评估对越战无名英雄使用最新的 DNA 测试技术鉴定身份的可能性。

在 4 月 27 日的一次简报会上，其中一位调查团队的成员描述了这具遗体被人寻获的细节。这位匿名的五角大楼官员透露，1972 年一位名叫克里斯・凯胡恩的美国陆军中尉从南越军巡逻队手上取得了这些骨头和个人物品，骨头和部分个人物品被放在一个袋子里，而其他物品则被放在另外一个袋子中。那名官员转述凯胡恩的话，表示当时有一架直升机降落在丛林中，一群越南难民涌向直升机，希望能坐上直升机远离战场。就在这种混乱的情况下，凯胡恩把一袋遗骸丢给了直升机的指挥官。“而那就是这具遗骸实际上的运送过程。”那名官员说。5 月 7 日，五角大楼宣布国防部部长科恩决定在 1 个星期后打开越战无名英雄墓，在此之前，五角大楼将筹备合适的开挖仪式。

虽然我和中央鉴定实验室的另外一位人类学者戴维・蓝金是在同一

时间从中央鉴定实验室启程，但是他比我提早两天抵达华盛顿，我半途前往俄勒冈州会见了一位在越战中失踪的飞行员家属。戴维直接前往华盛顿，并参加了 5 月 7 日那场宣布科恩部长决定打开越战无名英雄墓的记者会。当我抵达华盛顿时，打开越战无名英雄墓的计划已经如火如荼地展开，这个事件吸引了全世界的目光。国际媒体将会持续报道这则新闻，白宫也会仔细监督一切。我们每个人都没有说错话的余地。

在我抵达的第二天，我们两个人参加了另一场五角大楼记者会；这场记者会的举行地点就在那个讲台后面五角大楼标志清楚可见的记者室，这种场合让我感觉自己就像一位重要人士。我永远不会忘记这场记者会的情景——记者室里挤满了记者、摄影师和摄影机，长臂麦克风就好像丛林蟒蛇高悬在我们的头顶。我们就身处整起事件的核心地带，面对着一座可能是全美国最著名的坟墓。

计划拟定者将所有细节都考虑了进去，承包商会先在墓地周围搭起一道 8 英尺（约 2.44 米）高的白色三夹板围墙，以维护墓地的尊严与神圣性。围墙的另外一个功能是防堵摄影记者，避免让他们拍摄到棺木移出墓穴的实际过程，五角大楼的高层官员认为这是一种不妥当的行为。

施工人员甚至在顶部拉起一张伪装网，如此一来，就没有人能够从飞机或直升机上拍摄到作业过程。另外一个专门处理大理石、水泥和花岗岩结构的承包商，则负责打开墓穴将放置遗体的棺木拿出来。其间，美国第三步兵团的卫兵驻守及交接仪式会暂时移到无名英雄墓的东边来进行。

挖开墓地是一项艰苦的工程，墓地上方的水泥道路必须小心切割，以便日后可以重复使用。一辆起重机会把墓穴的盖子搬开放在一旁，棺木会被抬出来放在一台推车上。然后墓穴会被关上，道路被重新铺好，让它看起来就好像不曾被动过一样。这个流程将会用 24~36 个小时的时间来完成，这项工作从5月13日的夜晚开始一直持续到5月14日的凌晨，如此一来，国防部部长科恩就可以在5月14日当天晚些时候主持仪式。那具棺木被抬出墓穴的时间大约在午夜时分。

一旦棺木被抬出来，戴维的工作是确保它用胶带适当地封住。在寻获或接收任何遗体或证物时，建立证据链是我们所有程序中的第一步。1995年的辛普森案给所有法医专家上了一课，再次提醒他们小心处理证物的重要性。当年陪审团的判决结果，有很大一部分要归因于洛杉矶警方对于重要证物未能谨慎处理。陪审团以证物的处理手法太粗糙为理由，质疑实验室鉴定结果的可靠性与正确性。我们这些中央鉴定实验室成员，必须确保自己不会步洛杉矶警方的后尘。在场还有另外两位独立观察员跟随在我和戴维的每一步后面，一同确保证据链的完整性。

我主要是担任资深人类学者，在遗体运抵华盛顿的美军病理研究院后，负责监督鉴定样本的采集工作。美军病理研究院花了很多工夫设立安全警卫，以确保采集证据过程的完整性。他们给我和戴维安全通行证，让我们可以不受限制地出入该机构。他们还把通往鉴定实验室大门的钥匙给换掉，并在我们工作期间将唯一的一把钥匙交给我们。每一个参与这起事件的人，都不希望发生任何一点纰漏。你能想象一旦越战无名英雄的遗体处理过程出了问题，我们该如何向大众解释吗?

私人承包商花了4个多小时的时间，用钻石切割工具将墓穴大理石盖子周围厚达10英寸（约25.4厘米）的花岗岩板给割开。5月14日的黎明时分，一具包覆着美国国旗的棺木已经躺在无名英雄墓前的一个平台上了。

国防部部长威廉·科恩表示，无名英雄墓是在“极不情愿”的情况下打开的，但这么做是为了实现美军保证鉴定出每位阵亡军人身份的诺言。

“就算只有一个家庭也好，如果科学进步能够减轻他们长期的痛苦，那么我们的道路就是明确的。我们向科学寻求解答，希望可以因此解释下一个家庭心中的沉重疑惑。”棺木在一支庄严车队的护送下，经过岩溪公园来到设于华特里德医院的美军病理研究院，护送的车辆和警察队伍延伸了好几个街区之长。

我们在医院被一群摄影记者和电视新闻记者团团包围，当包覆着国旗的棺木从美军的黑色灵车上被抬下来运进大礼堂准备打开封缄的时候，他们东奔西跑，寻找着最佳的摄影角度。接下来这个阶段，就是我和戴维接手的时候了。

虽然银蓝色的钢制棺木已经布满锈痕，但是保存状况良好。不过打开棺木后，却又发现不是这么一回事，盖子内侧的衬里已经因为湿气而脱落了，我们发现一张每一边都用别针固定住的美国陆军制式绿色毛毯。我们小心地移除生锈的安全别针，打开毛毯，接着就看到躺在里面的 6 块骨头与一些残破的军事装备。我们猜想这些物品应该是 1972 年与遗体一起被发现的，令我惊讶的是，并没有发现颁给他的那枚荣誉徽章。后来才知道五角大楼决定把荣誉徽章留在无名英雄墓里，而非留给这位阵亡的军人，这项决定在当时引发了一些争议。

礼堂内，我和戴维在八九名高级军官和数名士兵的旁观下，完成了遗骸的初步鉴定。然后我们亲手将这些遗骸运往实验室，开始进行人类学鉴定工作和切取骨头样本以供 DNA 测试。我和戴维分别独立鉴定这 6 块骨头，各自提出自己对于死者的年龄、身高与性别等生理概况的判断。我们在完成各自的鉴定后，再一同讨论我们的结论。在鉴定过程中，我们也会寻找这名飞行员濒死创伤的蛛丝马迹。

我们的结论完全相同，都认为这名死者年龄为 30~40 岁，身高大约 5.8

英尺（约 1.77 米），而且骨头上没有任何濒死创伤的迹象。我们的鉴定也显示，每块骨头上都有一个楔形切口，那是 20 世纪 70 年代用来检测血型的方式。为了鉴定用途而切取骨头样本时，我们所选择的部位会刻意避开那些能够提供死者年龄、身高和性别等信息的部位。

戴维用一支小电钻，在每块骨头上切下一块重约 2~2.5 盎司（约 56.7~70.9 克）的样本。我们把这些邮票大小的骨头样本，独立分装在塑料袋中，然后用封缄胶带封住，并在封缄上签名，写上日期，及一个事先选定的编号。那个编号将无法让 DNA 实验室得知样本来源，这是另外一种避免偏见或猜测影响分析结果的方式。我们也和 20 世纪 70 年代这副遗骸在丛林中被人发现时一样，为它列册和拍照。

我和戴维在当天稍晚时候完成了我们的鉴定工作，然后将骨头样本锁在建筑物另外一层楼的空保险箱里。戴维是唯一知道保险箱密码的人，直到他把密码移交给美军病理研究院的记录注册员为止，好让美军 DNA 鉴定实验室的组长米契尔·荷兰博士能够进行 DNA 测试。接着我们返回旅馆，准备回家。

人体由大约 100 兆个细胞构成，每个细胞的细胞核都含有一个由脱氧核糖核酸分子所组成的双螺旋体。脱氧核糖核酸带有让我们每个人与众不同的基因密码。人与人之间大约有 99.9% 的 DNA 是相同的，那剩下的 0.1% 便造就了现在的我们。

科学家在 1994 年第一次确定基因是由 DNA 组成的。到了 21 世纪初，科学家已成功绘制出全部的人类基因谱，也就是每条 DNA 链上基因的排序。在皮肤细胞、头发、血液、精液、唾液，甚至是牙齿和骨头中，都可以找到 DNA，然后可以利用计算机来比对两个 DNA 样本。我们老旧的皮肤细胞和头发会不断脱落，这就是经常可以在犯罪现场找到 DNA 的原因。

此外，DNA 样本也可以通过刮取口腔内侧或是嫌犯使用过的烟蒂、咖啡杯或牙刷获得。

只有同卵双胞胎和复制人会具有完全相同的 DNA，对不是双胞胎的人来说，如果发现其 DNA 与在犯罪现场找到的 DNA 样本吻合的话，几乎就等于证明了那个人与该案件有所关联。虽然这算是间接证据，但是陪审团通常会认为足以宣判被告有罪了。过去数年间，由于被人发现他们的 DNA 与遗留在犯罪现场的 DNA 不吻合，上百名已被判入狱的囚犯因此获得了释放。

但是 DNA 很容易遭到破坏，在飞机坠毁并起火燃烧的失事现场所找到的 DNA，我们也可以很有把握地假设它已经受到污染了。正因如此，X-26 遗骸的身份才会在这 26 年里都鉴定不出来，这也是中央鉴定实验室指挥官会在 1984 年担保这副遗骸无法被鉴定的原因。然而，当 X-26 于 1998 年被重新挖掘出来时，有一项科学发展有理由让大家认为这些骨头的身份是能够被鉴定的，这也是将来可能不会再出现下一个无名英雄的原因。20 世纪 90 年代初期，有人发现了另外一种 DNA——区别于细胞核 DNA，它被称为线粒体 DNA。

每个人体细胞都含有一个细胞核，每组 DNA 则含有大约 10 万个基因，其他基因可以在细胞核周围一种被称为细胞质的液体中发现。这些基因存在于线粒体中，那是一种负责充当细胞发电厂的微小器官。线粒体将我们摄取的食物转换成一种叫作三磷酸腺苷的燃料，它可以为人体提供能量；三磷酸腺苷和线粒体对于维持生命来说非常重要，氰化物毒药就是利用阻止线粒体运作的方式来致命的。缺少了三磷酸腺苷，你就无法搔头或是挥出球棒，甚至无法移动一块肌肉或是呼吸。线粒体 DNA 只含有 37 个基因，远比人体所有基因的 1% 还要少。这些基因所掌管的并不是我们一般认为的人体特征，像是眼睛的颜色、身高或者是否为易胖体质等。线粒体基因只包含线粒体运作时所需要的指令，但是这不代表线粒体 DNA 不重要，因为要有三磷酸腺苷才能维持生命。

线粒体 DNA 有两个重要的特点，使其在鉴定年代久远的骨骼上特别有用。首先，它的数量比细胞核 DNA 要多得多；线粒体 DNA 和细胞核 DNA 的比例为 100 ： 1。其次，细胞核 DNA 是由个体的生理母亲和生理父亲的基因结合而成，线粒体 DNA 则只来自母亲。兄弟姊妹甚至是异卵双胞胎的 DNA 彼此都不相同，但是每个小孩的线粒体 DNA 与其母亲和兄弟姊妹的线粒体 DNA 则完全一样，而一个女性的子女的线粒体 DNA 与她自己和她母亲的线粒体 DNA 也完全相同。因此，唯一会吻合细胞核 DNA 的，只有本人或者同卵双胞胎的另一个，但是一具遗体的线粒体 DNA 则会吻合他母亲或者他母亲任何一位一等亲（她的母亲、兄弟姊妹和小孩）的线粒体 DNA。

线粒体 DNA 的测试过程一共有 4 个步骤。首先从遗骸上采集大约 1 平方英寸（约 6.45 平方厘米）大小或 2 克重的骨头，为了确保准确性，中央鉴定实验室习惯上会采集至少是这个分量的 2 倍的骨头，好进行一次以上的测试。接下来使用一种叫作“聚合酵素连锁反应”的技术，选择想要复制的特定的线粒体 DNA 部位。这是一种常用的基因测试技术，能够将研究样本复制到 10 亿倍之多，让分析非常微量甚至受到破坏的基因成为可能。所有生物体内普遍存在一种叫作聚合酵素的东西，这个技术便是利用开发聚合酵素的自然功能来达到的。聚合酵素的工作是复制基因物质，并校对和修正复制后的基因，以确保它和原本的基因相同。

要进行“聚合酵素连锁反应”，科学家需要的东西包括准备接受复制的 DNA，称为模板，以及由构成基因链的 4 种化学物质所组成的两段单链 DNA，称为引子。这些引子的化学物质序列会被安排成与样本 DNA 的任何一端相同。模板被加热后，它的双螺旋链便会解开，接着每一段 DNA 链会与两个引子的其中一个相结合，这时候我们导入聚合酵素，它会读取模板并制造出完全相同的 DNA 链，将当初的一组双螺旋体变成两组完全相同的 DNA。将微量的 DNA 复制成 2 倍大约需要花 1~3 分钟的时间；1 个小时后，你就会有上百万组 DNA，它们全都和开始复制前的那一丁点样本完全相同。一旦线粒体 DNA 的数量已多到足以读取基因密码并且可以肯定读取结果的正确性后，就可以将它和死者可能的亲属进行线粒体 DNA 序列的比对。

美军 DNA 鉴定实验室于 1991 年开始进行线粒体 DNA 测试，这项技术在 1995 年获得美国国防科学会的正式认可。从那时开始，中央鉴定实验室有多达 200 次以上的身份鉴定，都使用过线粒体 DNA 测试技术。虽然线粒体 DNA 吻合并非确认身份的绝对证明，但是当它与其他科学证据和间接证据结合起来时，就可以成为强而有力的证据。细胞核 DNA 来自母亲和父亲的 DNA，是一种独一无二的结合，因此两人之间会出现相同基因序列的可能性大约为 1/1MB。相较之下，线粒体 DNA 含有的基因就稀少许多，这使得两个没有关系的个体之间出现相同线粒体 DNA 的可能性会比较大。就好像有些名字会比其他名字更常见一样，有些 DNA 序列也会比其他 DNA 序列更为常见，比如说，某些线粒体 DNA 序列会出现在 20% 的白种人身上。世界上有一个全球 DNA 序列数据库，科学家可以使用它来确定特定序列的常见程度，而这项研究可以让我们知道某个 DNA 比对结果的可信度有多少。

我和戴维·蓝金在采集骨头样本的第二天飞回夏威夷，回到我们的日常工作中。实验室的所有人员都迫不及待地想知道无名英雄墓里的遗体身份到底能不能鉴定出来，但是我们只能静静地等待结果。美军 DNA 鉴定实验室将会对骨头样本中的线粒体 DNA 与布莱西的妹妹帕特所提供的血液样本中的线粒体 DNA 进行比对。除此之外，他们还会比对所有曾在布莱西失事地点附近失踪的其他 8 名飞行员的母系亲属的线粒体 DNA。

在 20 世纪 80 年代初期，美国政府为了寻找无法鉴定身份的遗体，以布莱西坠机地点的半径 25 英里（约 40 千米）为范围，锁定布莱西飞机坠毁到“据信为布莱西”遗骸被人发现的这段时间，并以在此范围内失事的飞行员为对象，试图对他们的身份进行鉴定。就记录上来看，在这个地区失踪的其他军人共有 8 名。其中只有一个人——罗德尼 · 史卓贝基上尉，符合法医人类学者鉴定 X-26 时所得出的年龄、身高和血型，然而美军 DNA 鉴定实验室的科学家决定不放过任何一种可能性。

我并不期待鉴定结果显示越战无名英雄的身份为布莱西，因为先前对这副遗骸推断出的年龄、身高和血型都不符合布莱西的医疗记录，但是同时我也知道任何结果都有可能出现——有可能明确地鉴定出死者身份，也有可能无法得出任何结论。我知道美军 DNA 鉴定实验室的科学家已经在用他们最快而又不会出差错的速度进行分析。从一块骨头样本中取得线粒体 DNA 是一项非常复杂的技术，如果你动作太快或是不小心切到了一角，样本就有可能受到污染。仅仅因赤手触摸骨头而转移到骨头上的 DNA 就多于样本本身含有的 DNA。我们已经从过去的错误中学到了教训，现在都会戴上手术手套、护目镜、口罩并穿上手术袍。

1998 年 6 月，鉴定结果被送到了中央鉴定实验室科学主任汤姆 · 荷兰博士的手上。荷兰博士坐在桌子后面，桌子上是堆积如山的工作文书和一盏我喜欢称其为“悬挂式 Rolodex”[①] 的桌灯——灯罩上贴满了黄色和粉

① 一种旋转式的名片整理架。

红色的便利贴，他把报告从头到尾仔细读了一遍。X-26 样本的测试是和另外一组骨头样本一同进行的，进行测试的科学家无从得知哪一组样本才是真的 X-26，科学家将这种方法称为“双盲测试”。同时他们也对这两组样本的线粒体 DNA 序列，与史卓贝基和其他 6 名军人的母系亲属的线粒体 DNA 序列进行比对，这些人都在跟布莱西大约同样的时间及半径 25 英里的范围内失踪。

第二组样本的线粒体 DNA 与所有人的都不吻合；X-26 的线粒体 DNA 则和布莱西妹妹的完全吻合。荷兰博士拿着报告研究了几分钟，然后才从他那很少戴上的眼镜后方抬起眼睛，接着说：“是他，是布莱西。”虽然麦可・布莱西已经在美国土地上安息了将近 30 年，但是他离故乡还有一段路要走。布莱西家人的坚持不懈以及 DNA 科技的进步，终于让鉴定越战无名英雄的身份成为可能。前者来自心灵，后者来自头脑，这两个要素结合在一起，回答了一个曾经看似不可能破解的难题。

1998 年 6 月 30 日，五角大楼将这项结果告知了麦可・布莱西的家属。7 月 11 日，一个阴天，在圣路易斯，他的遗体终于被安葬于美国第二大公墓杰斐逊军营的国家公墓里。这座公墓埋葬了超过 12.5 万名参与美国各个战争的老兵，其中大约有 3000 人还未鉴定出身份。有人估计，现场参加葬礼的民众有 2000~4000 名之多。

上午 10 点，出殡队伍开始抵达现场，老兵们整齐利落地向缓缓开往墓地的金色灵车敬礼。麦可的母亲接受科恩部长的拥抱，然后与其他家族成员一同坐在花棚下的座位上。礼兵庄严肃穆地行进到灵车旁，将棺木小心移出，抬着它来到墓地边缘。一支乐仪队演奏《奇异恩典》，接着 4 架 F-15 鹰式战机从公墓上方低空飞过。其中一架鹰式战机打破队形，往天空低矮的乌云直冲而上，这是美军向一位阵亡飞行员致敬的传统方式。

圣路易斯大主教贾斯汀·里加利在一旁为亡者祷告，这一次换成琴·布莱西接受覆盖在棺木上的美国国旗。从那些据信为麦可·布莱西的遗骨在安禄省丛林中被人发现到现在，已经过了26个年头，布莱西家族终于获得了每个悲伤的家庭都渴望获得也应得的抚慰。

然而，那种抚慰从来没有降临到罗德尼·史卓贝基的遗孀身上。当年，还是加利福尼亚州蒙特雷的一名小学老师的帕特·摩里根，在1970年夏天嫁给了史卓贝基。当时史卓贝基已经在越南担任过固定翼飞机的飞行员。1971年，美军把他送到直升机训练班去进修。1971年的圣诞节过后不久，他就第二次启程前往越南。从此，帕特·史卓贝基再也没有见过她的丈夫。1972年5月14日母亲节当天，他被宣告作战失踪并推测已经阵亡。当对越战无名英雄进行身份鉴定的工作开始时，帕特·史卓贝基已经再嫁，因此不再是史卓贝基最亲的亲属。越战无名英雄的身份为布莱西，这个消息被送到了住在爱荷华州佩里市的史卓贝基的母亲奥希亚手上。

“他是作战失踪，”她说，“我不知道应该哭泣还是高兴。”

从20世纪90年代末开始，所有美军人员都将他们的血液样本提供给一个DNA管理单位。法医人类学的科技让有关当局相信，最终他们将可以鉴定出大部分越战失踪战士的身份。

1998年2月，在布莱西的遗体身份被鉴定出来的2个月前，美国国防部宣布他们将不会在无名英雄墓中放进另一具遗体。相反地，1999年9月17日的美国战俘/作战失踪军人纪念日上，国防部举行了另一场仪式，这次是为了公开展示在越战无名英雄墓的空墓穴上雕刻的新墓志铭：“尊重并信守对美国失踪军人的信念。”

在于越战中受过许多伤的佐治亚州参议员麦克斯·克莱兰的陪同下，美国国防部部长科恩在这场仪式演讲中表示：“现在纪念越战无名英雄墓的文字已经雕刻在石头上……如同我们对美国阵亡军人的缅怀，这个国家对他们至高无上的敬意就跟这些文字一样永恒不朽……科学帮助我们减轻了一个家庭的悲伤与痛苦，将他们的儿子送回他真正的安息之地，而科学终有一天将帮助我们为那些正在等待及挂念中的家庭减轻悲伤。”

第十章　恐怖之屋

——波基普西杀人魔

因为这样的夜晚最有神秘和恐怖的氛围，空气中带有鬼域森林之感。

——电影《科学怪人的新娘》

饰演玛丽·雪莱的爱尔莎·兰彻斯特的对白

第一个失踪者是温迪・麦尔斯，她是一名白种女性，身材清瘦，留着一头棕色短发，年龄为30岁，1996年10月，她在纽约州阿尔斯特郡被人通报失踪。两个月后，29岁的吉娜・贝伦的母亲，前往邻近的波基普西市警局，请求他们寻找她的女儿。和温迪・麦尔斯一样，吉娜・贝伦也是一名深色头发、身材清瘦的白种人。警方查出她于11月29日最后被人见到时，正在波基普西市的一处街角，明显是和一名男子发生了争执。又过了两个月，47岁、白种人、瘦小、棕发的凯思琳・荷利失踪了，最后被人看到时，她正独自行走在波基普西市的闹市区曼因街。随着两名波基普西市女子的失踪，加上之前的温迪・麦尔斯也经常在这一带有许多妓女和买春客光顾的市区逗留，波基普西市警方认为这三起失踪案件恐怕并非巧合。然而到目前为止，并没有发现任何一具尸体，也没有任何犯罪迹象。警方只能按兵等待。

两个月后的1997年3月7日，又有一个人被通报失踪，这次的报案人是凯瑟琳・马许的母亲。凯瑟琳・马许也经常去同一闹市区，最后一次出现是在去年11月。跟温迪、吉娜和凯思琳一样，凯瑟琳也是一名白种人，身材瘦小，留着一头棕色短发。1997 秋天，又有两起失踪案件接连发生。

调查的探员列出了几名可疑的嫌犯，他们都是出入该市区的常客：一名有强奸前科的男子，1997 年夏天从美国南方来到波基普西市；其中一名失踪女性的男友；一名因为强奸和伤害罪而遭到逮捕的男子；一名有一长串伤害女性的前科的男子；一名住在离其中两名失踪女性最后被人看见的地点只有数分钟路程的当地男子。这些嫌疑犯一个个都被剔除在名单之外——除了一位叫作坎道尔·法兰索瓦的当地男子，一名妓女曾在近期控告他伤害，那名妓女表示，法兰索瓦于 1998 年 1 月开车将路边的她载回他家，他们在那里发生争执，法兰索瓦开始殴打她并掐住她的脖子，最后她同意和他发生性行为。结束后，法兰索瓦便把她载回当初拦下她的那条街。5 月 5 日，他以三级攻击罪的罪名被判刑，这是一项轻罪，他只在监狱里被关了 15 天。

3 个星期后，51 岁的珊卓·琴·法兰奇被人通报失踪，地点位于波基普西市东边她所居住的一个小镇，她同样是一名瘦小的白种人，她的车子被人发现弃置于离法兰索瓦家只有几个街区的地方。两个月后，25 岁的卡蒂娜·纽麦斯特也失踪了，跟其他大部分的失踪者一样，她也身材瘦小并留着一头棕色短发。波基普西市笼罩在一片恐惧之中，市区街道上的站街女尤为害怕。

稍早之前的一月，在法兰索瓦尚未因为伤害案而遭到逮捕前，警方监视过他的家，但是一无所获，接着他们询问法兰索瓦是否愿意面谈。他在出于自愿的情况下前往警局，而且既冷静又彬彬有礼。他回答了警方向他提出的所有问题，还让警察探访他的家，甚至进入他的卧室，他说的话也没有任何启人疑窦的地方。警方的报告显示，整场会谈中最引人注目的是他的屋子到处丢满了垃圾，还飘出一股可怕的味道。一切令人担忧的事实还是没有改变：所有失踪女子全都长得清瘦矮小，她们全都是白种人，全都有一头棕发，最后被人看见的地点全都位于性工作者经常出没的地区，其中有些人曾因为卖淫而被捕，而且大部分的人都没有和家人保持密切来往。波基普西市这座平时宁静的大学城，似乎已成了一个连环杀人犯的家乡。

位于佛顿大街 99 号的那栋两层楼高的房子，是坎道尔·法兰索瓦与他的双亲及妹妹同住的地方。它是那种小孩子喜欢称为鬼屋、用来吓唬自己的房子。虽然这栋房屋位于中产阶级小区里，且离瓦萨学院只有几个街区远，但是它看起来就好像随时会倒塌一样，和小区里其他大部分的房屋格格不入。油漆从褪色的绿色护墙板上一片片剥落，庭院中长满了杂草，垃圾也随处可见。它看起来就像是恐怖电影里的东西，而且它散发的味道比它的外观还要糟糕。

年龄 27 岁，身高 6 尺 4 英寸（约 1.93 米）、体重 300 磅（约 136 公斤）的法兰索瓦，直到 1997 年 1 月为止，都在担任阿灵顿中学的学校管理员。这位皮肤黝黑的海地人在他看管的学童眼中，一定就像个巨人一样，但是他们似乎并不怕他，还给他取了个绰号叫作“恶臭”。学校师生都不清楚法兰索瓦从 1996 年开始就在波基普西市的闹市区召妓，而在这段前后加起来至少 22 个月的时间里，他有时会把妓女载回家发生性关系，然后杀掉她们。

此时他正在家中二楼的卧室里，准备扼杀他的第 9 个下手对象。那名女子一半哀求，一半使用机智，挣脱了法兰索瓦的魔爪，并说服法兰索瓦把她载回当初接她上车的曼因街。当他们驶进附近的一家加油站时，那名女子就跳出车子逃跑了。

碰巧的是，当时附近有两名警探正准备发放找寻卡蒂娜·纽麦斯特的宣传单。他们看见法兰索瓦从旁边开车经过，便向他挥手打招呼。法兰索瓦向他们挥手回礼，并认出其中一名警探先前找他面谈过。那两名警探驶进那个女子下车逃逸的同一个加油站后，那边的某个人告诉他们刚才有名女子说她遭人攻击。那两名警探找到那个正走在附近街道上的女子，她证实了遭人攻击的说法，然后陪着警方到警局去向法兰索瓦提出控诉。警方逮捕了法兰索瓦，并在搜索他的房子后，发现了 8 具分解状况不一的尸体。

连环杀人犯通常会建立起某种犯罪模式，若非如此，警方很可能就无法察觉某几起命案其实是同一人所为。法兰索瓦的杀人模式是，他会在房子旁边的独栋小车库、地下室或其中一间卧室和妓女发生性关系，然后将她们勒毙并分尸。他把尸体藏在车库里的一个床垫下，直到暴风雨破坏了部分的尸体结构，接着他会把尸体移到房子里。在杀了 5 个人后，他将她们的尸体切成块状，再放进 3 个塑料容器里（一个小垃圾桶、一个印着白色鬼魂图案的儿童游泳池，以及一只黑色塑料袋），让她们在那里慢慢腐烂。屋里屋外弥漫着臭味，让人难以忍受。邻居都以为那臭味是房子里污秽的生活环境导致的，对于藏在房子里的东西，他们毫不知情，没有人将那臭味与腐肉联系在一起。

因受到纽约州警局的邀请，我和汤姆・荷兰参与了这个案子。当时中央鉴定实验室的顾问劳威尔・莱文博士打了一通电话过来，拜托我们协助重组尸块以及鉴定死者的身份。虽然州警局的法医芭芭拉・沃夫博士本身就已具有丰富的经验，但在面对这起职业生涯中最不寻常的案件之一时，她还是希望能获得协助。当沃夫博士在停尸间试图从同一个垃圾袋里取出好几条右腿时，她才赫然发现手上握着的是一堆混合的尸块，于是便决定找我们帮忙。失踪的波基普西市女子一共有 8 名，莱文博士告诉我们，这些不幸的女子所从事的职业是她们的共同点。另外，除了其中一人，她们的年龄都在25岁上下，而且都是有吸食可卡因习惯的白种人。还有最后一个共同点是，她们的运气都太差，跟了一个脑子里不只装着性爱的男人回家。

这是一起可以让人类学者发挥专长的案件，因为大部分的死者都已经分解到只剩下骸骨，而且除了几个腐烂的刺青图案以外，没有在尸体上发现任何可供辨识身份的线索。虽然经验老到的莱文博士能够根据这几名女子的牙医记录，正确地通过颅骨鉴定出身份，但是他和法医都没有办法将这5颗颅骨与装在阁楼上的3个容器中的尸块拼凑起来。其余3具埋藏在屋底间隙下的尸体则保存得很完整，她们的骸骨没有混在一起，所以没有鉴定身份上的问题。

我的工作就是把每个死者全身的206块骨头从头到脚拼凑回去。我们的计划是，由我先前往波基普西市对那些尸块进行初步鉴定，随后汤姆抵达，对遗骸进行二次鉴定，并帮忙重组那些令我犯难或是需要重新评估的骨头。

待我到达时，那些遗体和尸块已经从佛顿大街的房子移到圣方济医院的停尸间准备接受验尸了，那些尸块就存放在几个冰柜中等着我。在我戴上手术手套后，沃夫博士对我们接下来要进行工作的内容做了一个简要说明，然后我便开始动工。首先我需要确认有哪些遗体部位还在现场，而有哪些部位已经不见了。因为某些部位可能会被丢弃在其他地方，比如当地的垃圾场里，像杰弗里·达默的案子便是如此。接下来我要把每块骨头组合到正确的位置上，让每个死者的骨骼回复到原本完整的样子；最后我会记录下这3个塑料容器各存放着哪些人体部位。如果警方知道同一个人的手脚来自不同容器的话，他们就可以重建整起犯罪事件的细节。

虽然我在鉴定骨头和重组骸骨方面经验丰富，但和其他大多数的案件比起来，这起案件要困难和复杂许多，因为有些手臂和腿部还包裹着分解中的软组织，至少有5具毫无生命的尸体躺在停尸间的5张轮床上。要把5名死者与被法兰索瓦肢解后的尸块正确配对在一起，就像要分辨出混合在同一个盒子中的5张拼图一样。环顾停尸间，我看见其中一张轮床上摆着超过100块的骨头，里面有手掌、手臂、脚掌、腿部和所有介于其间的身体部位。快速地浏览过5张轮床后，我发现每张轮床上都摆着一副以上的遗骸。其中一张轮床上有3颗颅骨，另外一张轮床上则有至少3个人的腿部，还有一张轮床上堆放着手臂、腿部、脊椎、肋骨、手掌和脚掌，其中几只脚掌还穿着袜子。而让整个分类工作更复杂的情况是，所有的死者都是女性，而且身材和种族也都相同，因此我无法使用身材和种族这两个标准来对遗骸进行分类。

我们在分类骸骨的时候，有一部分的判定工作要依据骨头的尺寸来进行。当一具身高6英尺（约1.83米）的男性骸骨，和一具身高6英尺的女性骸骨摆在一起时，我们通常有办法将两者分辨出来，因为男性的关节通常比女性的大，与髋臼接合的股骨顶端更是如此。最困难的鉴定通常发生在两人的性别、体型和种族都一样时，遇到这种情况，人类学者就必须依赖个人自身经验以及对于细节的细致观察力。虽然线粒体DNA测试逐渐可以解答许多难题，但是这项技术既昂贵又容易拖慢鉴定速度。不过无论如何，就遗骸的复原和分类而言，线粒体DNA测试确实是一种好方法。即使一副骸骨的全部206块骨头都在现场，我们也能透过线粒体DNA测试，来判断它的臂骨是否与它的腿骨、髋骨、颅骨甚至脚趾骨，都来自同一个人。举例来说，请想象有个连环杀人犯将两个以上被害人的骨头混合在一起，如果我们怀疑某一副骸骨虽然外表看起来像是同一个人的，但其实是由好几副骨骼组成的话，我们可以对其中几块骨头进行 DNA 测试，来看看结果是不是只有一种 DNA 序列。如果不是的话，那么这些骨头不是被处理它们的人污染了，就是来自不止一个人的骨骼。

那些僵硬的手臂和腿部包覆着有如深褐色的皮革般的皮肤，当我把它们拿起来时，发现从上面掉落了一只只蛆，这些蛆证明那些尸体所暴露的环境和时间足以让苍蝇在上面产卵。这些尸块是在被害人死亡后过了一段时间，才被放进那些塑料容器中的。我们是在一楼天花板里发现了蛆而确认这一点的。我们可以请一位法医昆虫学家鉴定一下这些不断蠕动的小生物，根据其生长阶段来判断它们的年龄。不过由于警方已经取得凶手的口供，因此被害人的死亡时间已不成问题，想办法把尸块拼凑回去才是我们要解决的问题。

环顾四周，我看见一些已达后期分解阶段的尸块，以及一些覆满油脂又几乎没有软组织的骨头，这些线索显示被害人是在至少一年内的不同时期死亡的，而且任其自然分解。另外，也有线索显示法兰索瓦用来肢解被害人的工具是一把锯子。警方在那栋堆满吃到一半的食物、老鼠屎以及被害人内衣和驾照的房子里，发现了几把锯子。我曾经拜访过那栋位于佛顿大街的房子，去看看尸体被藏在哪些地方。进入房子的人都必须穿上白色连身隔离衣，戴上乳胶手套，还要把头发遮住。因为人会一直掉落头发和皮屑，所以我们必须实行保护措施以避免破坏犯罪现场。

那栋房子到处都是旧报纸、未清洗的银器、水壶和平底锅、蜘蛛网、从天花板上垂下来的电线、没有门的橱柜以及使用过的保险套，法兰索瓦显然是出身于一个捡破烂的家庭。房子里最有趣的物品之一，是一本放在卧室里的标题为《我是谁？而我又为何要接受治疗？》[①] 的自救指南。这

① 一本协助性侵害者自我发现、评估和治疗的手册。

栋房子的内部看起来就像一个被流浪汉当成家来使用的放大版垃圾箱，我实在无法理解为什么有人可以居住在这种脏乱的环境中。我在骨骼图表上用彩色马克笔来显示在场的骨头有哪些，而这些骨头又分别来自哪个容器：红色代表垃圾桶，绿色代表塑料袋，黄色代表儿童游泳池。我使用了 5 张骨骼图表，每张分别代表了一名死者，塑料袋里面有全部 5 个人的尸块，游泳池里面有其中 4 个人的。这些明亮的颜色使我易于辨别每块骨头的出处，以及还有哪些骨头尚未寻获。

最后，我们将 5 根前臂骨和 11 根大腿骨寄给孟菲斯田纳西大学的人类学者史蒂夫·赛姆斯博士进行切痕分析。我和史蒂夫是在田纳西大学时期认识的，他是一名喜爱排球和人群的科学家。他的博士论文以被锯过的骨头为主题，而且他已经成为这方面的世界权威，甚至担任过作家派翠西亚·康薇尔的顾问。他观察了骨头末端那些平行切割的模式后，提供了两个关键线索：第一，死者乃是被人用新的钢锯分尸的；第二，锯开这些骨头的，是同一人。

史蒂夫用显微镜比较了切口上条纹、起始点与结束点的模式，发现无论动手锯骨头的人是谁，他在每锯到骨头 1/3 深的地方，就会变换下刀的方向。另外，他也不是一路锯到骨头断掉，而会在快要锯断的时候停止动作，然后用手将骨头折成两半。史蒂夫告诉我，这是他第一次可以通过被锯开的骨头鉴定出个人行为，因为有这么多被锯过的骨头可供比较，他还是第一次碰到。我们都知道血足迹、空弹壳和轮胎痕对于破解案件的重要性，但是谁又想得到，锯痕竟然也能提供这么多有关个人行为的信息呢？

对我而言，这起案件最诡异的部分，是法兰索瓦在肢解他的被害人时，他的家人可能也在屋子里，很显然他是把被害人丢在阁楼里任其腐烂发臭。犯罪现场的相片显示，那些游泳池、塑料袋和垃圾桶都被放在肉眼可见的地方，事实上，甚至你必须爬过这些装着尸块的发臭容器才有办法进到阁楼里。一位负责侦办这起案件的警探告诉我，法兰索瓦的家人曾经说:“天花板上有蛆在爬动。”当时法兰索瓦冷静地告诉他们，有几只浣熊跑到阁楼里死掉了。在家人的要求下，他在每个房间中喷洒漂白水，但那些蛆和神秘的臭味就是不肯消散。

最后这 5 名死者的遗体获得复原，身份也获得了鉴定，并交还给她们的家属进行安葬。遭到起诉和审判后，法兰索瓦以杀害 8 名女性的一级谋杀罪名被定罪，他被判处无期徒刑且不得假释，被监禁在纽约州管制最严厉的阿提卡监狱中。目前他还被关在那里，编号为 A4160 。

第十一章　空中骑士的命运

夜晚，是言语消退、万物活跃的时刻，是白昼的毁灭性分析终于结束，而所有真正重要的事务再度变得完整的时刻，是一个人重拾破碎的自我并趋于如大树般的时刻。

——法国作家安东尼·圣－埃克苏佩

身为“家属最新消息汇报会议”的科学发言人，人类学者汤姆·荷兰向我介绍了重建破碎的飞机失事者遗骸的大致情况，这是我所听过的最好的描述。中央鉴定实验室经常参与这些由几个政府组织的对阵亡或作战失踪军人家属所举行的定期汇报。荷兰请听众想象放在盒子里的 1000 片拼图，由某个人随意从里面拿出 700 片，然后丢弃它们。将剩下的拼图撒在一个足球场大小的区域内，接着把整片土地焚烧个 5~10 次。过了 27 年后，再回到现场看看你可以找到多少片拼图，并把它们拼凑回去。根据我的经验，我可以告诉你实际情况差不多就是这样。

2001 年 7 月 27 日的上午，韩国汉城（今首尔）美军停尸间的官员艾伯特·麦克法兰打了一通电话给我。一名正在度假的韩国男子发现一具看起来像是美国军人的遗骸，同时还在一旁发现了他的降落伞、军靴、铭牌、布制航空地图和几片破碎的飞行服。这名男子联络上当地警方，当地警方通报了韩国军队，而后者又将这件事情交由美军停尸间处理。艾伯特在描述那位民众的发现时，几乎兴奋地喘不过气来：在汉城南方约 150 英里（约 241 千米）远的邦波海滩，有一座小沙丘在风雨的侵蚀下露出了部分遗骸。

艾伯特通过铭牌得知，这副遗骸属于一名 1953 年 5 月 30 日在一场战斗任务快结束时失踪的飞行员。48 年后，我们终于即将知晓这位 21 岁的海军陆战队雷达操作员詹姆斯·温·海洛上士到底经历了什么。被同胞称为“红色”的海洛，来自路易斯安那州什里夫波特市。

海洛所在的单位是有着“飞天噩梦”之称的美军海军陆战队全天候战机第 513 攻击中队。海洛和同机驾驶员詹姆斯 · B. 布朗以及另一架来自同一个中队的飞机同行，当天晚上的任务是护送一架 B-29 轰炸机，前往一处攻击地点。海洛和布朗所乘坐的飞机是一架双引擎的道格拉斯 F3D 型空中骑士战机，是一种被人称为“原始”的喷射飞机。在飞回编号为 K-8 的昆山空军基地的回程途中，海洛的战机飞在另外一架载着雷达操作员荣恩 · 史铎特的空中骑士后面，两边的机组成员曾经互相联络确认过状况。最后一通无线电刚好在午夜之前传来，当时海洛报告他的空中骑士燃料尚可维持 20 分钟的航程，并且已经准备好降落在 K-8 机场，然而那架载着他和布朗的飞机没有抵达 K-8，他们就这样凭空消失了。关于这两个人命运的唯一线索，是 5 天后某架飞机的机组成员看见那架空中骑士曾经飞过的海域上漂着浮油。

汉城美军停尸间把在邦波海水浴场发现的遗骸及物品放进一具银色的贝茨维尔牌棺木里，送达中央鉴定实验室。我们从棺木中拿出绿色尸袋后，将里面的所有东西都摊在一张鉴定台上。尸袋里有几个装着骨头的塑料袋，以及那位失踪已久的飞行员在 1953 年随身携带的物品。那些陪在他身旁的求生设备，经过许多年后，被破坏得和那具已化成骸骨的遗体一样。过去的半个世纪，他的骸骨被潮湿的土壤染成棕色，并遭到生长于其间的小树根的扯裂，已经变得既脆弱又残缺不全。

观察了这些骨头后，我发现它们的尺寸和生长模式与男性相符，而种族鉴定的部分，因缺乏颅骨和牙齿而线索较为薄弱。不过股骨从前方至后方的曲线弧度和缓，这一点最符合白种男性的特征；锁骨和脊椎的状况显示，他死时的年龄为 20 岁出头。根据腿骨长度，我们得知他的身高约为 5 英尺 6 英寸（约 1.7 米），差不多是他那个时代的男性的平均身高。许多存在于骨头上的断裂和伤痕，与飞机失事的情况相符。我在笔记中写道，针对这些骨头的初步鉴定显示，死者是一名年轻的成年白种男性，其创伤特征与高速撞击事故相符。然而这些创伤的模式、分布及严重程度显示，死者死亡时人并不在飞机上。

接着我开始检查那些物品，第一个吸引我注意的是那张美军布制地图。尽管那张地图破破烂烂，还有小部分的残缺，但是就它已经暴露在剧烈温差、冰冷雨水和树根漫布的酸性土壤中超过 40 年的状态而言，它保存得可说是非常良好，那张地图没有被焚烧过的迹象。我小心翼翼地拿起那张地图，接着摊开在桌面上，看它是朝鲜还是韩国的地图，看到平壤时，我马上就知道这是一张朝鲜地图。位于地图破烂底部边缘的北纬 38 度线，标明了这名飞行员的目的地。根据我自己对地图的认识，在搜寻地图的边缘后，我在底部的地方找到了“1951 年 9 月”的字样。我靠回椅背上，想着地图印制出厂时我才 2 岁，而它随着那名飞行员阵亡时我也才 4 岁，不过这些信息都无法解答这架飞机神秘失踪的原因。

在检查这副遗骸时，我心中思索着一些问题，然而我手边的线索可能都无法解答，我想知道这名飞行员为何要弃机跳伞，以及最后他又是如何葬身在一座山丘上的。遗体的发现地点和保存情况显示出两种可能：当初如果不是某个人在他死后迅速将他埋葬的话，就是随着冲蚀作用，土壤慢慢将他陈尸于山丘上的遗体覆盖住。虽然这两种情况都有可能发生，但我比较倾向第一种解释。后来将遗骸挖掘出来的是韩国军人，然而他们所挖的并非一处飞机失事地点，而是一座坟墓——无论这座坟墓是自然的还是人为的。飞机残骸不在现场这一点，无疑表明了机组成员是先弃机跳伞，之后飞机再继续飞至另外一个地点坠毁的。就我所知，这架飞机从未被人寻获，它有可能已葬身海底，或是在韩国深山的某处，现在已埋在日积月累的落叶堆之下。

我的猜想是，飞行员在飞机快要坠海的前一刻弃机跳伞，因为这类飞机的逃生系统比较不寻常，所以机组成员要从机身底部的一个跳伞洞跳出机舱。在大部分的飞机上，机组成员是从飞机的侧舱门之一跳出机舱，就跟他们进入飞机的方式一样。还有一些飞机的逃生系统，则是利用弹射座椅将驾驶员或副驾驶员从飞机顶部推送出去。这架 F3D 型战机在驾驶舱后方中间的地上有一个逃生口，逃生时，驾驶员会拉下操作台中央的一个 D 形把手，飞机底部外侧的门将掉下去，而驾驶舱这一侧的门则会打开。这两名飞行员弃机跳伞的原因一直困扰着我，他们显然认为有什么可怕的事情即将发生，因而他们必须竭尽所能地跳伞逃生，但到底是什么事情呢?

我在实验室中各个被寻获的物品之间来回移动，寻找有用的线索。这些物品包括两个刻着“詹姆斯·温·海洛，USMC[①]”字样的牌子、一个佩戴在飞行服上绣着“J. V. HA……AIO[②]”等金色字母的皮制铭牌，以及一块似乎来自胸前部位的带着锈蚀拉链的飞行服碎片。另外还有一双九号军靴、一只绿色塑料制美国海军口哨、一件几近完整的黄色救生衣、一把黑色降落伞、几片救生艇的残骸、一支闪光信号灯、几张照片和纽扣，但是他的手枪、手表、皮夹和其他可能携带在身边的个人物品则不见了踪影。虽然我们永远不可能知道事情的真相，但我猜想是第一

① 美国海军陆战队。

② 空中无线电拦截操作员。

个发现遗体的人将这些东西拿走以当作纪念品。韩国政府已经张贴了好几次布告以及发布新闻，寻求一切与本案有关的信息，但是没有得到回应。我想不太可能还有人记得这起事故，我们只能依靠手边的线索来推测当初究竟发生了什么事情。

虽然韩国军方已经把降落伞收回伞袋内，但是我们又把它拿出来摊开在地上，以确保没有骨头夹藏在里面。我也想检查上面是否有制造商名称或制造序号，这两项信息将会为制造日期和制造地点提供线索。另外，我们也想找到可能会放在伞袋外侧一个小袋子内的降落伞收伞日志，这种日志通常会由收伞人员填写以作为记录，不过我们并没有找到这样的日志。虽然降落伞背带的保存情况相对而言还算良好，但是它的带扣变得与一堆锈蚀金属无异。那把奶油色的降落伞的伞体摊在地上的样子，就好像一艘葡萄牙军舰，当我们靠近观察它时，发现上面的锈痕模式显示它被塞在后背式伞袋内多年。我们把降落伞对着灯光照射后，从几条细长的防撕裂饰条上可以看出“美国海军降落伞编号”以及“先锋降落伞公司”等印记，但是没有制造序号。我们几个人在强风中与降落伞“奋力搏斗”，检查背带和伞体的每个死角及裂缝，试图找出任何一丁点与当年的事故相关的线索，开伞索上弯曲的D形钢制拉把证明了降落伞从未展开过。

我将这些物品收回它们各自的袋子内，然后开始痛苦地为骨头编列清单。我将每块骨头以生理结构的位置排列出来并完成清单编列后，发现大部分的颅骨、一部分的脊椎、右小腿、手掌和牙齿失踪了。就目前这个阶段，我们无法得知到底是当初那两名挖掘遗骸的韩国军人遗漏了部分的骨头，还是自然分解作用带走了它们，但这一次我仍认为是第一种可能。

我们有骨头，但是缺少有用的DNA；我们有降落伞，但是没有制造序号以查证它所配给的飞行员；我们有牌子，但是没有皮包或身份证。我认为牌子、地图制造日期、降落伞型号以及遗骸的发现地点等线索，已足以让我们确认死者的身份，于是将这个结论呈报给我们的科学组长汤姆·荷兰，他认为我们应该试图找出更多的线索。要找到更多线索的唯一办法，就是派出一支中央鉴定实验室团队前往韩国进行系统性的挖掘工作。于是我开始为下星期的这趟旅程做准备，而找到一两颗牙齿是我对这次调查工作最高的期望目标之一。

在墓地挖掘器材准备齐全之后，我们一行三人登上西北航空的班机，8 个半小时后抵达日本关西国际机场，接着转机抵达汉城。我们星期五晚上在饭店度过一晚，隔天早上便启程前往安眠岛。这趟往南 150 英里（约 241.4 千米）的路程，会途经许多韩国风光最明媚的地方，这趟旅程原本只需要花 5 个小时，但我们最后却花了 8 个小时才抵达。我在沿着西部海岸线坐车前往泰安的路上所见到的景象，解答了自己先前的一个疑惑：为何昨晚汉城街道上不见平日的拥塞交通？因为每个人都在往城市外面跑。我们很快就得知目前是度假的高峰期，每个能够直奔乡下的人都在快速地撤离城市，而韩国的度假胜地安眠岛，则是每年这个季节最受欢迎的目的地。我们跟一群充满闲情逸致的度假客共享一条马路，而他们显然非常的惬意。

等我们终于抵达目的地后，警察护送我们来到挖掘现场。我们驶离高速公路，通过一条两旁种满松树的狭窄泥土路后，前方突然出现一个令人惊喜的意外。一开始我们好像正前往一个位于森林深处的挖掘现场，但是很快地我们来到小路尽头，眼前豁然开朗，出现一片美丽的岩滩。我们从夏威夷飞了将近 5000 英里（约 8047 千米）来到一个可以媲美我们家乡任何一个被印上了风景明信片的地方。我们在一个小型的家庭露营地旁停下车辆，这个地方到处都扎满了帐篷，每个家庭都围聚在帐篷里的炉火旁。

这里的天气凉爽潮湿，空气里夹杂着微风，但并不冷。韩国家庭的户外旅游活动看起来和美国家庭一模一样——吃着在营火上烹煮的食物，过着不如在家方便的生活。

我们尽量不引人注目地走过这些帐篷来到海岸边，在那里遇见负责看守这块地区的韩国警方和几名地方官员，以及不到 2 个星期前在此挖掘墓地的其中一名韩国军人。寒暄过后，我们便来到埋葬地，在那副遗骸被人发现后，这个地点就变得和这个度假胜地一样有名了。当地警方获知有一支美国挖掘团队即将到此地来进行挖掘后，便用绳子将这块地区围起来，以防止有人破坏现场。走向那处位于一座面海的小山丘底下的遗骸发现地时，我马上就认出躺在地上的一小块髋骨。离它不到数英寸远的地方有几根肋骨，而右边则有一小块脊椎。

我们先前认为韩国军人遗漏部分遗骸的看法是正确的，他们一开始怀疑这副遗骸是一名试图潜上岸边而在途中身亡的偷渡者。事实上，一直到挖出他的牌子，看到上面的“USMC”字母时，他们才发现这是一具美国军人的遗体。虽然在遗骸的挖掘上，韩国军人的表现已经可圈可点，但他们还是忽略了一些比较小块的骨头和牙齿。他们会遗漏牙齿的原因很容易理解，我想许多人在地上搜寻牙齿时，会想象有一个闪亮的微笑着的嘴巴躺在那里等着被你捡起来。然而问题是，人的微笑事实上是由两排紧紧密合在齿槽内的牙齿所形成的，一旦牙龈肉消失后，牙齿从齿槽脱落，就会跟铅笔从笔筒内掉出来一样容易。

把骨头的位置记录在我的现场草图上后，我们便把这几块骨头和另一片布制地图碎片收集起来，然后前往旅馆准备明日的工作。我们所住的旅馆离挖掘现场只有不到 2 分钟的车程。在登记住宿后，我们好好地休息了一个晚上，隔天早上便回到挖掘现场准备开始动工。

我们在霏霏细雨中，把挖掘器材——包括铲子、泥刀和水桶——搬下车，并以墓地为中心架设了考古学网格。就在我们用木桩和细绳划分出预备挖掘的范围时，发现了好几块小骨头。我们将这些骨头在网格中的位置标示出来，然后在下一阵又停一阵的毛毛雨中，开始全面动工。到了午餐时间，我们已经挖出几块来自脊椎、肋骨、腿部、脚掌和臀部的骨头。我们也发现了几片还附着腐蚀鞋带孔的军靴碎皮、一截因为长时间接触海水而氧化变绿的飞行服拉链、一把黑色塑料梳子、一枚看起来应该是来自降落伞背带或腰带的带扣，以及一块似乎是不锈钢材质而形状大略呈L形的东西。我初步推测它是飞行帽上面的组件，或是这名飞行员从逃生口跳下后，可能乘坐的救生筏上用来连接某样物品的装置。这些骨头和物品都没有集中在某一个区域；相反地，它们四处散落在网格的各个区域里。这些碎片似乎曾被散布过两次：第一次是那两名韩国军人挖掘这座墓地的时候；第二次则是他们把挖好的洞重新填上，以为他们再也不会回到这边来挖掘第二次的时候。

第一天的高潮发生在下午刚开始后不久，我们其中一名队员在网格右下方发现了一颗牙齿。正当她一路往下挖掘，以为自己已经挖得够深，再也不会找到任何东西时，那颗牙齿“就这样蹦了出来”——她对在背后挤成一团的我们如此描述。这是她有生以来挖到过的第一颗牙齿，所以立刻兴奋起来，那是一颗没有任何填充物的臼齿。虽然我很高兴能有这项发现，但是我会更乐于见到一颗有填充物的牙齿，因为如此一来，我们就可以用它来比对这名飞行员的牙医记录，以进行身份的确认。不过这颗牙齿重新唤起我们这支团队的乐观态度，我们都希望自己是找到下一颗牙齿的人。然而不久之后，我们就知道第二颗牙齿至少必须等到明天才会出现，甚至是更久以后。

我们第二天早上 8 点钟再度回到挖掘现场，前一天的雨水完全没有浇熄我们的意志，我们爬下泥土路来到挖掘地点，捡起前一晚留下的工具继续动工。我不时环顾四周美丽的景色，试图找出这名年轻飞行员弃机跳伞的理由。虽然 1953 年那个夜晚所发生的事情我已经不可能完全知晓，但我还是会不禁纳闷这架空中骑士到底出了什么状况。这架飞机当时正飞行在离北方战场遥远的地方，因此我猜测最有可能的原因是它发生了机械故障或是燃料已用尽，于是这两名飞行员被迫弃机逃生，然而为时已晚，飞机飞行的高度太低了。我知道这只是我的推测，而且永远不会知道真相究竟为何。假如这名上士是在海洋上空跳机的，那么他有可能来不及拉下开伞索打开降落伞，而撞击到水面。我想他应该是在海面上空跳伞，然后尸体又被海水冲上岸边。或许是某个在海滩上溜达或是从山丘顶往下张望的人发现了他的尸体，于是将他埋葬在山脚下。无论为他安葬的人是谁，都好心地没有取走他的身份证明——他的牌子以及飞行衣上的皮制铭牌。在经过将近 50 年后，就是这两样小东西帮助我们得知这副遗骸的身份——而我们也希望，它们能帮助我们把他送回家人身边。若不是有人将他安葬的话，我们可能永远不会找到他，也无法推测把他带向死亡的原因。

在挖掘过程中，我们因为土壤中夹杂许多岩块砾石而被拖慢了速度。第一天结束时我们已经完成了一半以上的预定挖掘区域，并预计在第二天完成所有的作业——当然我的意思是说，如果没有发生意外状况的话。第一天快结束时，毛毛雨终于停了，我们也得以移除为保持地面干燥而张开在头顶上的塑料顶篷，一旦土壤碰到水，它就会变成无法穿过筛子网孔的烂泥巴。我们尽可能保持地面的干燥，并带着泥泞的屁股和麻木的双腿坐在石头上工作了一整天。

挖掘进度在这天快结束时开始变慢，此时我的思绪又再度飘向那些飞行员弃机的原因。但无论我如何努力思索，就是无法找到可以把整件事情拼凑起来的关键点。虽然天空布满乌云，但我还是能瞥见几块湛蓝的天空试图穿破云层。这名飞行员所安葬的山丘上长满了树木与青草，前方海滩则散布着从鸡蛋到足球一般大小不等的石头，在这粗糙的外表下则躺着柔软的细沙。不过我的注意力很快又回到了手边的工作上，我们的飞行员还在等着我们把他带回家呢！

第三天早晨，我们的工作重点集中在那处墓穴上，我们已经关闭了其他 4 个网格，只留下最后这个网格在继续作业。那名韩国军人告诉我们，他是在比 3 英尺（约 1 米）更深一点的地方发现遗骸的。这里的山丘坡度很和缓，并长着一些稀疏的杂草，在这个高度上潮水偶尔才会触及埋葬地，因此冲蚀作用必定进行得很缓慢。这说明了这座墓地为何 50 年后才重新展露于世人面前。虽然第三天上午刚开始时，空气干爽舒适，微风轻拂，但不到 1 个小时，迷蒙细雨又再度降临。平常会在岸边走动，对着镜子般的海面打水漂或是坐在色彩鲜艳的帐篷里休息的度假客，现在已经被一大群飞舞的蜻蜓取代。

许多年来，我已经学会将这些“小型食虫直升机”的出现，视为大雨欲来的前兆。果不其然，蜻蜓的出现正确预言了接下来的天气状况。不到 1 个小时，大雨就开始在邦波海水浴场下了起来。虽然雨水让我们可以在凉爽宜人的天气下工作，但是它再度把土壤变成了烂泥巴。要把烂泥筛过筛网可不是件容易的事儿，有时候我们感觉就好像在筛一堆黏土。

我爬进那座狭小的墓穴，侧身躺在里面，开始慢慢地往山丘的深处挖去。挖掘工作其中一个令人讨厌的部分是，地面裂缝或是岩石之间会爬出巨大的蜈蚣。我会用铲子把它们抛到一旁或是截成两半，我可不希望自己变成它们螫刺下的牺牲品。其他队员则站在雨水中尽力筛着烂泥巴，并试图保持乐观。我们仍希望能找到更多的牙齿，但这个希望似乎变得越来越渺茫。到了午餐时间，我们所挖的深度应该足以找到任何尚存的颅骨和牙齿。既然在那名韩国军人告诉我们的范围内，我们都已经挖完了，也找到了大部分的骸骨，那么我们已经没有理由再继续下去。虽然我不愿承认这一点，但这个案件是人类学者无法“解读土壤”的案件之一。

“解读土壤”是人类学者用来描述他们如何诠释土壤中所见之物的用语，根据地区的不同，地表可能是由好几层具有明显差异的土壤组成，就好像一块千层糕一样——最上层的土壤含有最丰富的有机物质，颜色通常比其他下层的土壤更深，第二层土壤可能由白沙组成，而第三层的灰色土壤则是湿黏土。你可以试着想象一下，当你在埋葬一具遗体时，会挖开和混合这三层土壤——你必须先挖开一个洞，把土壤移到旁边，将遗体放进去，接着用挖出来的土壤填满那个洞，这时基本上你已经将这三层土壤全都混合在一起，破坏了自然形成的土壤顺序，而墓地周围的地层则没有变动。一个受过训练的人，可以从土壤的斑驳样貌辨识出它是否被翻动过。这跟 20 世纪 70 年代流行于美国西南方那些装着好几层不同颜色沙子的玻璃杯是相同的道理。如果你在 10 年后回到这座墓地，然后将某个区域内最上面 3~4 英寸（约 8~10 厘米）的土壤挖掉，你就有可能看到遗体分解后将土壤染成深色的地方。“解读土壤”其实就是把土壤挖开，然后观察它有没有被翻动的迹象。如果你受过适当训练的话，这就不是一件多么困难的事情，因为你会知道要寻找的目标是什么，以及如何妥当地处理土壤。

在本案中，这座山丘上的土壤全都是相同的颜色，因此我无法根据土壤种类、硬度及颜色看出土壤有被翻动过的迹象。有一段时间，我们依序找到一块来自左手的骨头、几根肋骨和一块胸骨，令我们重新燃起了希望。许多骨头上都有小小的绿色斑点，那是金属拉链或铜制弹壳上的铜锈渗进骨头所造成的。我们发现了一条约腰带那么宽的皮制子弹带，里面装着12颗我认为是点三八口径的腐蚀了的子弹；这条子弹带从被埋进土里后，就一直和骨头互相接触，并把它们染成了绿色。我们经常会在埋于潮湿土壤中多年的骨头上发现铜盐斑点；铜盐会抑制细菌生长，使骨头保持在良好状态，有时候甚至会将与子弹接触的那枚一角硬币或二十五分硬币大小的皮肤或头发给木乃伊化。

虽然我们看起来像是从一副骸骨的手臂挖到胸部再挖到头部，且似乎就快要挖到牙齿了，但是相反，我们挖到了沙子。沙子让挖掘和筛选工作变得容易许多，但是这也代表我们已经挖空了整座墓地，达到考古学者所称的贫土层——贫土的意思是这些土壤未曾被翻动过。我们已经挖到了墓穴的最深处，再也没有其他地方可以挖了。幸运的是雨终于停了，太阳露出脸来，让大地变得暖和许多，跟前两天湿漉漉的天气相比较，这真是个令人愉快的转变。

我们带着些许失望，停下来休息和吃午餐，有些工作人员则开始启程返回汉城。我们吃饱后回到工作上，准备对网格和墓穴进行最后的拍摄和丈量作业。这些工作也是考古挖掘的一部分：我们绘制现场草图不只是为了记录我们挖掘的地点和范围，也是为了记录发现的每项物品和其他物品之间的相对位置——也就是所谓的来源和出处。整个下午，我们都在铲除泥土以及把泥土从岩石上刷掉，好露出所有东西来进行拍照。我拿出自己那台值得信赖的35厘米相机，拍下挖掘现场的最后几张照片后，就大功告成了。我们会将这些照片放进挖掘报告中，并且日后如果遗体确认了身份，也会纳入交给家属的鉴定报告袋中。我必须承认自己对于没有找到更多的牙齿和手掌骨头感到既讶异又失望。我敢肯定，假如可以筛选这里的每一寸土地，我们就可以找到其他20%～30%的骸骨，但是我们并不打算做到那种程度。

回到汉城的停尸间后，我将遗骸上的泥巴清洗干净，然后放着自然风干。骨头如果干燥得太快，像是放在烤箱中或是直接日晒的话，可能会造成断裂；但干燥得太慢又会让它们发霉，所以最好的方法是把它们放在毛巾或报纸上，让它们干燥一个晚上。我对这些骨头又做了一次清单编列，看看我们发现了哪些部分的骸骨，同时人类学者吉姆·波金斯负责检查物品部分。我们发现了几块来自肋骨、脊椎、脚掌以及至少一只手掌的骨头，另外还有一颗牙齿、一块胸骨。令人惊讶的是有几块左右颞骨[①]的碎片，这些颞骨证明我们已经发现那名飞行员一部分的颅骨，但是其余颅骨的去向只能留待大家去猜测了。不过这条线索显示海洛上士曾遭受过头部伤害，或许就是他从空中骑士上跳下来的时候。虽然我们所发现的遗骸无法提供更多信息，但至少我们已经将海洛上士的遗骸可以寻获的部分都找回来了。我很确信我们已经挖掘完整座墓地，没有遗漏任何一块埋在泥土里面或周围区域的骨头或牙齿。我将亲手提着所有东西—— 包括我们在挖掘现场找到的遗骸和人工物品，搭机返回夏威夷，然后看看我们手上的线索是否足以进行推定性身份鉴定，或者某些人所说的间接性身份鉴定，我希望哈雷尔上士确实在夏威夷，一个离家更近的岛屿等我。

一回到中央鉴定实验室，我便将我们所发现的骨头以及几个星期前韩国军人挖到的骨头一起放在桌面上。我坐在桌子旁比对这些骨头碎片，看看我能否把更多骨头拼凑回去。我迫不及待地想知道我们是否找到了更多的颅骨，以及其他有助于我缩小死者年龄范围的部分，比如说容易断裂的耻骨等。我先从颅骨开始，慢慢将每块新发现的骨头放在先前挖掘到的骨头旁，马上就找到了几处吻合的地方。我还不打算将这些骨头黏合，因

---

① temporal bone，位于颅骨左右两侧，约太阳穴至耳后的部分。“颞”音为“niè”。

为我想分别对韩国军人以及我们团队所找到的部分进行拍摄，以比较出韩国军人遗漏的部分有哪些。我的目的是记录下非专业人士会忽略掉哪些种类的骨头，这对日后的挖掘工作可能有所帮助。在历经数个小时的骨头比对后，我已经大致了解我们手边拥有的骨头比例——大约九成的骸骨，包括我们所发现的胸骨、脊椎、手掌和腿部。在这幅人骨拼图中，最有用的信息是两块构成耳道（Auditory Canal）的不规则骨头，这证明了死者当初被埋葬时至少部分的头颅还在现场。然而最令人困惑的部分是，我们只找到死者的一颗牙齿以及极少部分的颅骨。这些发现显示他确实在逃出机舱的前后遭受头部创伤，然而我无法确切地看出到底发生了什么。

从韩国那边挖到的骨头大约有 100 块，在我重建这些骨头并绘制骨骼图表后，死者的生理概况就梳理完了。我最初的分析结果并没有改变，死者是一名年龄介于 18~25 岁的白种男性，身高大约 5 英尺 6 英寸（约 1.7 米）。所有的骨头特征都符合海洛上士的医疗记录及个人档案，除了他左腓骨上方有一处已经愈合的骨折旧伤。不过骨折旧伤被平民记录或军方记录遗漏是很常见的事情。人们时常会在入伍前的身体检查时忘记提到这些旧伤，而如果又没有必要拍摄这些部位的 X 光相片的话，那些旧伤就会被人忽略。

在对降落伞的鉴定上，我发现它制造于 1953 年以前，而且确实是一种需要飞行员手动开伞的后背式降落伞。至于他为何没有拉下开伞索，这个问题将永远无法得到解答，因为我们没办法确知 1953 年的那个星期一到底发生了什么事情，或许他在跳伞时头部因受到撞击而昏迷，或是飞机飞行的高度太低。即便已经鉴定过每一片拼图，有些问题还是在科学的解答能力范围之外。

在结束鉴定工作并确信这副遗骸就是海洛上士之后，我们联络了美国海军陆战队代表，将这起案件推进到下一个步骤，也就是通知家属，向他们表示其亲人已经被寻获并确认出身份了。海军陆战队代表的工作是负责寻找海洛上士最近的亲属，无论是他的兄弟姊妹或是他的叔叔和姑姑，因为他已经死亡了 47 年之久，因此他的父母亲不太可能还活在这个世界上。我们联络上军方代表后便屏息以待，希望会出现好结果。幸运的是，他们找到了他还住在路易斯安那州的妹妹。海洛上士的遗体于 2002 年 1 月 28 日在军方的特别护送下离开中央鉴定实验室，前往阿灵顿国家公墓。他穿着崭新的海军陆战队制服，于 2002 年 2 月 1 日星期五在正式的军礼中被下葬。前来参加葬礼的人数有 30 多位，其中包括他所属单位的老战友以及两名退休的将领。那位当年飞在海洛飞机前面的雷达操作员荣恩·史铎特日后写道："如果你从未看过华盛顿的海军陆战队士兵举行军礼的话，那么你就错过了生命中最震撼人心的景象之一。即使在滂沱大雨中，他们的眼睛也不会多眨几下。步枪齐射后，他们向家人展示了空弹壳。"

海洛的侄孙女洁米·麦克卡朗就是以他的名字来取名的，她作为代表接受了按照传统覆盖在棺木上的那面美国国旗，海洛失踪时她已经两岁了。

在这位来自路易斯安那州什里夫波特市的美国飞行员失踪的这段时间，阿姆斯特朗已经登陆月球漫步，福特野马跑车已经在历史上占有一席之地，披头士也享受了无限荣光。虽然邦波海水浴场确实是一个美丽的地方，但是我相信詹姆斯·温·海洛上士在经过 47 年的长期旅居后，会很高兴终于回到了故乡。

第十二章 『马桶』里的一条腿

谜题来了。

——美国作家亨利·瓦德·毕奇尔

2001 年 3 月 3 日晚，在收看夜间新闻时，我惊讶地看到一则新闻报道，在欧胡岛东海岸一处名叫“马桶”的地方发现了一条人腿。“马桶”位于美丽的恐龙湾沿岸，是一个自然形成的水池；海水随着海浪和潮汐在那里进进出出。那种现象就好像在冲刷马桶。碰到退潮而海浪又不大的时候，你还可以坐在水池里浮浮沉沉。

恐龙湾到处都是小水湾和积满海水的坑洞，那是一个游泳、浮潜和水肺潜水的热门地点。直到 20 世纪 90 年代初，你都可以买到鱼饲料，然后悠游于鹦鹉鱼、炮弹鱼和一种名叫“胡姆胡姆奴库奴库阿帕阿”的鱼之间。在我的想象中，那种感觉就像是跟着一群食人鱼游泳——当然差别是这些鱼不会咬人，而且除了不时会在你的手指上轻啄几口以外，它们并不会造成什么危险。至于那条人腿，是 5 名潜水员在离岸边大约 100 英尺（约 30 米）、深度大约 30 英尺（约 9 米）的地方发现的。新闻报道说，法医将会求助于中央鉴定实验室，以鉴定那条腿的主人的身份。

第二天早上我抵达办公室所做的第一件事，就是打电话给檀香山法医处的资深犯罪现场调查员苏珊·苏，问她有什么我们可以效劳的地方。

我和苏珊合作过几个案件，所以很清楚她在面对这种谜题时会表现出非常热心和执着的态度，她可不是一个会轻言放弃的人。几分钟后，我和另一位中央鉴定实验室的法医人类学者约翰·博德就在前往法医处的路上了。

我们在法医处一楼与从楼上走下来的康蒂·凡·关思诺博士碰面，她是斯里兰卡人，也是檀香山市暨檀香山郡的首席法医。我们进入位于右手边的停尸间后，其中一名停尸间助理从后面房间推出了一台不锈钢推车，推车上放着一只大塑料袋，袋子里面就装着那条腿。

我们打开那只塑料袋时，腐败气味立刻弥漫了整个房间，我们面前躺着一条左腿，包括股骨、胫骨、腓骨、髌骨①以及脚掌，这条腿是从死者的髋臼部位分离的，唯一还残留在骨头上的软组织是脚掌以及包覆在髌骨周围的一小块部位，这些骨头靠着脚踝和膝盖尚存的几条肌腱及韧带联结在一起，这条腿看起来就好像被人用锯齿刀割掉了肉一样。从它强烈的尸臭和软组织的分解程度来看，我们可以知道这名死者并非刚死亡几天，而是已经死亡数星期到数个月之久。法医处希望我能通过这条腿来梳理出死者的生理概况——死者的性别、身高、种族与年龄，并估计出死亡时间以及找出任何有助于鉴定死者身份的线索，希望可以查出死者葬身海底的原因。警方手上有一些夏威夷群岛的失踪人口名单，还有一些可能涉及谋杀案的嫌犯名单。

这条腿的主人也有可能未被人通报失踪，甚至有可能是从附近路过的船只上落海的人。我们的思绪转回不到1个月前，在2月9日被撞沉的日本训练舰“爱媛丸”上，当时美军核潜艇“格林维尔号”从那艘长达174英尺（约53米）的实习船的下方浮出水面，并撞沉了它。当时船上的35名乘客中，有13名是来自爱媛县西南方的宇和岛水产高校的学生，那艘

① patella，即膝盖骨。

实习船在事件发生后不到10分钟就沉没了，一共有27名乘客获救。4名17岁的高中生、2名老师和3名船务人员则不幸丧生。美国政府在接下来的1年中将船只打捞起来，寻获了其中6个人的遗体。

快速检查过这根腿骨后，我们发现从膝盖到脚踝的两根小腿骨中，靠外侧的腓骨在中间部分有骨折的现象，后来所拍摄的X光相片显示，这根尺寸和形状类似于一支箭的小腿骨已经完全愈合，这表示它一定是在死者死亡的好几年前就断掉了。引起我注意的一点是，这条腿上断掉的骨头只有腓骨而已，假如一条腿的骨折原因是发生了寻常的车祸事故的话，通常股骨或胫骨应该也会断掉。这代表如果它的骨折原因不是严重扭到脚踝，那么就是小腿外侧遭受过直接性伤害，比如说被人拿球棒挥击小腿。

近距离检视股骨（大腿骨）时，我们注意到上面有许多切口、条纹和凿痕。这根骨头上的疤痕就好像被一艘船的螺旋桨扫过一般，又或许是有人先把它的肉切除，之后又丢进大海。不过经过仔细观察后，我认为那些凿痕应该是鲨鱼的牙齿造成的，整根股骨的表面都布满了浅的切口、深的凿痕以及规则排列的沟槽，显示那是由一排类似于锯齿刀的牙齿所造成的。这些切口让我回想起另外一个案子：一位来自夏威夷岛的年轻冲浪者的腿被鲨鱼给咬断了，而“马桶”案中这条腿的切口模式，几乎可以让我肯定有一条鲨鱼啃食过这条腿。然而我无法确定到底是鲨鱼杀死了这名死者，或者它只是在死者死亡后啃食了尸体而已，这个问题恐怕必须请教鲨鱼专家才能获得解答。

停尸间助理用解剖刀从脚掌上取下了一小块红肉，以进行DNA测试。这个步骤完成后，我们便签下一份证据链文件，把这条腿带回中央鉴定实验室。我花了几分钟时间就卸下脚掌放进冷冻库，然后开始尽量割除膝盖上残余的软组织。再用慢锅慢慢炖煮剩下的软组织，并把锅子放进实验室的其中一台排气柜里，以免让实验室的味道闻起来像一具腐尸的味道。这个步骤花了我两天的时间，最后一个步骤就是将骨头末端浸泡在家用漂白水里，好去除最后残余的软组织和软骨。到了第三天，这条腿已经完全没有软组织留在上面了，我将这三根骨头（胫骨、腓骨和股骨）放在纸上吸收剩余的水分以及加快干燥速度，然后我终于可以不用戴着手套拿起这些骨头，同时好好观察那些切口了。接下来我的工作是测量股骨并估计出死者的身高、在骨骼图表上描绘出每道齿痕、鉴定死亡时间，以及查出死者的年龄、性别和种族。我利用骨测量板（一种以厘米为单位的木制测量仪器）测出那根股骨的长度，刚好略大于 46 厘米。法医人类学者有一套依据股骨长度来估计身高的数学公式，当我把那根股骨的长度套入这个公式后，得出这名死者的身高为 5 英尺 8 英寸（约 1.73 米），其误差范围在 5 英尺 6 英寸（约 1.68 米）至 5 英尺 10 英寸（约 1.78 厘米）之间。

接下来，我将注意力转到死者的年龄、性别和种族上。一个人在 21 岁后，除了只能做一些大范围的推测，腿骨就无法提供太多年龄方面的信息了。就跟身高一样，我们要找的是可以指出最高年龄和最低年龄的线索。这条腿上的骨臼帽已经完全融合，关节上也没有任何关节炎的迹象，这表示死者年龄可能在 25~45 岁之间。我认为应该是偏向这个范围中较年轻的那一端，不过由于骨头两端已经融合，这意味着死者已经停止成长，因此我能肯定这条腿不属于任何一个宇和岛水产高校失踪的学生。

这根股骨顶端的直径略小于 2 英寸（0.047 米），代表死者是一名男性；女性股骨顶端的直径应该会更小。股骨骨干由前至后的曲度显示死者最有可能是白种人、亚洲人或西班牙裔人，非洲人的股骨通常会较为笔直。因此虽然我们无法准确指出死者的种族，但是可以排除他是非洲人或非裔美国人的可能，这项信息排除了警方失踪人口名单上的许多选项。虽然我们可以看见脚掌的皮肤是白色的，但是必须考虑到皮肤外层脱落的可能性，因为那会让即使是纯种非洲人的皮肤看起来也像是白色的，毕竟人类皮肤上的色素只存在于最外层的表皮层上。

最后我的结论是，警方应该在失踪人口名单上寻找的目标是一名白种人、亚洲人或西班牙裔人，年龄在 25~45 岁之间，有左腿骨折过的医疗记录，并且失踪时间不超过 1 年。我指出这条腿的主人也有可能曾被装进某种保护空间中，比如说行李箱，然后在我们发现这条腿的几个月前被丢进海里。得到这些信息后，警方便开始搜寻失踪人口名单以及必须为这起死亡事件负责的嫌犯名单，檀香山警方也派出潜水员回到“马桶”那边，看看是否还能找到其他的肢体部位。同时檀香山法医调查员苏珊·苏也取得了“爱媛丸”上所有失踪成人的医疗记录，他们没有一人有腿部骨折的记录，因此我们可以排除这条腿的主人是来自那场悲剧的可能性。

为了查出啃食这条腿的鲨鱼的种类，我们打电话给美国国家海洋渔业署欧胡岛办公室的鲨鱼专家、渔业生物学者约翰·诺顿。他来到实验室观察那条我已经将肉给移除的股骨后，表示上面的齿痕应该是一条长约 11~12 英尺（约 3.35~3.36 米）的中型虎鲨所造成的。虎鲨是 30 种会攻击人类的鲨鱼之一，它们是食腐动物，会啃食任何能够用牙齿咬上一口的东西，包括尸体、大海龟和汽车牌照……它们是凶猛的掠食动物，其强大的嘴部肌肉能够轻易将牙齿咬进骨头或刺穿龟壳。我曾阅读过的一篇文章提到，有条虎鲨吐出一条人类手臂，那条手臂上刺着两个拳击手图案的刺青，手腕上则绑着一条绳子，那条虎鲨是在被抓进澳洲雪梨水族馆的 1 个星期后吐出那条手臂的。这起命案的死者很快就被确认是一名失踪于 1936 年的三流小混混。

诺顿博士在报告中写道：“根据我的看法，这些切口是鲨鱼啃食死者所造成的。切口的大小和深度显示这条鲨鱼不是一条虎鲨，就是一条白鲨。然而由于白鲨在夏威夷海域很罕见，而虎鲨则很普遍，因此我倾向于认为这条鲨鱼应该是条虎鲨。而齿痕间距则显示它是一条总长度介于11~12英尺的中型虎鲨。”

他继续写道：“因此，这条腿有可能是在其他地点被这条鲨鱼吞食后，再来到发现地区被它吐了出来。齿痕不规则的形态显示，鲨鱼在啃食时这条腿上可能还覆盖着肉。根据我对虎鲨觅食策略的认知，加上观察过数次虎鲨啃食大型动物的行为，我认为这条虎鲨在咬了这条腿好几下之余，还曾奋力地甩晃头部，好让它那锯齿状的牙齿可以在撕下肉块上发挥最大效用。”至于到底是这条鲨鱼杀了死者还是它只是在啃食尸体而已，约翰无法给出一个结论。

约翰·诺顿的报告让我想起了《大白鲨》这部电影，我很讶异他甚至将白鲨这个可能性加以考虑，我根本不知道夏威夷沿海地区有白鲨出没（我以后在游泳的地方一定会更加小心）。但我还是必须说，每年被鳄鱼、狗甚至是猪杀死的人比鲨鱼还要多（而且可不是因为吃了坏掉的猪肉）。不过我也并不讶异2个星期后，听到一名17岁的趴板冲浪客在附近的另外一座岛上冲浪时被鲨鱼咬断了左脚掌的消息，我在想他的脚掌会不会日后又冒出来。

尽管在海底找到一条人腿已经够不寻常了，但我们在为股骨拍摄X光相片时又发现了另一个有趣的线索。大约在股骨下端距离膝盖3英寸（约0.076米）的地方有一个小洞，围绕着一个看起来像甜甜圈的灰白色小圆环。这个小圆环如果用肉眼来看的话会是深色的，因为X光相片会对调明暗色。我初步猜测这个小洞可能是某种手术植入物的痕迹，或许是某种在腓骨愈合时避免膝盖弯曲用的装置。

几天后，我和另一位中央鉴定实验室的人类学者葛雷格·博格拿着骨头和 X 光相片，前往特里普勒陆军医疗中心的放射科和整形外科部门。特里普勒陆军医疗中心是一间粉红色的医院，位于希凯姆空军基地附近数里外的一座山丘上，从檀香山国际机场就能望见。这家医院明亮的颜色及其地理位置，让它就像运动酒吧里的金发尤物一样突兀，大家可以轻易地从方圆几里外的地方看见它。我们向那边的医生征询他们对这起案件的意见，我想知道他们是否同意我对于这条腿上骨折的解释，以及它是何时发生的。我们得知股骨上的小洞是某种骨折牵引手术用的骨钉留下的，那根骨钉在好几年前就已经移除，只留下了那个甜甜圈形状的小疤。

医生认为最好的解释是，造成这名死者腓骨断裂的伤害，可能同时也造成了他的左髋臼脱臼。那根牵引骨钉应该是用来固定臀部的，以防止股骨再从髋臼脱落。不过对于警方查出死者身份最重要的一点是，死者一定曾去看过医生，甚至可能在骨折牵引期间至少在病床上躺了两个星期。死者看过医生意味着在某个地方一定存在着医疗记录，骨折愈合程度显示它发生在这名男子死亡的多年以前，甚至可能在他还是青少年的时候。

在我们将那条腿带回中央鉴定实验室的大约 1 个星期后，檀香山市警局失踪人口科的警探菲尔·卡麦罗过来了，稍早之前我曾和菲尔谈过，并询问他手边是否有这条腿被发现之地的照片，他带了几张照片来给我，同时给了我那位发现这条腿的潜水员的电话号码。那位潜水员证实当天他和其他 4 名潜水员在做船潜，快中午时，在大约水深 30 英尺（约 9 米）的一个珊瑚岩礁上发现了那条腿。他说在 30 英尺深的地方海水是很平静的，唯一动的是上面的海流，平静的海水排除了那条腿因摩擦珊瑚而造成部分疤痕的可能性。他也向我表示，他自己以及他的朋友都没有看到任何其他的身体部位或衣物。我问他，当他发现那条腿时心里有什么想法。他回答:

“我以为那可能是一根牛骨，更靠近一点观察后，我才发现是一条人腿。”

在经过 1 个星期以上的失踪人口名单清查后，檀香山警方还是一无所获。他们手边尚有几个可能的失踪人选，所以还不打算放弃追查。但要将一个名字对上在每年有上千位游客光顾的小岛外海中发现的无肉人腿，可不是一件简单的工作。其中看起来最有可能的人选，是一名曾在 1984 年玩滑板时摔断一条腿的 32 岁的男子。这表示他摔断腿时年龄大约为 17 岁，这中间有很长一段时间可以让骨头完全愈合。

既然这名男子可能就是死者，法医处便联络那家医院调阅他的医疗记录。当我们得知他摔断的是右腿而非左腿后，全都非常失望。虽然他母亲记得他也摔断过左腿，但是经过 DNA 比对后我们仍然将他给排除了，死者并不是她的儿子。这起案件随着时间的流逝而逐渐冷却，但搜寻工作还未结束。我继续研究那条腿，寻找上面是否有一丁点有助于缩小搜寻范围的微小线索。

到了星期五下午，我就像那只著名的无头鸡①一样东奔西跑，一边试图完成这起案件的鉴定报告，同时还要接受一个电影剧组人员的访谈。这是一个典型的星期五——所有事情突然间同时发生，而且下班时间逐渐接近，我却还未完成当天预定的大部分工作。这是一场每况愈下的战争，就在已经精疲力竭的时候，我接到一通来自苏珊·苏的电话，说她手上有另一个失踪者可能是腿主人，这次是一名 1996 年就失踪了的 28 岁男子。警方将这名男子的名字告诉苏珊·苏后，她便开始搜寻他的医疗记录和 X 光相片。

在她拿到那名男子的医疗记录后，尽管还没有收到 X 光相片，她就打了通电话给我。她表示：“医疗记录显示他的股骨曾于 1994 年在一场水

① 1945~1947 年美国一只被砍掉头后，还继续存活了 18 个月的著名公鸡。

上摩托车运动中意外断裂，并且被放了一根髓内棒进去。”

我回答：“他听起来不太像是我们要找的人，因为那个记录上没有提到任何有关腓骨断裂的事情。另外，髓内棒一旦被放进他的腿里，就不太可能再拿出来。我们只知道死者似乎曾经在股骨上装了一根牵引骨钉，后来被取出来了，但是那上面绝对没有髓内棒。”

“是没有错，但你先等我念完，再告诉我有没有听到任何与死者相符的信息，嗯……，他们在他失踪的数个月前将那根髓内棒从他脚上拿出来了。”她热切地说。

“这个嘛，”我说，“我想我们必须把这个人的股骨 X 光相片和恐龙湾那条腿的 X 光相片进行比对后，才能知道他们是不是同一个人。”

我们用 DNA 排除了第一个可能的人选，现在或许必须仰赖 X 光相片来比对第二个可能的人选。然而无论我们所使用的方法或线索是什么，都必须百分之百确定自己没有排除掉不该排除的人。在纳入或排除某个可能人选这件事上，完全没有出半点差错的空间；一旦我们排除掉某人，就不太可能再重新考虑他。对我而言，第二个可能的人选最关键的问题是，他腿部骨折的时间太接近于失踪时间，也就是推测出的死亡时间，以至于他的骨头不太可能完全愈合到我们无法在 X 光相片上发现的程度。如果他的腿部是在失踪前两年骨折的话，我应该会在他的腿骨上看到一些骨折的迹象。这条腿真的是那名不幸的水上摩托车玩家的吗？这个问题恐怕得等到周末之后才能获得解答了。而星期一将是忙碌的一天，因为我计划在早上与苏珊碰面检查 X 光相片，下午则要和一名联邦调查局特别探员讨论另一起案件。

星期一当天，我开了 20 分钟的车前往法医处与苏珊·苏和康蒂·凡·关思诺会面。苏珊已经拿到了 X 光相片，并急迫地想知道在恐龙湾发现的那条腿是否就属于我们这位失踪的水上摩托车玩家，他的左股骨中段在做海浪跳跃运动时发生了螺旋性骨折。我挑选了那名水上摩托车玩家看起来最清晰的几张 X 光相片，把它们放在灯箱上的恐龙湾股骨 X 光相片旁边。我马上就知道这是两个不同的人：水上摩托车玩家的股骨在他的膝盖上方有两根大螺丝钉，而恐龙湾的那条腿则只有一根——而且那是一根骨钉，而非螺丝钉。另外，水上摩托车玩家的股骨要比在“马桶”发现的那条腿更粗大。还有，水上摩托车玩家的骨折情况很严重，我几乎可以肯定，即使经过许多年，它也无法痊愈到我们不会看出任何迹象的地步，这一次我们又碰壁了。

接下来我出差了 1 个星期，回来之后打了通电话给苏珊，看她是否找到了任何可能的新人选。她正在处理手上的一些名单，苏珊和卡麦罗警探分头独立作业，忙着搜集所有符合死者生理概况的失踪者的数据和记录，而且搜寻对象不只是在夏威夷失踪的人，还包括加州沿岸及旅游船只上的失踪人口。用来把这名失踪者从全世界其他失踪者中筛选出来的唯一线索，就是那条骨折的左腿。后来苏珊寄给我一名身高 5 英尺 10 英寸（约 1.78 米）的白种男性的医疗记录，他 20 岁时在一场车祸中摔断了左腿的胫骨与腓骨。

虽然腓骨骨折这个部分与死者吻合，但是恐龙湾那条腿的胫骨并没有任何骨折的迹象。即使曾经骨折过，它的受伤程度也不可能和我面前这份报告中所形容的一样严重。很遗憾，我们手上的腿并不是这名男子的，这份报告中所形容的骨折类型，绝对不可能完全愈合到跟恐龙湾那条腿一样的地步。至今我们已经排除了 4 名人选，搜查工作还在进行当中。警方还会调阅一名去年在钻石山外海约 3 英里（约 4.8 千米）处划船失踪的 33 岁白种男性的记录。钻石山是一个坐落在欧胡岛东南沿岸的火山口，你可以在欧胡岛南半边的大多数地点望见它。它从海岸线上拔地而起，就好像西洋棋盘上一个中空的城堡棋子，靠海那边的下缘被海水侵蚀淹没，潮进潮出。

你若搭乘飞机起降欧胡岛时也能在空中看见钻石山，搭乘船只时同样可以在海上看见，在欧胡岛上它经常被用来指明方向。当地人会告诉你“往钻石山走”，意思就是说你应该朝着这座岛的东南边走；如果某人告诉你建筑物甲是位于“购物中心的钻石山那边”，他的意思是说，你应该朝着钻石山的方向走过购物中心。它也是一个非常受欢迎的旅游景点，可以说是世界上最著名的火山口。它的左侧紧邻着檀香山市中心和威基基海滩，右方大约 20 分钟的车程就可以抵达恐龙湾。钻石山目前设有一处军事设施与民防单位，另外还留存一些第二次世界大战的大炮，以及一条可以登上标高超过 700 英尺（约 213 米）的山顶的小径。站在火山口边缘，可以望见欧胡岛的全景以及蓝绿色的海洋。如果你从机场往恐龙湾（看起来就像开瓶器张开的大嘴）的方向行驶，你会经过威基基海滩、科科角（另外一个火山口），然后是海泉喷口，最后是小小的《乱世忠魂》① 海滩，也就是在这部 1953 年的电影中出现过的浪漫场景，这一路上风景如画。由于接下来我计划前往越南 1 个月，因此我必须先将“马桶”腿案件给搁下。不久之后，在一趟搭乘越南航空从胡志明市飞往河内的两个小时的旅途中，我拿起了一份英文报纸，惊讶地看到了一篇小文章，提到一条在澳洲外海抓到的虎鲨肚子里发现了人类的颅骨、手臂和臀部。有关当局还在试图查明这些人类遗骸是男性的还是女性的。看来虎鲨似乎常常可以饱尝到人肉大餐，到目前为止，我已经知道 4 起有关虎鲨的人类遗骸事件了。

一直到撰写本书的时候，这起神秘的“马桶”腿案件仍未真相大白，

① From Here to Eternity，该片获得了 1954 年的奥斯卡最佳影片。

但并不是因为缺乏努力。已经有够多的人对这起案件保持着兴趣——檀香山法医处、檀香山市警局和中央鉴定实验室的诸位，以至于我们可以确保它不会被遗忘。虽然我曾看过装在袋子里的尸体、手提箱里的婴儿、衣柜里的人骨和盒子里的头颅，但是这是我第一次看到丢在“马桶”里的一条腿，生命从未停止让我惊奇。

第十三章　珍珠港水兵

好人也注定会死，但其声名不死。

——《圣经·箴言》

昵称为汤米的托马斯·亨布里在 17 岁时，说服母亲签下一份加入美国海军的必要文件，加入了两位哥哥华特和乔治从军报国的行列。亨布里是一位身材矮小的黑发男孩，拥有一双蓝色眼眸和被亲戚形容为“顽皮”的笑容。他以见习水兵的身份在水上飞机小艇“科蒂斯号”上服役，这艘船舰就停泊在夏威夷欧胡岛珍珠港中湾的 X-32 号船坞中。这艘长达 527 英尺（约 161 米）的船舰建造于纽约州，于 1940 年 11 月正式服役，它一共搭载了 1195 名船员。这种最初使用于第一次世界大战的早期航空母舰上设有飞机库，但是没有飞行甲板；它是利用起重机将飞机下降至海面自行起飞，等它们在海面上降落时再收回。

1941 年 12 月 7 日上午将近 8 点时，这艘船舰的船员被通知进入全员战备状态。日军的轰炸机和战机在几艘小型潜舰的掩护下，正攻击太平洋舰队。就在亨布里进入位于无线电室的战斗位置后不久，这艘船被炸弹直接命中，引发了一场大火，亨布里那未满两个月的海军生涯，倏然画上了句点。

“科蒂斯号”上有 20 名水兵当场死亡，其中有两个人未鉴定出身份。

1 名水兵失踪，58 名水兵受伤，其中 33 名水兵的伤势严重到必须转送至陆上医院。这些阵亡人员是当天在珍珠港丧生的 2203 位美国人中的一部分，其中绝大部分是军人。这场攻击事件击沉了几艘美国最雄伟的船舰，包括美国海军“亚利桑那号”、“加利福尼亚号”以及“西弗吉尼亚号”。当大火被人扑灭，遗体也一一寻获之后，“科蒂斯号”所有的阵亡人员中，有 3 名船员下落不明。尼可拉斯·S. 嘉拿斯、威尔森·A. 莱斯与托马斯·亨布里被宣告阵亡，但他们的遗体并没有被立即寻获。

在亨布里丧生前不久，他写了一封信给他的母亲伊丽莎白・亨布里，表示非常想念位于华盛顿州肯纳威克市的家乡。几个星期后，亨布里女士收到了那封信，还以为她儿子在珍珠港事件中逃过了一劫。接着在 1942 年 4 月 15 日，一封以美国海军专用信纸写成的书信寄达她手上，通知她儿子是珍珠港事件的受难者之一，亨布里女士写了一封回信请求对方提供更多信息。她收到的回复可说是糟糕至极：在“科蒂斯号”上找到的遗体中，一共有两具遗体无法鉴定出身份。这两具遗体被大火烧到无法辨识，她的儿子是其中一人，然而海军无法分辨到底哪一具遗体才是他的。

这两具在“科蒂斯号”上发现而且未被鉴定出身份的遗体，在 1941 年 12 月 9 日被埋葬于欧胡岛上的大风口公墓。6 年后的 1947 年，这两具编号为“X-24”和“X-25”的遗体被人挖掘出来，由知名人类学者查尔斯・史诺博士进行鉴定，他鉴定出 X-25 的身份为二等水兵嘉拿斯，另外一具很有可能属于两名“科蒂斯号”船员中的其中一个—— 一等水兵莱斯或见习水兵亨布里，在同一天重新被葬回大风口公墓。1949 年美国海军写了一封信给亨布里的家人，询问他们是希望将他的遗体送回家属身边，还是重新安葬于国立太平洋纪念公墓。这座墓园位于一处被当地居民称为庞奇包尔火山口的地方，面积广达 116 英亩（约 47 公顷）。亨布里家族决定让他安息于庞奇包尔，于是 X-24 号遗体便被包裹在一张绣着“美国海军”的奶油色羊毛毯里，安葬在这座美丽而平静的火山口的编号为 C-258 的墓地中。

在亨布里被移葬到庞奇包尔的数年后，他住在塔科马市做美容师的姐姐海伦・布雷德伍德前往当地，打算拜访他的墓地。公墓管理员表示，她弟弟已经接受了海葬，布雷德伍德信以为真，直到 1989 年她再度拜访这座墓园，并重新询问她弟弟的下落。这次，手边缺乏数据的公墓管理员打了通电话给一名住在檀香山的男子，这名男子曾将所有死于第二次世界大战并埋葬于庞奇包尔的 18093 位死者编成名册，这位名叫雷・埃默里的男子本身也是个退伍军人。珍珠港事件那天，他在美国军舰“檀香山号”的甲板上操作一台点五〇口径的机枪。他知道亨布里与 19 岁的一等水兵威尔森・A. 莱斯是“科蒂斯号”上仅剩的两位遗体未鉴定出身份的人。在埃默里和布雷德伍德会面后，为了让 X-24 号遗体再度进行身份鉴定，埃默里开始了前后长达 11 年的努力。最后，有赖于近年来 DNA 科技的进步，以及已于 2002 年去世的夏威夷州众议员帕特西・明克[①]的协助，埃默里终于成功推动立法，让 X-24 号遗体得以再度出土。然而此时海伦・布雷德伍德已经过世，于是这项工作改由她住在西雅图的侄女贝诗・拉罗莎接手，X-24 的骸骨在 2001 年 1 月被挖掘出土。

在这条允许挖掘遗体的法律中，其中一项条件是在遗体出土之前，必须能够从死者亲属那边取得 DNA 样本。由于这条法律已明确指定 DNA 的种类必须为线粒体 DNA，而线粒体 DNA 又是遗传自母亲，因此 DNA 样本必须是来自托马斯・亨布里姐妹的后代。拉罗莎是托马斯・亨布里的大哥华特的女儿，所以她不具备此一条件，于是她找到了姑姑琼恩・贝利的

① Patsy Mink，美国第一位女性亚裔众议员。

女儿玛莉安·普莱斯。贝利在亨布里兄弟姐妹中的排行位于中间，她也是亨布里唯一生有后代的姐妹。2000 年 12 月，普莱斯很乐意地提供了一支血液样本来进行 DNA 测试。在接下来的 1 个月里，X-24 号遗体以及 1 具来自第二次世界大战、两具来自朝鲜战争，总共 4 具未鉴定出身份的遗体，从位于庞奇包尔的墓地中被移出。

在普莱斯的成长过程中，她一直以为那个在她 3 岁时去世，而且自己对他已经毫无印象的舅舅，是阵亡于美国军舰“亚利桑那号”上。“和其他兄弟姐妹比起来，我母亲和他的感情最好，”普莱斯说，“他去世的时候，我母亲的生活和情绪都变得不太稳定。她有一个弟弟在珍珠港阵亡了，这让她的生活陷入了一片混乱。”

普莱斯对第二次世界大战的所有记忆，几乎就是一面挂在她外婆窗户上绣着金色星星的小旗子，这代表她有一个孩子在战场上阵亡，以及每到夜晚屋子里必须关上窗帘和百叶窗，当时普莱斯还以为这项战时预防措施和她叔叔的死有关。普莱斯说，她母亲后半生一直相信弟弟还活着，只是因为得了失忆症而无法记起家人，所以才没有回到家乡。同亨布里家族中的其他长辈一样，琼恩·贝利一直到死前都未能目睹她弟弟的身份获得证实。

就跟科学界的某些案例一样，这次的鉴定结果令人失望。X-24 的骨头和牙齿无法提取 DNA。夏威夷中央鉴定实验室以及马里兰州美军 DNA 鉴定实验室的科学家们对此困惑不已，我们一起努力试图查出到底是什么东西摧毁了 DNA 或是影响了它的排序。这具遗体是放在一个防水钢制棺木中，并埋葬于火山地带。大家的猜测如蚊子般漫天飞舞，是火山土壤造成的吗？是遗体下葬前抹在上面的防腐粉造成的吗？是因为遗体曾被荧光透视镜照射过吗？没有人知道答案。DNA 专家简直快被搞疯了，这根本不合理，不过我们还有其他的解决办法，因而并不打算就此放弃。

在我们将赌注押在 DNA 上面，结果栽了跟头以后，我们改用传统的人类学方法，看看是否能在这副遗骸上找到史诺博士没有发现的东西。尽管他是一名能干的人类学者，但是自从他在 1949 年，也就是我出生的那年鉴定过 X-24 后，法医人类学又发展了很长一段时间。经过长达半个世纪的研究后，在通过骨骼判定年龄、种族、性别和身高这一方面，人类学已经发展出新的技术与更精确的标准。史诺博士那一代的科学先驱做出了许多贡献，而科学进步又做出了更多贡献。

将这副遗骸排放在鉴定台上后，我所分析出来的生理概况和史诺在 50 多年前梳理出来的生理概况几乎一模一样。根据牙齿的成长状况以及骨臼帽的融合程度，我判断死者的年龄在 16~19 岁之间。颅骨上狭窄的鼻腔、缺乏齿槽前突（颜面中间往前突出）以及上颌骨的形状等特点，则最符合白种人的特征。我利用他的左股骨计算出身高为 5 英尺 9 英寸（约 1.75 米）。而根据髋骨和颅骨的特征，再加上臂骨和腿骨的整体尺寸来判断，这副骸骨无疑是一名男性的。

我唯一能在史诺的鉴定报告上多添一笔的东西，是死者的左大腿骨后侧膝盖上方有一个小凹洞。从种种迹象来看，这个已经愈合的疤痕可能是外伤或局部感染造成的，并且在他死亡很久之前就形成了。而唯一可能发生在珍珠港攻击事件中的创伤，是左股骨骨干上有一个被削去的小洞，以及其中一根手掌骨头发生了骨折。完成鉴定后，我就开始检阅那位最有可能是死者的个人记录了。

同许多第二次世界大战时期的个人记录一样，这份记录上的信息和细节并不多。我翻阅着这名军人的记录，发现 X-24 是一位名叫托马斯·亨布里的 17 岁水兵，我可以排除他是另一名“科蒂斯号”上未鉴定出身份的船员莱斯的可能性，因为莱斯的身高为 5 英尺 6 英寸（约 1.68 米），对于放在我桌上的这根股骨而言，那个身高实在太矮了。接着读下去时，我发现亨布里是一名白种人，身高为 5 英尺 10 英寸（约 1.77 米），还有令我惊讶的是，记录上写着他的左膝上有一道 2 英寸（约 0.05 米）长的疤痕。在所有线索中，最能够证明这副遗骸和那位来自华盛顿州肯纳威克市的水兵之间的关联性的，就是 X-24 左股骨上的伤疤以及他的身高。然而我们知道验明正身最好的方法就是通过牙齿，于是中央鉴定实验室的牙医约翰・刘易斯便开始着手进行他的鉴定工作。

我们已经根据这副骸骨梳理出了生理概况，现在该看看它是否也吻合牙医记录。约翰检查了 X-24 齿槽中的 29 颗牙齿，然后将他的发现与亨布里、莱斯以及（纯粹为了保险起见）嘉拿斯的牙医记录进行比对，鉴定结果毫无争议。根据牙齿填充物、牙髓腔形状以及拔牙位置等特征所做的综合分析显示，X-24 的牙齿吻合亨布里的牙齿，并且完全不吻合莱斯和嘉拿斯的牙齿，我们找到他了。

2001 年 11 月 5 日，在他失踪了 60 年以及他最后一位活着的姐妹去世 3 个月后，我们终于知道 X-24 就是 1941 年死于“科蒂斯号”上年轻的汤米・亨布里。普莱斯在该月的稍后不久收到通知，而亨布里家族决定在庞奇包尔举行一场完整的军事葬礼。巧合的是，当遗体的身份被鉴定出来时，亨布里的侄孙之一，同时也是美国海军陆战队中尉的艾德・拉罗莎正好服役于欧胡岛的史高菲尔德营区。从 1993~1995 年，拉罗莎在史高菲尔德营区的任务就是担任庞奇包尔的出殡仪队队员，但是他从来不知道他的舅公就安葬在此地。埃默里带着拉罗莎和自己的妻子翠西前往曾埋葬亨布里的墓地，接着再来到作战失踪军人堂。作战失踪军人堂中的大理石板上刻着 18094 名于第二次世界大战阵亡的军人的姓名。直到 1995 年，汤米・亨布里的名字还被拼错；雷·埃默里发现了这个错误并把它改正回来。

参加庞奇包尔葬礼的，包括20位从华盛顿州、俄勒冈州和加州各地飞来的亨布里家族成员、一名海军牧师、一名负责吹奏结束曲的喇叭手、一名负责发射二十一响礼炮的礼兵、我们几位来自中央鉴定实验室的成员以及许多媒体记者。其中两位亨布里的侄女在葬礼上发表演说，温情地描述着有关汤米叔叔的回忆。亨布里总共有超过15位的侄女、侄子、曾侄女、曾侄子、曾曾侄女和曾曾曾侄子，全都目睹了他在隆重的军礼中被下葬。

普莱斯说："我认为汤米叔叔已经得到了安息，整个家族也得到了抚慰。"她解释了为何大家决定将她叔叔的遗体留在庞奇包尔，而非带回他位于华盛顿州的故乡，"在家族前辈们还活在世上的时候，他们希望汤米叔叔留在这里，我们必须完成他们的遗愿。"

她对埃默里大加表扬，表示这场葬礼得以实现都是因为他的努力。"我们永远无法偿还雷·埃默里这么多年的付出，但是我们将会永远记住他。"她说。

日后回忆起这段经历时，她提到在亨布里遗体的身份被鉴定出来前，亨布里家族堂表兄弟姐妹之间的关系并不亲密，有些人甚至完全失去联络，然而这场葬礼拉近了他们彼此之间的感情。

2002年3月5日，正好是他被鉴定出身份的整整5个月后，在其亲属的要求下，见习水兵亨布里穿着他的蓝色军装以及陪伴他度过60年岁月的同一条奶油色海军毛毯和安全别针，重新被安葬在庞奇包尔的同一块墓地中。棺木的样式和颜色也与他在1949年下葬时所使用的棺木完全相同。然而不同的是，这次肯塔基州的一等水手长盖·牛顿·瓦伦、新泽西州的法兰克·L. 杜伦赛克一等兵、伊利诺伊州的弗洛伊德·R. 斯奈德少尉以及俄勒冈州的舵手长山谬·B. 罗伯兹，现在终于知道安眠在他们身旁的水兵叫什么名字了。

亨布里家族汤米叔叔的重新下葬，对我而言有一种特别的意义，我自己也有一位既热爱又想念的汤米叔叔，小时候，我的汤米叔叔会在夏天来到坦帕市拜访我们一家人，当时我的年纪还小，甚至无法够到放在外婆厨房柜台上的饼干罐。我对他印象深刻，他有一双宽厚的肩膀，背部因为辛勤劳动而微微弯驼，还有一副某边嘴角稍稍往上钩的灿烂笑容。

他是我养父的兄弟，而且和我的养父一样，汤米叔叔也曾在第二次世界大战中服役，身上带着战争留下的疤痕。我父亲的疤痕是看得见的；汤米叔叔的疤痕则是在内心里。我记得有好几次听到他压低嗓音和我外公聊天，描述一些我认为是战争故事的内容，在我的记忆里，他就像是一只巨大而忧伤的泰迪熊。虽然他在托马斯·亨布里的身份被鉴定出来并重新下葬的多年前就去世了，但是当亨布里下葬时，我感觉我的汤米叔叔好像就陪在我的身边。

在汤米·亨布里的第二个葬礼结束两个星期后，我和妻子薇拉再度回到庞奇包尔拜访他的墓地。我们穿梭在公墓里修剪得极为平整的草地上，读着一排排墓碑上的文字。它们延伸到四面八方，看起来像是要扩展到地平线。其中有些名字是我熟悉的，大部分的名字不是。亨布里那座已有两个星期的墓地上覆盖着一些奋力求生的小草。随着大自然清除了我们入侵的伤痕，周围正在从棕色变为郁郁葱葱的绿色。不用多久，亨布里的墓地将会随着安息在那边的 33230 位英雄们，一同融入庞奇包尔的草地。

在穿越成排墓碑往右手边张望时，我看见其中一座墓碑上摆着两个看起来像卡通人物的眼睛的小圆球；靠近之后，我发现原来它们是高尔夫球，颜色一白一绿。它们所在的墓地埋葬着一对父子，我猜他们大概是生前热爱高尔夫球，因此死后也通过高尔夫球紧紧地结合在一起。那天我们还看到了许多其他的纪念物品。一个被不时横扫庞奇包尔的强风吹翻的金色花圈；一个在夏威夷烈阳的照射下已经褪色的绿色花瓶，不太稳固地斜倚在一棵枝叶繁茂的大树下；三个仔细排放在一座墓碑顶端、有如奥运五色环的漂亮花圈，墓碑的主人是另一名当月下葬的军人。

这些物品传达了我们对这些英雄及亲人的爱与回忆，他们已经找到了最终安息之所——这些简单的小物品提醒了所有前来拜访墓园的人，这些死者也曾经生活于你我之间。或许他们某天曾在电影院里坐在你隔壁的座位上，或者在某个十字路口让你先行；他们是某些人所敬爱的兄弟、丈夫、叔叔和朋友。

虽然在职业生涯中我已经看过上千座墓地，但是那座标示着托马斯·亨布里的墓地对我而言有些不同的意义。毕竟我不但曾将他的骨头拿在手中，还遇见过他的家人并参加过他的葬礼。回忆起这次庞奇包尔之旅，我仍然有点惊讶，当自己行走于一座墓园——无论它埋葬的是平民还是军人，并且阅读墓碑上的姓名时，它们还是可以给我带来这般戏剧性的震撼。在与骨头为伍20多年后，我很高兴死亡仍会令我感到畏惧，“结束曲”还是会令我感动。那一天我前往庞奇包尔，是因为想要向另外一个家庭的汤米叔叔道别——我确实这么做了。而当我离开时，也道别了自己的汤米叔叔。

第十四章 晴天霹雳

——9·11恐怖袭击事件

世界上真正的奥秘是可见的，而非不可见的事物。

——爱尔兰作家王尔德《道林·格雷的画像》

电话铃声吵醒了我，我看了看时钟：清晨5点。我睡意蒙眬地拿起话筒，什么声音也没有。是打错电话还是恶作剧呢？我永远也无法知道答案了。钻回被窝后，我很快就知道自己已经清醒得差不多了，一通不寻常的电话吵醒了我，而一场可怕的灾难即将令我彻夜难眠。

我打开电视，看到纽约市中心不断窜出浓烟与火焰，我把妻子轻轻推醒，问她觉得我们在电视上看到的是真实的画面还是电影。“看起来像是真的。”她答道。

这天是2001年9月11日，星期二。在这个照得整个美国东北部闪闪发光的夏末，晴空万里，恐怖分子劫持了两架美国航空班机，驾驶着它们撞进美国世贸中心的双子大厦，我们正目睹一场珍珠港事件的翻版。现在是美国东岸时间上午11点。夏威夷在夏令时比美国东岸晚了6个小时，比正常时间晚了5个小时。我们在电视上看到的事件发生在两个小时以前，此时位于美国最西边的夏威夷州还沉睡在安详的梦境中。

我打了通电话到上司汤姆·荷兰的家中，看看是否已经有人通知中央鉴定实验室采取行动，但目前为止还没有类似的通知。由于我们这边拥有超过20名人类学者，因此我们很有可能会被找去帮忙鉴定罹难者。我匆匆洗了个澡，便驱车到已经车满为患的高速公路，前往珍珠港海军基地以及位于海军基地南边的希凯姆空军基地，也就是中央鉴定实验室的所在地。

此时广播新闻正在描述有关五角大楼遭受攻击的详细内容，地方政府宣布在军事基地工作的非重要性平民职员留在家中。然而通往希凯姆空军基地大门那最后一英里的高速公路，几乎就像停车场一样静止不动。平时畅通快速的通行变成了缓慢移动的前进。突然之间，我们从正常的和平时期安全程序，转变成美军所谓的“反恐军事保护状况”，亦即当发生恐怖袭击事件或情报单位认为某个地点可能发生恐怖袭击行动时，须执行最高安全层级时的状况。没有人知道恐怖分子是否已经结束了他们一天的行动，还是说有更多计划准备对付我们。

每个想要进入空军基地的人，都必须出示其军事身份证和驾照。门口警卫没有向任何人挥手打招呼，就算对方是每天都来这里上班的熟面孔，他们也是如此。他们会随机搜索车子的后车厢及内部；所有的公文包、手提包和包裹都必须接受检查。我们在排队等待通过大门时，会收听汽车广播所提供的一切最新消息，一旦车子前面出现了一点空间，便立即缓缓前进，或者变换车道和调整方位，好用最快的速度抵达基地门口。这一段平常只要花15分钟就可以走完的路程，那天却花了我将近1个小时的时间。

已经有五六个人先我一步抵达了实验室，我前往主会议室收看最新的新闻报道。虽然我已经在家里看过部分的袭击画面，但是对于接下来在会议室的电视上出现的画面，我还是毫无准备——当世贸北塔的上层还在燃烧时，第二架飞机就这样拦腰撞进了世贸南塔。我简直不敢相信这一切：浓烟四处乱窜，天空变成一片烟海，就好像曼哈顿下城突然发生了火山爆发。两座高塔上一大块又一大块的建筑残骸瀑布似的落下，然后它们就这样坍塌成一片瓦砾堆，首先坍塌的是南塔，再后来才是北塔，刚好与它们被袭击的顺序相反。虽然这次袭击从开始到结束只维持了 1 小时 25 分钟，但是接下来的搜索和鉴定罹难者的工作将持续数个月。而即使在那时，我仍知道人们的痛苦、恐惧及愤怒将会持续好几个世代。

上午 10 点，汤姆・荷兰进到我的办公室，表示他刚和比尔・罗德里奎斯通过电话。罗德里奎斯是一位法医人类学者，他服务的单位是设立于华特里德医院并附属于美军病理研究院的美军法医处，他将领导五角大楼罹难者的鉴定工作。罗德里奎斯表示，在袭击事件发生后的几分钟内，世贸北塔底部就设立了一座伤员分类所，但是数百名的救难及医护人员在大楼倒塌时，都受困于瓦砾堆中。其中一名受伤并且恐怕已经死亡的工作人员是人类学者艾米・杰尔尼克，她在几个星期前还来拜访过夏威夷中央鉴定实验室（几天后我们得知艾米很幸运，只是断了几根骨头，并且正在康复中）。汤姆将所有的人类学者和牙医师集合起来开了一场会，讨论有关我们可能不久后会被找去帮忙鉴定罹难者的事情。我们把目前所有可以调度而且在鉴定大型灾难罹难者方面经验丰富的人类学者，列了一份名单出来。3 天后，负责处理五角大楼罹难者鉴定工作的美军病理研究院请求中央鉴定实验室支援 4 名人类学者，我们同意派出的人有汤姆・荷兰、约翰・博德、安迪・特瑞尔以及我本人。（虽然五角大楼的搜索与挖掘工作是由美国联邦调查局负责，但会有美军病理研究院从旁指导。）

我们的第一个挑战是离开夏威夷，在恐怖袭击事件发生后的 3 天以来，所有美国商务班机全部停飞，机场也全部关闭。我们所属的单位能帮我们预定的最近一架航班，是 9 月 16 日星期日美国大陆航空直飞新泽西州纽瓦克的航班，我即将在两天后飞往美国本土。我打了一通电话给我妻子，告诉她这个令人不安的消息，她似乎很平静地接受了，并表示她以我能在这个事件上尽一份力为荣。“我只希望自己也能帮上一点忙。”她说。当然，无论她是否知情，她能够这么表示就已经是一种帮助了，薇拉知道我势在必行，而她并没有试图阻止我。

尽管我已经有过数百次的飞行经验，机场航站楼里与飞机上的气氛看起来也跟平常没有什么两样，但是这次我的心情却非常焦虑。其他人一定也跟我一样：当空服员在讲解逃生安全说明时，平常都充耳不闻的我们，这时候会特别仔细地聆听他们所说的每一个字。机舱门关上后，飞机开始移动，引擎在跑道上滑行时发出阵阵怒吼。几分钟后我们便升上天空，这时候要反悔也来不及了。

我们花了8个多小时，在空中飞行了5000英里（约8047千米）来到纽瓦克。飞机从气流不稳的云端降落到地面后，行驶了最后一小段路程抵达航站楼。我的左手边就是纽约的天际线，这是我第一次目睹它遭到蹂躏后的样貌。眼前的景象不禁令我喉咙哽咽、热血沸腾。曼哈顿正因为闷烧而不断冒出浓烟，它的样貌已经永远改变，看起来就像《美国海外公民报》编辑戴维·罗索所说的，“好像少了两颗门牙”。

我们在纽瓦克机场租了两辆小货车，以免会被指派到不同地点，接着开了3个小时的车，前往特拉华州多佛空军基地的多佛港停尸间。当我们打开车门时，一股死亡的气味向我们席卷而来。焦肉和腐尸的浓烈气味立即渗进我的衣服里，并且侵入我的口鼻中，征服了我的感官，我感觉自己好像回到了人体农场。

这座停尸间是由飞机库改装而成，地板全都用钢铁和水泥打造，一切东西都可以清洗。我们经过铺着蓝色地毯的行政办公室和临时自助餐厅后，来到了工作区。戴上手术口罩、塑料围裙和手套后，我们很快就投身于忙乱的遗体接收区。一群人拼命鉴定乘直升机分批抵达的 200 多名遇难者身份，其中包括在五角大楼遇难的 125 名工人和 64 名航空公司乘客。

比尔·罗德里奎斯穿着一套白色抛弃式手术衣、手术鞋和手套，挤出人群迎接我们的到来。这项工作必定是他 20 多年的法医人类学者生涯中最骇人的一项，我可以看到他已经收起了平日的机智风趣。同样也已经投入奋战行列的另外两位老友和人类学同行，是道格·奥兹里博士与道格·乌贝雷克博士，他们是从西南方大约 100 英里（约 161 千米）远的史密森尼博物馆调派过来的。我在田纳西大学读研究生时期就认识他们，奥兹里在 14 年前成为史密森尼博物馆人体人类学部门的部长时，便把我一起带到了那个机构。我在多佛得知奥兹里的两个女儿的其中一个，当时正好在五角大楼被飞机撞击的那块区域。她的一位上司把她推到角落并用身体掩护她，他们两人都没有受伤。假使我们必须鉴定她的遗体，这将会是多么可怕的一件事。而也就是从那时起，我开始思索当天死于恐怖袭击事件的人之中，是否有人叫邱吉威尔，也就是我原生家庭的姓氏。

我相信罗德里奎斯并不清楚他在我生命中的重要性，我现在之所以能够出现在多佛，就某方面而言必须归功于他。我是在 1983 年前往田纳西大学拜师比尔·巴斯博士时认识他的，我视罗德里奎斯为我法医学上的精神导师，他和史蒂夫·赛姆斯是巴斯的得力助手。身为一位 34 岁的硕士新生，我在当年算是一个异类，毕竟我比我的同学都要年长 10~12 岁。由于我没有可以互相比较的对象，因此我以为自己在班上的表现不佳。我曾经在某个时期决定放弃学业，并向巴斯博士表示了我的决定，我也把这件事情告诉了罗德里奎斯。他说："先别急，你再撑 1 个月看看。如果到时候你还是认为自己表现不佳的话，再休学也不迟。" 1 年后，我便和罗德里奎斯以及赛姆斯共享一间人类学系办公室了。在他离开田纳西大学后，我就接替了他担任巴斯博士的法医人类学助理职位。假使罗德里奎斯没有说服我再多撑一会儿的话，你现在就不会读到这本书了，而我也不会过着现在这种令我感到相当有趣的生活了。

整座停尸间被分隔成好几间专业鉴定室，每个房间都忙得不可开交。调查人员正在跟时间赛跑：全世界都在关注与等待。我们这支夏威夷特遣队抵达的时间已近工作结束的时间。在熟悉了接下来1个星期左右将成为我们的工作站的环境后，我们便前往旅馆休息，为明天的工作做好准备。

我、汤姆、约翰与安迪隔天一大早就前往停尸间报到，很快地，我们便从一群好奇的旁观者转变成了浑身是血的调查人员。尽管现场已经有一大群来自美军病理研究院的技术纯熟的法医病理学者在进行鉴定和解剖工作，但我们的加入还是为极度破碎烧焦的骨头提供了帮助，更不用说教人如何分辨骨头与非骨头物品之间的差别，比如熔化的塑料以及瓦砾。我们形成了一支紧密合作的团队——他们负责鉴定每具遗体；我们的目标则锁定在尸块和骨头上。我们一天工作12个小时，每天工作结束时，每个人都早已累得筋疲力尽。

每天遗体会被送到停尸间的后门，计算机追踪系统会给每具遗体一个编号，以确保鉴定的准确和效率。接着每具遗体会接受X光拍照，放射线专家和防爆人员会搜寻恐怖分子或是机上以及地面安全人员可能会携带的炸药、美工刀和其他武器的踪迹。

检查遗体身上是否携有未爆武器，是我们在第一次海湾战争所学到的教训，当时，被送到多佛进行鉴定的美国士兵遗体上有时候会携带爆炸性物质。尽管我们这次在多佛鉴定的遗体上没有发现任何炸药，但事前的预防措施还是有必要的。如果多佛空军基地再发生一次致命爆炸，大多数的美国人将无法承受。鉴定人员也会注意遗体上是否带有飞机残骸，尤其是来自驾驶舱的部分，因为如果飞机坠毁时确实是恐怖分子在控制飞机，那么或许能在残骸上面采集到他们的DNA。

比尔·罗德里奎斯负责在遗体离开一开始的X光室后，进行伤员分类工作。所谓的伤员分类原本是一种将伤兵分成三类的战地技术——第一类是现场可以就地医治的人，第二类是必须转送到医院的人，第三类是没有治疗希望的人；不过在这里是指决定哪具遗体优先处理的分类，他的决定是依据每具遗体的完整度和状态来分类。根据我的回忆，整个鉴定流程为：分类、拍照、采集指纹（由联邦调查局执行）、牙科、X光、病理学、人类学、防腐，以及入殓。完整的遗体会送到病理学站，由病理学者进行解剖验尸。每一堆骨头会经过X光拍摄，如此专家才能判定它们是属于同一个人还是好几个人的。放射线专家会搜寻X光相片上的老旧骨折，或是有填充物的牙齿，这些线索会让鉴定工作变得简单可靠许多。联邦调查局的指纹专家会在遗体送到牙科站前，印下手指、脚趾、手掌和脚后跟上的纹路，法医摄影师会拍照记录下可见的外伤和个人物品。在鉴定流程的最后，军方殡葬专家负责将我们已经鉴定过的遗体进行防腐并为它们穿上衣物，然后放进棺木中移交给家属。我们这些法医人类学者会在病理学站的每张鉴定台之间到处移动，负责鉴定尸块与骸骨。在大型灾难中，人类学者最有价值的地方就在于，我们能够将已经烧得焦黑的尸块和骨头碎片比对上某位罹难者，我们的工作是整个鉴定工作的最后一个环节。

在接下来的8天，我看到了男人、女人和小孩的尸体，他们身上的衣服是为了一趟国内航线之旅或是在办公室工作一整天而穿的。只要一想到他们没有一个人在一天的开始就知道是自己的末日，我的心中不禁生出一股强烈的警惕感；不过又想到死亡是在他们没有时间感觉痛楚的瞬间降临的，从某方面来说，还是令我感到安慰。某些我经手过的断掌和断指上，还戴着代表爱情信物或者表扬成就的戒指——订婚戒指、结婚戒指、毕业戒指等。有些尸体残骸只有一颗牙齿、一片头皮或是一块皮肤，我们会把上面的煤烟和尘粒洗净，然后张开在桌面上，检查是否有穿刺伤的痕迹。劫机犯是以美工刀和小刀为武器的，病理学者必须检查是否有人曾经被刺伤或割伤，就我所知，我们没有发现类似的伤痕。无论罹难者遗体的完整程度或状态如何，我们的工作是鉴定出每位死者的身份，并尽可能将他们送回家属的身边。这项工作和我们每天在夏威夷鉴定作战失踪军人遗骸的工作其实并没有太大的不同，差别只是在于这些死者不是军人，而且他们也并非死于战场，尽管看起来很像。

在后面一间专门存放在灾难现场寻获的个人物品的房间里，我看见遭到焚烧而熔化进飞机地毯的儿童玩具，还有里面的口红已经在大火中消融殆尽的空口红管。不知为何，这些小东西总是唤起我对死者人性和个人喜好的认识，在视觉上和情感上连接着我所处理的支离破碎的遗体。在我和许多人类学者聊过以后，他们也表达了同样的看法——这些玩具、鞋子、眼镜、钥匙圈与手表都被赋予了生命。

我曾经给许多人看过他们失踪亲人的遗骨，或许是因为实验室缺乏情感的气氛（这里没有柔和的东西，到处充斥着金属桌椅、显微镜，以及一群四处走动着的穿着实验衣专注在作业上的工作人员），他们在看到亲人的遗骸时经常面无表情，甚至不带情感地把骨头拿在手上。比如说，有个来到中央鉴定实验室的男子走向陈放着他父亲遗骸的鉴定台前，说道："这就是我父亲的遗骸。"他拾起其中一根骨头并点了点头，就好像他可以从骨头中认出他父亲一样。似乎总要等到家属们看到亲人的手写信、手表、牌子、书籍、徽章和梳子时，他们才会喉咙哽咽或者不禁"啊"的一声，悲从中来。或许是因为一旦没有了皮肤血肉，我们看起来全都长得一模一样。然而手表、戒指等物品，却可以表现出我们的个人特质，我们对特定物品的选择和喜好，而这正是我们与其他人的差异所在。

不过通常亲人的死亡对家属造成最深冲击的地方是在下葬之地，此时亲朋好友聚集在一起，目送他们所爱之人走完最后一程。在实验室看到亲人的遗骸想来令人痛苦，而入土为安则是整个送别过程的最后一步，也是大多数人迸发情绪的时刻。有一名女子的父亲在她出生前的 1 个月便踏入战场，她第一次见到自己的父亲是在我们的实验室里。事实上，可以说她是在同一时间向父亲进行问候与道别。

在经过放置个人物品的桌子时我放慢了速度，想看看自己是否认得其中某个人的驾照或相片，不过我并没有看到认识的面孔。在差不多 10 张左右的桌子上放着扭曲烧焦的报纸碎片—— 一份《华盛顿邮报》上的日期写着 2001 年 9 月 11 日。除了焦黑的边缘和浸水页面之外，这份报纸近乎完整。桌子上有杂志、货币、鞋带、鞋子和泰迪熊；熔化的塑料、航空电子仪器零件和头戴式耳机；腰带、焦黑的衬衫袖子和长裤；信用卡、家庭照片、扭曲变形的汽车钥匙、熔化的手机和芭比娃娃。我还看到私人文件以及标签上写着来自弗吉尼亚州春田区和麦克莱恩区的塑料药瓶。另一张桌子上摆着高尔夫球座、一把雨伞和一把折叠小刀；折叠整齐的焦黑胸罩和内裤、领带和袜子、支票簿以及一只刚好停在 9 点 43 分的女用手表，也就是飞机起飞后的 1 小时又 43 分钟。它的秒针准确地停留在了飞机遭受冲击的那一刻。一旦我们能查出这些个人物品是属于哪位乘客的，无论其遗体身份是否已经鉴定出来，我们都会尽速归还给家属，其余物品将会在保存 6 个月之后销毁。

调查人员不但要搜寻机上的乘客和飞机残骸，还必须搜寻五角大楼的职员和办公物品。一架客机竟然就这样子在上班时间全速撞进办公大楼，真的令人难以置信。桌子上放着熔化的办公室电话的残骸、回形针和文具用品。我甚至看到几根老旧干枯的鸡骨头，这些骨头又干又黑，不像是最近才丢弃的。我无法确定它们到底有5年还是50年的历史，但我猜想它们可能是五角大楼于1943年第二次世界大战期间修建时，某个建筑工人所丢弃的午餐残肴。我还看到烧焦的木头碎片、还插在衬衫口袋里的政府发行的钢笔、装在熔化了的相框里的照片以及部分烧焦的数据夹。两个截然不同的环境，一个纹丝不动，另一个以超过时速500英里（约805千米/小时）的速度前进，彼此对撞在一起；结果就是一片混乱的破瓦残砾、尸体、悲伤欲绝的心以及令人痛苦的回忆。两个世界，一个在空中一个在地面，同时合二为一，并且一瞬间永远改变而无法挽回了。

我们所有的人一天工作12个小时，可以说是精疲力竭，不过军方和几个地方义工组织把我们照料得很好。那里有一间休息室，放满了汽水、水果、零食甚至午餐盒，我们可以在任何有需要的时候自由休息。大多数时候现场约有100个人，有些人在工作，有些人在休息室，还有些人在换班。早上工作开始之前会先举行一场会议，主要是告诉我们今天接下来将要面对的内容。会议中，通常会发表一些激励士气的话，帮助我们集中精力，以及在环境许可的情况下，尽可能让我们感到轻松自在。每天的早会以祷告作为结束，由一两名军队牧师带领做祷告，而他们也会整天在停尸间里到处走动，寻找需要说话的人，帮助我们排解工作上的压力。

在面对类似我们在多佛所遇到的工作时，我相信每个人对于这种工作所带来的恐惧，都有不同的处理方式。虽然我对于接触遗体已经有好几年的经验，但是每起案件仍然会牵动我的情绪。我不认为有谁可以完全习惯遗体的存在，以至于感觉会完全麻木。我控制情感的能力是来自我的专业训练，还有提醒自己某个家庭正在等待着消息。我热爱与骨骼为伍，那是日常生活中远不会在一个人身上见到的部分。

9月22日，绝大部分的遗体都已经移出了五角大楼，几天后搜索工作便宣告终止，然而鉴定遗体的工作将会持续数星期到数月之久。并不是所有的罹难者都有指纹建档，也并非所有人都有完整的牙医记录。多佛的病理学者为了进行DNA比对，采集了超过800个样本，有许多鉴定工作将会通过从软组织或骨头上采集的DNA来完成，这是一项浩大的工程。令人难过的是，有些罹难者的身份将永远无法被鉴定出来。

当硝烟散去，鉴定工作也宣告结束后，尽管联邦调查人员已经尽了他们最大的努力，但他们仍然无法鉴定出机上1名幼童以及4名地面人员的身份。不过他们还是获得了5名恐怖分子的DNA序列。机场监视录像器捕捉到了其中4个人的画面，包括美国航空77号班机上的哈兹米兄弟——袭击事件当天，他们在华盛顿杜勒斯国际机场通过金属探测器时被拍到了身影。

在鉴定9·11恐怖袭击事件罹难者的身份上付出自己的一份心力，是我一辈子都不会忘怀的经历。这些人的面孔、他们仓促结束的生命、一切东西所散发出的飞机燃料味和烧焦的残骸，直到今天都恍如昨日。它们深深地烙印在我的脑海中，就跟我得知肯尼迪总统被刺杀的那一刻以及接到电话得知我养母去世的那天晚上一样。五角大楼的袭击事件正是那些会刻印在我内心中而且无法抹去的灾难性事件之一，它们永远无法被忽视、低估或遗忘。

经过将近一星期后，已经被鉴定出来的罹难者的姓名开始公布，遗体也开始送回家属身边进行安葬，这一天我们失去了一小部分的同胞。我希望我们这些在停尸间的鉴定人员，以及在五角大楼、宾州坠机现场和纽约世贸中心寻获罹难者遗体的搜救人员，能够带给死者的家属、朋友和同事们些许抚慰。然而，尽管我曾经全力参与了多佛的鉴定工作，但我的心中还是留下了一种难以置信的感觉，以及对恐怖分子和他们的支持者与保护者所产生的一种强烈的愤怒。而我唯一的安慰是，我知道其他美国人也与自己有着同样的感触。

第十五章 雷普利也眼红

外表会欺人。

——《伊索寓言》

在一个什么事都不对劲的疯狂星期五的早晨，我接到了一通来自联邦调查局檀香山办公室的特别探员约翰·克莱柏斯请求协助的电话。尽管有些人会对在自己的壁橱中收藏人骨感到尴尬，但是卡尔·帕特森（假名）可不这么想。帕特森是一位住在欧胡岛上的海军军人，他在热门拍卖网站eBay（易贝）上购买了三颗人类颅骨，虽然在美国购买人类骸骨通常并不违法，但是购买已知或疑似为美国原住民的遗骸却是禁止的。帕特森购买的颅骨在网站上所打的广告，宣称它们是来自北卡罗来纳州的美国原住民。一位追踪到这些商品的调查人员通知美国印第安人事务局，印第安人事务局再联络上联邦调查局，而这就是我接到这通电话的缘由。

克莱柏斯特别探员希望我能去鉴定一下这些颅骨，看看它们是否真的为美国原住民的骸骨。如果它们是的话，帕特森可以选择把它们移交给联邦调查局，或者是面临违反《美国原住民墓地保护与文物归还法》的指控，如果这些颅骨牵涉非法交易的话，联邦调查局会试图透过eBay追踪到卖家。他们的目标是找到这些遗骸的源头：它们是来自美国的哪个州、哪个部落以及哪座墓地。美国原住民视他们的祖坟为圣地，无论你知情与否，挖掘印第安人的遗骸都是一种亵渎。

克莱柏斯的电话令我回想起我在史密森尼博物馆鉴定美国原住民遗骨，试图查出它们来自哪个部落的日子。查出部落源是《美国原住民墓地保护与文物归还法》的重要一环，因为每个部落只想拿回他们自己祖先的遗骨。如此一来，他们才能用自己部落的习俗予以重新安葬。

卡尔·帕特森在他家的前门迎接我们，然后带着我们进入这间虽然装饰不多，但颇有品位的小型市内住宅，他的餐桌上放着两颗完整的颅骨和另一颗不完整的颅骨。仅几秒钟，我就知道这些颅骨将会被送回印第安人事务局进行安葬，它们的形状和高度磨损的牙齿无疑显示它们是美国原住民。

帕特森完全愿意配合联邦调查局，对于因为购买美国印第安人的颅骨而触犯了法律，他看起来确实感到惊愕不已，而且显然很乐意摆脱它们。有几次他紧张地询问自己是否需要聘请一位律师，还有未来他在购买人骨方面应该怎么做才能保护自己。我告诉他应该从生物实验用品供应商或是信誉良好的商店购买骨头，像是纽约市的“麦克席拉与曼德堡”商店，并且避免和网络上的私人卖家进行交易。对于一个没有受过法医人类学训练的人来说，要查出人骨的源头是一件不可能或是很困难的事情。这些骨头有可能是盗取自某间大学或医学院的解剖标本、世界上任何一座老旧的墓园，或是美国原住民的祖坟。公开在市面上贩售的人骨也有可能源于凶杀命案的受害者。

在克莱柏斯以及另一名同行的探员询问了帕特森几个问题，并把那3颗颅骨装箱之后，他们问帕森特要不要趁我还在这里顺便检查一下其他骨头。“这里刚好有一位专家，”其中一名特别探员提醒他，“你何不现在请他看看？”帕特森答道：“其他东西没有什么问题，只有几根骨头，而且它们不是美国印第安人的。不过既然你们都在这儿了，我想我可以让你们看看我的收藏。”他请我们上楼时放低音量，因为他妻子正在隔壁房间睡觉。当我进入那个小房间后，我才知道帕特森说得有多么轻描淡写。

在房间的某个角落里，摆着一副装在木造玻璃柜中的完整的骨骼。“据说这是一名男性俱乐部的成员。”帕特森告诉我。我靠上前去好看清楚戴在手指骨上的两枚大戒指。“嗯……”我说，“这是一位老女人。”她具有典型的女性耻骨，也就是左右髋骨在前面合而为一的地方，两块髋骨各有一个较大的坐骨切迹，还有较小的颅骨特征，毫无疑问，这是一名女性的骸骨。从木造玻璃柜的质量来看，我认为它应该来自某个医学院的博物馆。这副骨骼的一切特征显示它是一具制造于20世纪初期的解剖标本，当初若不是用来教导医学系学生，就是用来装饰某个教授的办公室。这个房间还挂着几把大剑与长矛，还有一座书架，书架上的一本教科书上摆着一颗颅骨，但是当帕特森打开壁橱门时，我所看到的一切都无法让我做好准备。

整座壁橱的架子上摆满了人类颅骨、木乃伊的部分肢体、用珠子串成的项链和头巾、战矛、动物骨头，甚至还有一具小型菲律宾木葬棺材——在一节被挖空的树干里面塞着两颗人头。这些东西令我目瞪口呆，同时又让身为人类学者的我兴致高昂，这个人有一些连史密森尼博物馆都会乐意收为馆藏的收藏品。事实上，他的收藏甚至会让《信不信由你》的原创罗伯特·雷普利[①]口水直流。进入帕特森的壁橱，就好像走进了某个成功的非洲猎人的小屋一样，只不过这个猎人不是在非洲大草原上发现这些东西的，而是从网络上。这上百件的人类文物收藏，总价值可能超过10万美元。但是最让我惊奇的地方是，他可

① Robert Ripley，一开始他在报纸上以漫画形式报道世界上不可思议但又真实的人或事物，名为 *Ripley's Believe It or Not*！，最后这个专栏演变成了一个涵盖广播、电视节目与博物馆的娱乐事业。

不只有一些平凡无奇的人类颅骨而已；在他所收藏的颅骨中，有些是我所见过的最不寻常的。

他拥有来自世界各地总共 20 颗左右的颅骨，许多颅骨上都附着一张那种你会在古董店看到的小标签，告诉你这颗颅骨的来源地、发现者的姓名和取得时间。许多骨头的发现时间都是 20 世纪初左右，壁橱中还有一些因为经过防腐处理而颜色黝黑的干枯的埃及木乃伊手掌，它们可能有大约 2000~4000 年的历史，很像我在史密森尼博物馆研究过的木乃伊。我还看到了一个木乃伊女婴，根据它的状况来看可能是来自美国西南方，又可能来自中美洲或南美洲，那边干旱的环境很适合使尸体木乃伊化，我猜它是来自秘鲁沙漠中的墓地或洞穴，假使是埋葬在潮湿的土壤中，它必然早已经分解成骸骨了。

帕特森给我看了一个似乎是厄瓜多尔的黑瓦洛猎头族所制作的干缩人头，直到 20 世纪末厄瓜多尔政府禁止这项行为之前，黑瓦洛人会把在战场上所杀敌人的头颅弄成干缩的模样。货真价实的干缩人头差不多就和母鸡的牙齿一样稀少；帕特森说他为这颗人头花了 4500 美元，它的一切特征都符合我认知中真正的干缩人头该有的条件，它的嘴巴被缝合起来以免让灵魂跑出，它的鼻子被翻成朝天鼻并塞满了黑沥青，它的脸部和头顶上都还留着毛发，我甚至可以看到脸上的胡碴，这代表死者在死前的那个星期没有刮胡子。黑瓦洛战士相信这些战利品会为他们带来战胜敌人的勇气及力量。

我还看到了一只人类的右脚掌，它的骨头也用线联结在一起，就跟那些在 20 世纪初用来指导医学系学生的人体标本一样。这只脚掌最有趣的地方在于它底部写着的一行说明文字：伊利诺伊州芝加哥的萧尔博士。我后来通过网络搜索得知威廉·M. 萧尔博士于 20 世纪初期曾住在芝加哥，这件医学珍藏一定曾属于那位著名的萧尔博士；他死于1968年，而以他的名字“Dr. Scholl”[①]为品牌名称的足部护理产品直到今日都还在全球销售，但即使我已经研究人类脚骨很多年了，也从来没有碰过类似的玩意儿。

其中几样最吸引我的收藏品，包括两颗来自婆罗洲的表面有雕刻的颅骨、一颗看起来像是吸血鬼的颅骨以及一颗嘴巴用类似棒球缝线紧紧缝合起来的男性人头。防腐师在解剖遗体后，会用相同的缝线缝合胸腔和腹腔。那两颗婆罗洲颅骨若不是被放在火上用烟熏黑，就是被人涂上一种类似焦油的物质，它们看起来似乎已经有100~150年的历史。然而靠近观察之后，我发现其中只有一颗是真的，另一颗是用木头和动物骨头制成的，而且手法很粗糙。没花多久时间，我就发现它的牙齿是来自犬只而非人类，那颗真的颅骨可能是被用来当作雕刻赝品的范本。这两颗颅骨上的每一面，几乎都刻着一些粗糙的人类和动物图案。婆罗洲、复活节岛、塔斯马尼亚和斐济的许多部落，都有用刀子或尖锐石头在颅骨上雕刻的习俗。帕特森承认是他把两颗鳄鱼牙齿插进了另外一颗头颅的齿槽里，让它看起来像个吸血鬼，他认为这样看起来很酷。

最后那颗颅骨据说是20世纪20年代菲律宾猎头族所砍下的人头，它还附着一张据帕特森所说是菲律宾原住民的老旧照片，不过经过仔细检查之后，再一次证明这个故事是伪造的。这颗畸形头颅并不是来自幼童，而是来自某个先天患有“颅骨早闭症”的人，那是一种幼儿在尚未成熟时，颅骨就已经融合在一起的缺陷，其结果就是造成颅骨在幼童时期变形以适应不断成长的大脑，显然帕特森又一次购买了某个带着假历史的商品。

帕特森的壁橱中，还有另一个最吸引人的收藏品：一颗名为“奶油杯”的人类颅骨。他把这颗颅骨收藏在一个有红色丝绒内衬的木盒里，

---

① 德国足部护理品牌“爽健”。

并附带一封说明这颗颅骨的历史与名称由来的手写信。读到这封信时，我的心中不禁产生了高度的怀疑，这封信放在一个信封里面，信封上写着以下注释：“这颗颅骨由比尔·史铎林 1980 年 11 月 7 日赠予旧金山殡葬学院。这封写给该学院的书信说明了这颗颅骨的由来，并且应当和‘奶油杯’一同收存。”

信封里有一张印着“来自威廉·H. 史铎林办公桌”的便条纸，上面写着以下文字：

这件物品是一颗来自伊利诺伊州乔利埃特市联邦监狱逃犯的颅骨，时间大约是 1927~1928 年。

他从乔利埃特监狱越狱后不久，便在密西西比河一带由爱荷华州戴文波特市，以及伊利诺伊州的岩岛市与莫林市所组成的三联市[①]重新遭到逮捕。在送回乔利埃特监狱之前的羁押期间，这名犯人抱怨他有严重的牙痛。他前去看牙医时，制伏了警卫和牙医师，并来到河岸边驾驶着一艘马达艇往南方逃逸。他在爱荷华州马斯卡廷市一带弃船，让空船继续往下游驶去，然后躲在河上的其中一座小岛里。

我们并不清楚他在小岛上待了多久，不过在此期间，密西西比河的河水暴涨并完全淹没了大部分的小岛。

经过一段时间后，几名猎人在这座岛上发现了几乎已完全腐烂的尸体，很明显他是被淹死的。

这具遗体被带往费尔班克斯殡仪馆进行身份鉴定，他的身体被埋葬

① 20 世纪 60 年代，这个城市又因为加上伊利诺伊州的东莫林市（East Moline）而改称四联市（Quad Cities）。后来虽然爱荷华州贝顿多夫市（Bettendorf）的发展逐渐超越了东莫林市， 但是因为四联市的名称已经广为人知，于是并没有改称为五联市并沿用至今。不过普遍而言， 四联市包含了上述的五个城市。

在一处公益土地里，不过颅骨被保存了下来以查明其身份，因为当时还不知道这个人就是那名逃犯。

在鉴定出死者的身份后，费尔班克斯殡仪馆便保留了这颗颅骨。此时，罗伊·费尔班克斯的儿子罗伯特在1929年前往辛辛那提防腐学院读书，他把这颗颅骨一起带着好进行解剖学研究。他从学院毕业后，颅骨也被带回来收存着，直到1936年5月1日我来到此地加入了葬仪产业。

在1937年辛辛那提防腐学院的上学期，我们杰出的教育罪犯又被送去帮助他周遭的人进行研究了。

在他这趟第二次的俄亥俄州之行出发前，我们将他命名为“奶油杯”，然后计划将他送给贵学院以进行解剖学研究。

令人不可思议的是，身为囚犯的他在死后对人类的贡献竟然比死前还要大。

比尔·史铎林敬上

我决定鉴定一下这颗颅骨，看看是否有任何线索能够佐证史铎林先生信中所述的故事。我小心翼翼地将颅骨从木盒中捧起来，立即就发现它是一名男性——更精确地说，是一名白种男性。从颅骨的闭合程度和牙齿的状况来判断，他可能是一位中年人。如果有更多时间的话，我或许还能再缩小他的年龄范围，不过这已经离我当初来此的目的太远了，然而我就是无法忽视这颗颅骨的存在。我决定之后通过伊利诺伊州乔利埃特市的监狱和法院记录，来尽力查出这名男子的身份，并看看能不能在1927~1928年的乔利埃特市报纸上，找到任何有关越狱的新闻报道。我慢慢转动这颗头颅，寻找任何能帮助我判断其来源地、身份和死因的线索。有人已经将这颗头颅的所有皮肉毛发都剥去，并且可能是用漂白水彻底地清理过以消除气味，它看起来有被长年拿在手上操弄的迹象。到目前为止，这颗颅骨所呈现的样貌都符合信中所述，然而我想要找到这颗颅骨是属于一名囚犯的证据，就像信中所宣称的那样，毕竟我的科学训练教我要抱持怀疑的态度。

我走近一大片玻璃落地窗旁边，就着明亮的阳光转动颅骨寻找骨折迹象。如果“奶油杯”曾经过着那种最后导致他锒铛入狱的艰苦生活的话，我认为应该会发现一些断折的骨头。不出几秒钟，我就回答了自己的问题；他的鼻骨严重扭曲，看得出来是鼻子被人从右方打了一拳所导致的。那一拳粉碎了脆弱的鼻骨，将它完全移到了左边。虽然这些骨头已经愈合，但却是通过一种不寻常的方式。毫无疑问，这个男人生前脸上挂着一个打架留下来的歪鼻子。很明显没有医生曾帮忙修正这些骨头，他的鼻骨是自然愈合的——完全是我会从一个亡命天涯的罪犯身上期望看到的状况。然而还不只如此：从左耳到颧骨之间的骨头也是断裂的，并且同样也是在没有医生帮忙的情形下自然愈合的。这个男人的头部曾经遭受过几下痛殴，其中一拳打断了他的左颧骨，另一拳打断了他的鼻梁。要么他在打架方面不怎么在行，要么就是被某个人幸运地挥中了几拳。

这时，我记起来这名囚犯是因为牙痛而寻求牙医的帮忙，事实上，这则故事中最容易证明的一点就是牙痛这个部分；我可以看到在他嘴巴右上方有一个巨大的脓包所形成的洞。如果他再多活一段时间的话，这颗牙齿不久之后必定就会掉落，所以这或许是所有线索中最令人信服的一点，它证明了这颗颅骨确实是属于一个去看过牙医后逃亡的犯人。

这则故事最后的关键就是：找出线索证明这颗颅骨如史铎林先生信中所述，在1938~1980年赠送给旧金山殡葬学院这段时间之前，曾经落在殡葬学校的学生以及殡仪馆的手上。要证明它曾经保存于殡仪馆而非医学院或生物实验用品补给室，其实比想象中还要容易。左右转动这颗颅骨，我发现把它的下颌骨和其他部位固定在一起的工具，并非标准的手术线或者五金店所贩卖的金属线，而是防腐师在防腐过程中用来维持死者嘴部紧闭的一种注射式针线，那根针看起来就像一根有棱纹的铆钉一样。在鼻子下方会注射进一根这种附带着线的针头，而下颌的门牙中间会注射进另一根。接着防腐师会把死者的嘴巴调整成他希望家属瞻仰时所看到的模样，然后把上下两条线绑在一起以维持嘴部紧闭，殡葬人员经常会使用一些强力胶来防止体液从嘴唇间渗出，“奶油杯”的下颌跟其余颅骨是用两条注射式针线绑在一起的。普遍而言，医学院、生物实验用品供货店或停尸间，不会有注射式针线这种东西，但这却是每家殡仪馆必备的道具。

于是我终于能够相信“奶油杯”确实如史铎林先生所说的那样，是一名于1927~1928年期间，从乔利埃特联邦监狱越狱并患有牙病的犯人。我现在没有理由怀疑这封信中其他部分的描述了：这个男人在密西西比河的其中一座小岛上溺毙，而他的头颅在身体安葬于一座贫民墓园前被人移除。这则故事和1856年7月27日第一位在乔利埃特被处决的男人的故事，有着不可思议的相似处。这名囚犯在一次越狱过程中杀了一位副典狱长，并且在日后因为这宗谋杀案而被处以绞刑。这名男子拒绝提供他的真名，不过官员认为他的名字应该是乔治·蔡斯。

“我不认为自己有罪。”在他遭受处决的隔天，《芝加哥市郊报》在报中引述了他的这句话。

跟“奶油杯”一样，乔治·蔡斯的头颅在进行解剖时被移除，他的无头尸体被埋葬于一座贫民墓园中。这两人之间最主要的差别是：“奶油杯”跑了大老远来到夏威夷。史铎林先生在他的信中说道，“奶油杯”死后对人类的贡献比死前还要大，我只希望有一天我们能够得知他的真实姓名，而我相信他也乐意如此。

迷人的两个小时过去后，我差不多检视完了卡尔·帕特森的房间和壁橱里的所有骨头、木乃伊以及工艺品。虽然我从未告知他而他也没有主动问过，但是根据我的判断，他所购买的东西，只有少部分是货真价实的。其他物品背后所伴随的故事，并不符合我的亲眼所见。尽管他喜好搜集古老有趣的人体部位可能听起来令人毛骨悚然，但是这和世界上每座博物馆最初起步的情况并没有太大的不同。罗伯特·雷普利派人到世界上搜寻稀奇古怪的事物，基本上帕特森也是在做同样的事情，只不过他是通过网络来搜寻，而他的博物馆则是位于夏威夷的一个壁橱里。

接下来的 3 个月，我花了许多时间在网络上与几间图书馆里，试图查出“奶油杯”的真实身份，甚至还打了几通电话给乔利埃特监狱记录的管理人。我希望能找到一些类似逃犯名册的东西，但是通过其中一通电话，我得知官方并没有这种名册——至少乔利埃特监狱是这样。事实上，要想知道某年有谁从乔利埃特越狱，唯一的办法就是知道逃犯的名字，然后查看他的监狱记录，记录是根据他入狱的日期归档的。我很快就明白,知道“奶油杯”的越狱年份就跟知道他早餐吃什么一样毫无用处，没有任何方法能够通过这份信息查询到他的档案。

查出“奶油杯”真实姓名的最后希望，就落在 1927~1928 年乔利埃特越狱事件后所发行的《芝加哥论坛日报》上。我希望报纸会同史铎林信中所述的一样，提到关于一名逃犯、洪水和密西西比河的事情，这样我就可以排除一些可能的逃犯，因为他们不是太年轻就是种族不对。我拿起一张张褪色报纸的头版，阅读上面的每个字，然后再移动到下一日。有时候我会沉浸在报纸上某些特别的消息中，像是卡尔文·柯立芝连任美国总统、卓别林成为喜剧天王、第一辆福特 A 型车驶出生产线、报纸卖到一份七美分，以及报纸头条上到处刊登着一位名叫查尔斯·林德伯格①的年轻人。

在经过了 3 个月以及好几回的头痛之后，我把可能的人选名单缩小到了几名犯人身上，其中包括一名涉嫌杀害助理典狱长的罪犯。主嫌是一位名叫查尔斯·谢德的犯人，他在 1927 年芝加哥发生有史以来最严重的洪水期间，跟着其他 6 名囚犯一同从乔利埃特越狱成功。所有的线索再一次似乎逐渐可以拼凑起来，而我也像当年的芝加哥警方一样，逐渐向这位难以捉摸的逃犯步步逼近。然而当我拿起印刷模糊的 1928 年的报纸时，我读到谢德已经再次被逮捕并于 10 月 9 日被处以绞刑。我很失望地发现，所有 1927~1928 年期间越狱的犯人，若不是已经被重新逮捕或死于警匪枪战中，就是像谢德一样，在乔利埃特的绞刑台上遭受处决（他是最后一位在伊利诺伊州被处以绞刑的男人）。“奶油杯”的真实身份似乎已随风而逝，但我还不准备放弃。事实上，我打算继续搜寻他真实身份的想法，比之前都更坚定了。

两年后，即 2005 年，我又向“奶油杯”的真实身份靠近了一步，当时我重新阅读史铎林的那封信，看看是否遗漏了什么东西。当阅读那封信时，我发现密西西比河大洪水是发生在 1926 年，并且在 1927 年暴发——但是并没有延续到 1928 年。根据这些日期，我认为“奶油杯”应该是在 1926 年的秋天或冬天，或者是 1927 年的春天越狱的——而非史铎林信中所述的 1928 年。根据历史记录，密西西比河于 1926 年 8 月开始暴涨，1927 年 1 月 1 日在伊利诺伊州开罗市到达洪水线，到了 1927 年 4 月，洪水已经淹没了包括伊利诺伊州在内的 7 个州。

① Charles Lindbergh，美国飞行员，第一位单人不着陆飞越大西洋的人。

1927年,密西西比河大洪水持续了153天,罹难人数超过1000人(包括我正在调查身份的这名男子),并造成将近上百万人流离失所。根据这项最新数据,我开始搜寻监狱记录和芝加哥报纸,并联络伊利诺伊州档案馆的人,看看他们能否帮我查出谁曾经从乔利埃特逃狱过两次——第一次是从监狱里,第二次是1926年或1927年在他被押回乔利埃特的路上。诸位可能还记得,"奶油杯"从乔利埃特越狱后,曾经再度被捕,然后在被送回乔利埃特的半途中,使出了他的牙痛伎俩又一次得以逃脱。所以就技术上而言,他最后一次并不是从乔利埃特逃狱的,而是在他回去那边的路上。我希望能在芝加哥的报纸上,找到类似事件的报道。

接着我又打电话给伊利诺伊州矫正局缩影资料中心的鲍伯·寇威尔,询问他是否知道任何有关乔利埃特的逃犯名单的资料,或者得知"奶油杯"真实姓名的方法。他告诉我像"奶油杯"这种从未获得释放的逃犯,他的档案被称为开放档案,有可能在2002年乔利埃特监狱关闭后,被送到史德特维尔矫正中心去保管。就我所知,"奶油杯"曾经从乔利埃特逃狱,又重新遭到逮捕,然后在送回监狱途中逃亡,最后在1927年大洪水过后,被人发现尸体并鉴定出身份。但我还是必须得知道他的姓名,才能查出他入狱、越狱和死亡的详细情况。我还从鲍伯口中得知20世纪20年代,伊利诺伊州只有4座监狱:乔利埃特、庞蒂耶克、默纳德与史德特维尔。乔利埃特似乎是芝加哥地区的犯人接收与分类机构,犯人被送到乔利埃特后,根据其安全层级、罪名等条件,他们有可能会被转送到其他地方去。

我猜你一定在期待经过了一切努力后,我终于解开了"奶油杯"的秘密:他是谁、他做了些什么事以及他的死亡时间,但是我并没有。然而我还没有放弃继续尝试的想法,更没有放弃查出这名男子真实身份的希望。他就跟我们所有人一样，在出生时获得了一个姓名，而他有权带着这个姓名一起走进坟墓。解开“奶油杯”的谜团，是我无论如何都无法轻易放弃的一件事情。

那天在帕特森家看完所有收藏之后，我感觉他好像给了我们一次千载难逢的机会。我们目睹了一些很少人真正看过的东西，一些即使是在史密森尼博物馆或雷普利的许多博物馆里也不常见的东西。虽然帕特森在他 5 年的收藏家生涯中买到许多伪造品，但是他仍然热爱自己的收藏。而且就我所知，他到现在还是喜欢坐下来欣赏它们。我希望未来他在购买收藏品时能够更小心谨慎些，否则他的退休金不足以让他度过他的黄金岁月，不过或许回忆和谜团可以。

第十六章 黑暗中的枪响

——霍诺大兵之死

任何大错在铸成之前总会有那么一个稍纵即逝的机会，可以让人扭转情势或者迷途知返。

——美国作家赛珍珠《美国对我的意义》

在上级的命令下，美国第 317 步兵团 H 连的年轻士兵们在法国南方密莱里镇附近，沿着摩泽尔河往东推进，却浑然不知德军正躲藏在山丘顶端的壕沟中，俯瞰着他们的一举一动。对 21 岁的二等兵罗伯特・B. 霍诺而言，第二次世界大战即将结束。1944 年 9 月 18 日，凌晨 4 点钟左右，当两支德国武装党卫军装甲师的部队从山顶上伏击而出时，霍诺被一名在黑暗中误以为他是敌军的美军守卫击中，一颗子弹射进他的肩膀形成一个血流不止的伤口，霍诺陷入休克状态。黎明到来后，他被送往一处战地医护所进行输血急救，但已回天乏术。不久这位出生于西弗吉尼亚州，成长于宾州柯瑞奥普利斯自治镇的士兵便与世长辞了。

就跟那些战场上在一片混乱中经常会发生的不幸且无可避免的错误一样，他所属连队中的某个士兵宣称霍诺作战失踪，看来他死于医护所的消息并没有传达到他的队上；他们只知道，这场战斗结束后，霍诺就失踪了。多年后，他住在伊利诺伊州班顿市的姐姐玛丽・艾奇森仍旧无法忘记那天，一辆车子驶进他们家车道，送来那封开头写着“我们很沉痛地通知您……”的电报的情景。罗伯特在作战中失踪了，他的失踪验证了两年前他自己的预言。在某次放假快要结束之前，七个兄弟姐妹之一且大他 1 岁的玛丽从家里开车载他去匹兹堡搭火车。当罗伯特向他姐姐道别时，他说并不期望自己会活着回家。经过了一年又一天后，他的作战失踪状态依据第二次世界大战期间的标准程序，被改为阵亡。

2001 年 4 月 27 日，在经过将近 57 年后，一个名叫米高·马德的法国人在他的花园挖掘土壤时，挖到了一顶第二次世界大战时期的美军钢盔，钢盔里面似乎有一些骸骨。马德停止挖掘并联络警方，最后两个人一起实施了现场挖掘。第二天，法国警方通知了设于德国兰德斯图尔的美军停尸间，美军派了一名代表，前去领取挖掘过程中所发现的骸骨和其他物品。14 个月后的 2002 年 6 月 5 日，这些骸骨抵达了夏威夷的中央鉴定实验室。

马德和法国警方在挖掘遗骸方面，表现出令人惊讶的专业度。他们甚至找到了一些其他人通常会忽略的小块骨头——手指骨、脚趾骨和脖子中的舌骨。这些骨头被埋在一个以葡萄酒闻名的国家的土地里，保存状况非常好。这个墓地唯一的缺点是，因为有一些细小的树根紧贴着骨头生长，所以它们被染成一种反映出周围土壤颜色的赤褐色，有些骨头看起来还比较像是木头。和埋在东南亚的遗骸比较起来，对欧洲土壤保存遗骸的良好能力我一向感到惊讶，对埋在地底下的骨头来说，欧洲的寒冬与弱酸性土壤确实比较温和。

跟着遗骸一同被发现的物品中，还包括两张刻着“B. 霍诺 罗伯特”的牌子。我们无法知道是谁埋葬了霍诺，不过从他埋葬时还戴着两张牌子来看，应该是某个非美国士兵这么做的。直到今日，美国军人都会被分配到两张一模一样的牌子，这样，一张牌子可以跟着他一起下葬，另一张牌子则会从他身上取下，送到他的所属单位用来开立死亡记录。

我打开箱子，把这副遗骸放到鉴定台上，接着开始按照生理结构排顺序。吸引我注意的第一件事情，是死者的颅骨已经碎成了上百片。我往隔壁鉴定台上装着军事装备的那个纸箱看了一眼，发现他的钢盔上有几个小洞，于是大概知道我即将要面对的状况是什么了。我的第一个念头是他的头部被打中了好几枪，我看了一下，发现钢盔上有 3 个子弹入口和至少 1 个较大的出口，或许可能有两个，我后来又发现了第 4 个入口。无论在钢盔上穿进穿出的东西是什么，都造成上面的洞像花瓣一样往后弯曲。虽然我不清楚这些洞是子弹、手榴弹还是炮弹碎片造成的，但是我知道他的钢盔并不足以保护他的头部。

然而不只如此，当我摆出他的脊椎、手臂、左手掌、左髋骨、右肩胛骨、荐骨、双腿及左脚后，我发现了更多骨折与重伤的迹象。他的伤势严重到腰部以下的大部分骨头都是破裂的——不可思议的是，他甚至有两根手指头也碎成了好几块。在还没有阅读他的背景资料之前，我只能猜测他应该曾遭受到近距离炮弹与破片的全面冲击。他的伤势和骨头碎裂模式不像是枪伤应有的样子，因此我怀疑是子弹以外的东西置他于死地的。然而霍诺的死亡真相要等我把骨头拼凑回去之后才能获得解答。

接下来的 4 天，我都弓身在鉴定台前重建这些骨头。我痛苦地比对这堆只略大于指甲的骨头，查看是否有互相吻合的边缘，然后在使用胶水黏合前，先用纸胶带黏住这些碎片。如果骨头吻合的话，我会把它们黏起来，然后继续寻找下一块可以和这些骨头拼凑起来的碎片，这项工作一直持续到我重建出大部分的骨骼为止。最困难的部分就是那颗支离破碎的颅骨了，它最大的一块碎片大约如同一张信用卡，而最小的碎片则和灰尘差不多，大部分的碎片都不会大于一张邮票。当我尽可能拼凑出最多数量的碎片，并且用纸胶带将它们固定在正确的位置上后，我便一片一片拿下来用胶水黏合。我之所以先使用胶带而非胶水，是因为我希望能确保这些骨头碎片在地底下没有变形。否则一不小心的话，它很容易就会变成一颗因为拼凑错误而倾向一边的颅骨。这次，大部分的骨头都很完美地吻合了。

我无法把脸部的脆弱骨头拼凑回去，因为它们已经碎成了数千片，就跟车祸和枪伤的情况一样。除了还可以拼凑回双眼间像滑雪道般突出来的两块鼻骨以外，我完全无法重建其余的脸部。在经过将近1个星期的努力与尝试之后，我可以重建出大部分的颅顶，但是无法重建颅骨的基座。然而最令人惊讶的是，死者的颅骨几乎全都破碎了，这是我们在飞机失事罹难者或是从20层楼上摔下来的人身上才会看到的伤势，而非一个肩膀被打中一枪的人。这个人身上一定还发生了其他事，而我将要对此调查个明白。

我在某个星期日完成了黏合颅骨的工作，我妻子正在拜访她位于泰国的娘家，因此我的时间很充裕，而除了这个案子之外，我也别无他事可做，这个案子是那种我每天早上等不及要一头栽入的工作之一。实验室在周末时几乎空无一人，所以也没有令人分心的事情——没有来电、没有会议、没有干扰，这个案子进展得还不错。到了星期日，我已经准备好要看看颅骨上的洞是否跟钢盔上的洞相吻合。我把钢盔倒过来放在一个用布满颗粒的火山岩（这种岩石在夏威夷很多）制成的小盒子里，以免它从鉴定台上滚下去。当我把那颗颅骨放进头部在戴着钢盔时大概所在的位置后，我发现一开始两边的洞并不是那么吻合，但是经过差不多1分钟后，一切便豁然开朗了。我把颅骨稍微转向我的左手边，发现颅骨左侧两个入口的大小和位置与钢盔上两个洞完美吻合，我成功了！那些比对与黏合数百片破碎骨头的日子终于得到了回报，对于这名士兵的死因我现在已经有一个较为清晰的轮廓了。

我们通常不会寻获钢盔和类似的军事装备，因为许多人经常会把这些东西拿走当作纪念品，或者假如它们被埋在潮湿的土壤中，一般会在30~40年就生锈瓦解。这是我在职业生涯中，少数几次能够拿到一件保护装备来和骨头上的弹孔或炮弹碎片伤口进行比较的经历。眼前的线索似乎显示，他的头部左侧至少承受了两次伤害。从骨头破裂的模式来判断，第一颗子弹或碎片是从他左耳的前上方进入头部的，而第二颗子弹或碎片则是从左耳的后上方进入。透过裂痕我可以分析判断出，他左耳前方的伤口先于左耳后方的伤口。科学家已经从长年累积的经验中学习到，一条裂痕不会横跨过另一条已经存在的裂痕；已经存在的裂痕会变成后续裂痕的“终点”，显然这两个伤口都足以致命。

我用细竹棍来追踪穿过钢盔和颅骨的弹道时发现，无论造成钢盔顶端两个大洞的东西是什么，在进出过程中都没有击中骨头，这种情况是有可能发生的，因为钢盔内衬会让他的头皮与外盔之间保持大约1英寸（约0.025米）的距离，好让头部能够散热。往钢盔内侧检查后，我看到一块薄薄的衬垫嵌在头盔内表面，被外盔上炮弹碎片穿过时所形成的状似花瓣的锯齿状边缘牢牢卡住。内衬的整个后半部，被冲击波震成了数百片。我猜想可能是有一发迫击炮弹或大炮弹落在他的附近，使他的头部遭到了炮弹碎片的攻击。

几分钟后，我走进存放其余军事装备的验尸间里。考古学者格雷格·福克斯博士和法医人类学助理清见·帕丽什，已经开始对这些物证进行辛苦的鉴定与分析工作了。所有不是骨头或牙齿的东西都列入这个分类，而这个案子有许多细节将仰赖我同事的鉴定结果才能得到解答。这些物品还放在当初我们从德国停尸间那边接手时所装的塑料袋里。被埋葬时，他身上还穿着制服与装备，其中包括一件黏在生锈钢盔后侧的破烂绿色雨衣，他的步枪和手枪不在身边。鉴定台的一个角落上放着一双八号皮靴。右脚那只皮靴的X光相片显示，他的脚指甲把橡胶鞋底刮出一道看似白色栅栏的痕迹。虽然皮革部分已经变得既脆弱又容易破裂，但是鞋底的形状还完好如初，即使它们已经被埋在地底下将近60年，它们的保存状况依然很好，我甚至可以看出威化饼似的鞋底纹路磨损的脚后跟。看来二等兵霍诺在这双古德里奇的战斗靴上花了不少工夫。左脚皮靴的脚后跟上嵌着两块1英寸长的炮弹碎片，从鞋底被破坏的情况可以看出当时的惨烈战况，不但粉碎了霍诺的身体，更可能进一步夺走了他的性命。

我的左手边放着一个坏掉的塑料雪茄盒，在它旁边有一支柄上印着“公园大道”的6英寸（约0.15米）长的绿色牙刷。没有什么花哨的物品，一切东西纯粹都是功能性的。这些东西是他住在宾州华盛顿市的妹妹贝莎在她哥哥去世数年后，拼命向美国战争部请求归还的个人物品的一部分。与这名年轻士兵一起被发现的东西还有一根生锈的汤匙柄、一把看起来更像是一块锈铁而非工具的P-38式开罐器、几颗来自M1卡宾枪的未发弹、几颗好坏不一的纽扣、一个美国Mk 2手榴弹的底座以及一枚1943年制的德国芬尼[①]硬币。在另一只等待鉴定的塑料袋上，摆着一把生锈的M3战斗军刀。这把刀看起来除了打开过装着类似奶酪和饼干等食物的C式口粮罐头之外，似乎就没有拿来做过什么其他用途了。随着遗骸一起被挖出来的东西还有7罐空的C式口粮罐头，以及相同数量的开罐器，它们看起来就像是生锈的手表弹簧。

这些东西是二等兵霍诺死时携带在身上的，或是别人把它们和他的遗体一起丢进去的呢？最有可能的解释是，他被人埋在一个先前被美国士兵和他们的野餐地所占据的地方。最后还有几包空的雀巢咖啡、雀巢热巧克力和设立于印第安纳州埃尔克哈特市的麦尔斯实验室公司所制造的“柠

① Pfennig，德国使用欧元前的辅币单位，100芬尼等于1马克。

檬汁合成粉”冲泡包。我猜这种合成柠檬汁的味道大概跟我在军舰上必须长期忍受的“虫汁”[①]一样难喝，搞不好两者还是同一家公司出品的呢！

一旦重建出整副骨骼，我就可以开始梳理生理概况，然后再将我的发现和他的医疗记录进行比对——这就是所谓的“盲目”比对。他的颅骨特征显示他是典型的白种人：他有高颅顶、窄鼻腔、窄上颌骨以及突出的鼻骨和鼻梁。我对他其中一根臂骨进行测量，把数据代入一个数学公式中，最后得出他的身高为 5 英尺 7 英寸（约 1.7 米）。他的耻骨凹凸不平，而且手臂、腿部与臀部的许多骨臼帽都还未完全融合。他的骨头和牙齿成长状况显示，他的年龄为 17~20 岁。核对医疗记录之后，我发现二等兵霍诺是一名 19 岁的白种男性，还差 1 个月就满 20 岁。医疗记录上的身高为 5 尺 7.5 英寸（约 1.71 米）。为了确保鉴定结果的准确性，我请来了中央鉴定实验室的牙医师肯·邓恩博士，我们都叫他“肯尼·D”[②]，他不但是一位技术纯熟的法医牙医师，也是一位才华横溢的黑白相片摄影师。这个身材高大、轮廓分明的家伙，是那种可以让从夏威夷飞往越南的 17 小时之旅变得趣味盎然的人。邓恩博士根据霍诺牙医记录中的几个牙齿填充物和拔牙状况确认了他的身份，霍诺同第二次世界大战期间的许多士兵一样，没有拍摄过牙齿的 X 光相片。

对我来说，本案最大的挑战在于如何解释二等兵霍诺的伤势，我希望能从骨头上查出任何线索，来佐证军医报告中霍诺的肩膀曾经中弹的记录。假使我没有在肩胛骨上找到任何创伤的迹象，军医的陈述仍然会被纳入呈给家属的科学鉴定报告中。为了看出这副骸骨是否具有特定的骨折模式，我将所有破碎断折的骨头都绘制在一张骨骼图表上，并借此

① Bug juice，一种美国海军军舰上常见的冲泡式甜味饮料。这个词本来是用来指品质极差的酒。

② 来自 Kenny G，一位知名的美国萨克斯风手。

发现他的左肩胛骨上有一处伤口；有一大片薄如蛋壳的骨头不见了。这是线索，但还不算是证据。那个部位的肩胛骨实在太薄了，以至于它难以反映出穿透它的物品的大小或形状，击中这个部位的子弹也几乎不会造成斜角状的边缘，而斜角状的边缘正是骨头曾被子弹击中过的绝对证据。唯一可能与霍诺曾被美国哨兵开枪击中过有关的线索，就只有肩胛骨薄壁上的那个洞。其中两片肩胛骨碎片看起来很老旧且已褪色，表明它们在 2001 年被挖掘出来的多年前就破掉了。如果他的肩胛骨和我猜想的一样曾被击中过的话，而那颗子弹并没有嵌在骨头上，我在想它可能完全穿透了他的身体。

我也打算查出造成他腰部以下支离破碎的原因，他身体左半边的伤势比右半边严重，而骨折模式显示，他比较像是被爆炸或是被多枚炮弹碎片击中，而非子弹所造成。霍诺身上最严重的伤势，有可能是他在战地医护所死去之后才造成的。因为如果他已经被落在身边的迫击炮或大炮炸得支离破碎了的话，想必他也不用接受输血治疗了。或许他当时正平躺在地上，双手贴在身体两侧。这就可以解释为何他的下半身和其中两根指头是破碎的了。一名中央鉴定实验室军械专家鉴定出，和遗骸一同被找到的其中一块炮弹碎片是来自一种 7.5 厘米口径的德军轻型山区步兵炮。这种有轮子的步兵炮是山区部队很喜欢使用的武器。它重达 900 磅（约 408 公斤），可以将一枚 12 磅（约 5.4 公斤）重的炮弹发射到 2 英里（约 3.2 千米）以外的地方。尽管美军被德军压制得动弹不得，承受了好几个小时的死亡轰炸，但是霍诺唯一的伤势报告，却只有肩膀上的一处枪伤。我对他的连队或医护所里没有人报告曾看到他被炮弹击中这一点感到惊讶。

几天后，当格雷格·福克斯正在对一小堆制服纽扣、C 式口粮罐头、炮弹碎片以及其他军事装备分门别类时，他发现一个线索——我们从一开始都认为是整起案件中最重要的：一颗显然已经被发射过的美制点三〇口径子弹。这颗因为氧化而呈现青绿色的子弹，在某一侧有一条很深的擦痕，这表示它在行进过程中，击中过某物——在本案中就是二等兵霍诺。我们认为，这条擦痕可能是子弹在击中这名年轻士兵的身体或穿戴在他身上的物品（纽扣、金属带扣或类似的东西）时所造成的。我们的热情在发现子弹上面没有枪膛线痕[①]之后很快就被浇熄了，在这里，证据的“缺乏”告诉了我们答案：缺乏枪膛线痕代表子弹并非从枪支中发射的。这颗子弹或许和霍诺的身体一样，很可能是随机被弹片击中的。

我们始终没有发现置霍诺于死地的那颗子弹，然而没有找到子弹并不等于证明了他肩膀中弹的记录是错误的。这就牵涉所有法医专家在某些时候经常会面对的令人困惑的观念：缺乏证据并不能证明此事未曾发生。我们知道他曾中弹过，因为治疗他的军医留下了这份记录，只是那颗子弹没有被发现而已。它有可能穿透了霍诺的身体。如果要证明此事未曾发生，就必须有目击者看到霍诺在那场战役的第二天还好端端地活着，在许多医学或法律案件中，证据的缺乏证明不了什么。

本案中最令人费解的疑问是，为何他被埋葬时头上还戴着钢盔。试图抢救他性命的军医几乎是一定会在治疗他时移除他的钢盔的。当然，如果当时有炮弹正不断落在他们周遭的话，他们可能还是会让钢盔留在他的头上。如果为他安葬的人是美军的话，为何没有人详细记录下坟墓地点，以便日后搜寻他的遗体并送他回家乡呢？而他们又为何没有摘下至少一张牌子作为死亡证明，并将它送回霍诺所属的单位呢？我个人认为埋葬霍诺的人并非美军，然而在他死亡之后，遗体究竟经历了什么事情，是

---

① 枪管内部都有螺旋状的沟槽，当子弹通过枪管时，会因为和这些沟槽摩擦而高速旋转，并在子弹上造成擦痕。

个无解的谜题。他有可能是在美军撤出这个地区时,遭到忽略或遗忘了。我认为是有人在这场战役结束后来到现场埋葬了他，要回答是谁埋葬了霍诺，其中一种可能的方法是，由我们中央鉴定实验室团队亲自进行挖掘，并且记录下遗体在墓地中的确切姿势。我们已经从多年以来的墓地挖掘经验学习到，遗体姿势是判断埋葬者为敌军还是友军的重要信息。比如说，如果他是脸孔朝上平躺在墓穴中，双手交叉在腹部的话，则符合美国人的丧葬习俗，因此代表埋葬他的是一名美国士兵。然而如果他的遗体被人发现蜷缩在一个小坑中，一只手臂压在肚子下面，另一只手臂挂在头上，我们就可以推测是敌军埋葬的，或是某个在他死后一阵子才发现尸体的人埋葬的。虽然我们可能永远无法知道真正的答案，但我还是希望某个曾在他身边作战的人可以前来解释这名年轻士兵在中弹之后发生了什么事。

某个加班的夜晚，我把科学分析丢到一旁，试图想象这位来自西弗吉尼亚州的年轻人样貌如何。我可以从他的骨头看出他有一个尖挺的鼻子，头形很圆，身高不高，而且他和我一样因为疏于照顾而掉了几颗牙齿。我后来透过他的记录得知，尽管他在我出生的 5 年前就去世了，但是我们拥有相同的名字、生日、身高、发色和瞳孔颜色。

二等兵霍诺是那天晚上他的连队里唯一阵亡的成员，并且于 1944 年被安葬在法国一处青翠的山坡地上。我想他一定是在死亡后没几天就被安葬了，因为我们找到的骸骨几乎完整无缺。假如他是曝尸荒野的话，或许会有人把他的战斗军刀和牌子拿走当作纪念品。几个月后，他的遗骸可能就会被野生动物弄得七零八落。那个地方没有马路或农家，只有斜坡和在一旁流淌的摩泽尔河。

经过了将近 3 个世代后，这位美国士兵因一名农夫的幸运发现以及

3 个国家政府——法国、美国和德国的联合努力，被带回了家乡。他在2002 年 9 月 10 日被鉴定出身份——也就是在他抵达美国的 3 个月后。我对于自己为此付出了一份心力感到十分骄傲。就某方面而言，他的遗骸让他重新活了过来，纵使只有那么短短的一刻。

第十七章 天堂里的谋杀案

道德世界的路途很漫长……但它是通往正义的一方。

——美国牧师西奥多·帕克《宗教十讲》

一位警方电话接案员听着一名男子无助地喊叫道:“救救我!有人正在追我。不,杰森!我的天!有人正在杀我!你正在做什么,兄弟?杰森!不!”

“先生,你必须告诉我,你人在哪里,这样我才能帮助你。”接案员翠西·西莫恳求道。然而回答她的只有一阵听起来像是枪声的闷响,紧接着是一连串的哔哔声。她等待了一会儿,然后挂掉了电话。

西莫和夏威夷州凯路亚-科纳区紧急报案中心的录音机,是一场致命攻击的两位见证者。她不知道受害者的身份,但是录音带似乎记录下了攻击者的名字。然而警方对此无能为力,只能等待更多的事情发生。9天后的2003年4月10日,有两件事情发生了。

当天早上,一名住在凯路亚-科纳区男子的双亲打电话向警方报案,表示他们的儿子4月1日后就失踪了。当天稍晚的时候,一个在夏威夷岛科纳区附近的马卡拉维纳海滩碎石子路上散步的家庭打电话报案,表示他们发现一具部分被分解的尸体,这具尸体身上没有发现可供辨识身份的物品。验尸结果显示，这个 41 岁名叫麦可・泰勒的男子死于头部重击，同时验尸官表示这些伤势是人为的——换句话说，这名男子是遭人杀害的。

几天后，科纳警方以二级谋杀罪名指控 28 岁的杰森・坎贝尔。二级谋杀罪的意思是，这起命案并非事先预谋。检察官以“格外凶狠”和残忍来形容这起命案，在夏威夷州法律中，这样的说辞意味着一旦嫌犯被宣判有罪，他将面临无期徒刑不得假释的判决。坎贝尔提出了无罪抗辩，并由警方羁押在案。

对于导致这起命案的原因，嫌犯向警方提供了几种不同的说词。一开始他说有许多人在打群架，后来根据法庭记录，坎贝尔又说他和泰勒因为毒品和金钱问题而动手打架，泰勒用他自己的手机打了一通电话，然后坎贝尔用一把扭力扳手敲打他的头部。一名警探在离遗体大约 322 米的地方发现了一把扭力扳手，在检查泰勒的通话记录后，发现他在 4 月 1 日——也就是他家人通报的失踪日期打了一通电话给“911”。在紧急报案中心录音带上，警方一开始以为的枪声，后来被证明是凶手用手机打击被害人头侧所发出的声音，其力道很大，连手机都被打成了碎片，被害人的颅骨也凹了一个洞。后来有关当局在离尸体有一段距离的地方，发现了粉碎的手机，坎贝尔把这个手机丢掉，企图隐藏证据。

在我 20 年的法医人类学者生涯中，这是我所遇见过的最凶残的案件之一，当然也是最令人不寒而栗的。科纳警局的警探韦恩・扬在 2003 年 4 月 25 日打了一通电话过来请求我的协助，扬表示他们发现了一具只穿着海滩裤的男性腐尸。从地上的一行血迹与颅骨碎片来判断，这具遗体似乎从死者受害地点被拖行了大约 50 英尺（约 15 米）的距离，之后被半掩藏于矮树丛中。这具遗体的伤势和高度分解的情况，皆使人难以辨识他的脸部特征。不过死者头发的质地和颜色显示其是一名白种人；性器官显示他是一名男性。经过指纹比对，死者身份确认为泰勒。死者头部的大量创伤以及左脸颊的一大块伤口，让警方以为他可能是被枪杀的。这也是毛伊岛及大岛的法医东尼·玛奴奇恩博士准备要验尸之前所以为的——在他看来似乎是一些枪伤。不过解剖开始后，他没有发现子弹，并且从创伤模式判定为钝物攻击，因此扬找我加入鉴定行列。

我和东尼·玛奴奇恩已经合作过好几个案件，也发展出了融洽的工作关系。我们都是疯狂60年代的幸存者；然而和我不一样的是，东尼到现在都还留有一头直达腰际的长发。尽管和绝大多数人心目中的法医病理学者比较起来，他看起来更像是一个摇滚歌手，但是他在解剖室所展现的技巧和态度，都将他多年的经验与一颗和善的心展露无遗，而且不只是对和他一起工作的同事，对他的工作对象也是如此。几天后，我们收到死者已经部分骨骼化的头部，接着我便开始用漂白水清除骨头上剩余的肉并重建颅骨。玛奴奇恩博士希望得知死者身上到底发生了什么事情——他的死因以及用来杀害他的凶器是什么。

我很快就告诉他，别再透露给我任何有关死者伤势的细节，或者他心中对于本案的想法。在一无所知或尽可能接近此条件的状况下进行鉴定，是确保不会得出带有偏见的结论的最好方法。我不想知道他们是否已经找到了凶器，是否已经有人认罪，或者其他的一切信息。我只想要在没有任何准则可循的情况下进行我的鉴定工作，然后再将我的发现和本案的其余线索互相比对。玛奴奇恩博士的基本要求是，希望我能鉴定出死者的脸部和头部曾经遭受过几次攻击，这些攻击的顺序，以及造成这些创伤的工具或武器的类型。用法律术语来说就是，他要求我解释伤势并且对死因提出见解。

从死者创伤的类型和程度来判断，我认为死因可能是多次枪击或是钝物攻击。但是在把颅骨拼凑回去之前，是没有办法断定的。在颅骨破碎的情况下，我无法看出创伤模式或者用来杀害这名男子的工具的类型。如果是因为枪击而造成颅骨碎成上百片的话，在重建颅骨之前，几乎不可能针对伤势说出什么。要鉴定创伤是否为枪击所造成，就必须先将颅骨重新拼凑起来，找到子弹进出时所形成的洞。唯有如此，才能看到弹孔上的斜角状边缘，以及围绕在弹孔四周的裂痕，否则它们只不过是一堆骨头的碎片。

用胶水和胶带将颅骨拼凑回原状后，我把它放在一个看起来像甜甜圈的柔软棉制圆环上，以防止它滚落到地上。将颅骨直接放在铺满发泡材质的桌面上，会伤到位于颅骨底部两根被称为茎突的纤细骨头——而损伤遗骸是每位法医人类学者最大的噩梦。法庭上的辩护律师可以将这种粗心大意变成争论的焦点，并质疑该人类学者的做证能力。这是你在所有犯罪影集中，可能永远都不会见到的剧情。这些影集里，每起犯罪事件都要在一个小时之内破案，而且还包括广告时间。

我尽可能温柔地拿着这颗颅骨，以确保我不会把已经黏妥的小碎片再压进去或弄断，那种状态就好像拿着一枚破掉又拼凑回去的空蛋壳。我不希望给一颗已经受损的颅骨再带来任何死后的伤害，确保我眼前所见的一切都是死亡原因而非我处理证物的方法所造成的，是很重要的一点。

一颗子弹从枪械中被发射出去后，会以极快的速度前进。当它击中骨头时，子弹很有可能会碎裂，骨头上往往会出现裂痕。在头部中弹的情况下，如果子弹没有碎裂的话，它很有可能会在穿透骨头的时候变形，压缩成一颗蘑菇的形状，并在子弹前方推出一个圆锥状的软组织，颅骨上的子弹入口通常会小于出口。当子弹离开颅骨时，它会在出口处的头皮那侧撞开一圈骨头，留下一个外侧比内侧宽的带有斜角状边缘的洞。这个斜角状边缘看起来就像一个倒立的金字塔，尖端指向子弹入口。和一根箭头一样，斜角状边缘是子弹出口的绝对证据。

枪击也有可能会在骨头上造成两种裂痕：辐射状裂痕与同心状裂痕。辐射状裂痕会先形成，接着才出现同心状裂痕。要想象子弹对颅骨所造成的裂痕，可以想象马车车轮的样子：轮轴心是子弹的出入口，轮辐是从伤口辐射延伸出去的裂痕。另外也有可能会出现同心状裂痕——将一条辐射状裂痕和相邻的另一条辐射状裂痕连接起来的半圆形裂痕，就像蜘蛛网一样。骨头的断裂特征介于铸铁和花岗岩之间，一颗点四五口径的子弹会以时速 565 英里（约 909 千米 / 小时）的速度飞离枪管。骨头上的裂痕则会以大约时速 3400 英里（约 5472 千米 / 小时）的速度形成，换句话说，裂痕的行进速度是子弹的 6 倍左右。因此，一颗从受害者头部右侧进入的子弹，有可能造成一条延伸到头部左侧的辐射状裂痕，其速度之快会使子弹从头部左侧已经存在的裂痕中钻出。这一点，无论子弹的口径大小或火药成分是怎样的都成立。

无论创伤是由子弹还是钝物所造成的，颅骨上的破裂模式，都能提供关于攻击顺序以及凶器类型的线索。其中一个用来判定钝物攻击或枪击顺序的因素就是，一条裂痕不会横跨过另一条已经存在的裂痕，它会在碰到一条已经存在的裂痕时停止继续断裂——用弹道学的术语来说就是终止。要复制人类颅骨上的裂痕而无须用到真正的颅骨的一个简单的方法就是，你可以用指关节或餐具敲打一颗水煮蛋。如果你用好几颗蛋测试几种不同工具的话，你可以看到上面的裂痕会因工具的不同而出现不同的模式，同时你也从中精确复制了颅骨上的创伤。

在经过好几天清理、干燥和重建颅骨的工作后，我开始鉴定在死者身上到底发生了什么事情。在我将颅骨用胶带和胶水拼凑回原状后，我拍了几张X光相片以寻找上面是否存在和子弹相关的线索，结果没有。我很自信地在鉴定报告上表示死者的头部并未中弹。下一步是为颅骨拍下各个角度的照片，然后用颜色鲜明而突出的红笔在骨骼图表上画出每一道裂痕。完成这项工作后，我就有了一张良好的创伤示意图，连最微小的裂痕和碎骨都一览无遗。

鼻腔周围的脆弱骨头是断裂的，但是邻近的额骨却没有，这意味着死者脸部曾遭到拳打脚踢或者被膝盖顶撞。在与任何攻击顺序无关的前提下，我称这一处脸部创伤为“攻击一”，然而颅骨上面的其他创伤看起来就没有使用拳头、膝盖或脚丫子的痕迹了。我拿起颅骨，以极慢的速度转动，发现从下颌骨到左眼窝之间，有好几处排成一条直线的创伤，我称之为“攻击二”。那里看着像是有个细长但沉重的东西击中了他的左脸。接着在观察下颌骨时，我发现死者的下巴右边遭受过一次向上的攻击，这是“攻击三”。这个部位的创伤看起来就像是一个拉长的圆形，反映了凶器的形状。在头部左侧（攻击四）和后脑勺（攻击五）也都有明显的创伤。事实上，后脑枕骨的裂痕明显呈现出一个由圆形包着方块的图案，后来证明这个图案与汽车扭力扳手用来转动螺栓的那一头的形状相吻合。

在早先的警方讯问中，嫌犯表示有一群男人突然袭击泰勒，接着又逃离了现场。坎贝尔声称，他到后来才发现放在他卡车上的扭力扳手不见了。这把扳手在坎贝尔向警方描述了藏匿地点的5天后在一处火山平原上被找到，上面的头发和血迹与泰勒的DNA吻合。

完成鉴定后，我很确定泰勒的脸部曾遭受拳打脚踢或者被膝盖顶撞，然后他的头部被人用一种细长且沉重到足以击碎骨头的工具，攻击了数次。当凶手向警方表示，他和泰勒起争执并且对他的头部攻击了5~6次后，这些结论全都得到了证实。坎贝尔还描述了他如何抓着泰勒的左腿把他拖到矮树丛中，在这一过程中，泰勒还活着并且直视着他。令人难以置信的是，坎贝尔说直到他被逮捕之前，都不知道泰勒已经死亡了。

虽然我已经准备好针对受害人的伤势在法庭上提出证词，但是后来我省下了这个麻烦。在面对诸多证据的情况下，坎贝尔在一次认罪求情协议中，将他的抗辩改成了“无异议”，好让检察官去除“格外凶狠”的犯罪等级。他在2004年3月被判处无期徒刑可以假释，但对泰勒的家人来说，整件事情却尚未结束。

在坎贝尔接受宣判的数天前，我接到了一通来自死者住在田纳西州的妹婿的电话。他询问我们何时能将颅骨寄还给他们，好让他们可以把它火化并且和去年已经在夏威夷希洛市火化的遗体的其他部分安葬在一起。我必须等到宣判结束之后，才能跟他们讨论遗体归还的事宜。在那之前，这颗颅骨都还算是证物；检察官必须等到本案完结之后才能将它归还。假如杰森对于认罪求情协议改变心意的话，我可能就必须在法庭上用到这颗颅骨。一旦坎贝尔接受宣判，我便打电话给泰勒住在田纳西州的妹妹贾尼丝·泰勒，讨论归还颅骨的事情。我建议我们把它送到当地的太平间火化，然后把骨灰和他的其他部分一起埋葬。经过了几通电话，我们便决定采用这个方法。2004年6月30日，一名法医处的人员前来带走了泰勒的颅骨，并将它送往希洛市去年已将他其余遗体火化了的同一个停尸间。

和贾尼丝结束通话之前，她问了我一些我没有准备好回答或者至少在我回答之前必须再三思量的问题。检察官因为认为她有可能必须在法庭上做证而刻意没有提供给她太多相关的细节。“他被打了几下？”她问道。“他的头颅破裂了吗？他的头上有个洞吗？你所谓的‘重建’颅骨是什么意思？”这些关于颅骨伤害的描述，对家属而言是有一些难以承受的。对于我们两个人来说，这个过程令人心碎而艰难，但无论如何都有其必要性。

虽然我曾服务于两家殡仪馆、参加过数百次葬礼以及处理过数百具遗体，但这并不会使向死者的妹妹描述这种可怕的事件的举动变得更轻松一点。我对于自己必须提到某些细节而感到难受，但是就像其他许多案例一样，那些关心死者的亲友想要知道一切。他们不希望只是因为自己可能会感到不舒服，就去逃避这样的感觉，或是让案情有所保留。泰勒的妹妹甚至听了她哥哥打给“911”的警方录音内容。无论那内容有多么可怕，真正去听听他到底说了些什么，总比一生都牵挂着要好。

贾尼丝在电话那头一边轻声啜泣，一边听着我诉说这一切。我表示自己对发生这样的事情感到非常遗憾，而我的家族中，没有人曾被杀害或者承受过类似的悲剧。我希望她能明白的一点是，她已经不是在和办理她哥哥案件的法医人类学者说话，而是在和一个无法给她的悲痛帮上什么忙的平凡人说话。

几个月后，我又和贾尼丝通了一次电话，并得知泰勒是一位喜爱冲浪的潜水高手。颇具讽刺意味的是，教他学会冲浪的人正是坎贝尔，而马卡拉维纳海滩是他们最喜爱的冲浪地点之一。泰勒在去世前一年造访夏威夷，并爱上了这个地方。他在 2002 年卖掉美国本土的房子后，搬到了夏威夷岛，并希望能开一间自己的潜水用品店。他死时正在夏威夷从事酒保的工作。

几个星期后，我收到了一封贾尼丝寄给我的电子邮件，表示愿意让我听听科纳警方交给她的紧急报案中心的录音带内容。我深深地吸了一口气，接受了她的提议。我处理过上千副骸骨，也看过像《COPS》[①]《美国头号通缉犯》和《犯罪现场调查》之类的节目。我以为自己已经目睹过也听

① 一部美国影集，内容为在警方外出巡逻或办案时跟随在他们身后拍摄，是一种纪录片形式的真人实境节目。

过类似的内容，但是这卷录音带将会证明我大错特错了。

几天后，我收到了一卷紧急报案中心的录音带，邮件中还附着一张手写卡片、一封在坎贝尔被宣判前贾尼丝读给法官的打字信以及两张照片—— 一张是泰勒在夏威夷度假的照片，另一张是他和其他 4 个兄弟姊妹在家中后院所拍摄的照片。

当天下班后，我将这些东西全都带回了家，然后在我们客厅的那台音响前面坐下。我将录音带放进卡匣中，然而令我十分讶异的是，我发现自己对于按下开始键犹豫不决。我坐在那里盯着音响，想象我即将听到的内容以及自己的反应。这是现实，而非电视黄金时段上伪造的现实。我必须强迫自己按下开始键，去聆听泰勒被一把扭力扳手殴打时求救的声音。我的手拿过他的骨头，我看过他的照片，我也听说过他是一位多么棒的哥哥。“我真的需要这么做吗？”我问自己。但是我知道，尽管自己感到惶惶不安，我还是必须去听。我抓起一张用来做笔记的纸，离音响更近了一些，然后按下了开始键。将录音带中的每个字都记录下来，是一件很困难的事情，但这就是我所听到的内容：

接案员：“哈啰？”

泰勒：“你好，有人正在追我。有人正在杀我。有人正在马路上追着我……停下来，杰森！”

“你人在哪里？”

“他想要杀我！”

“你人在哪里？”

“我的天……我的天啊！”

“你人在哪里？”

“我们在机场过来这边！”

“哪一座机场？”

“马路一直下来这边……我们在马卡拉维纳海滩……你正在做什么，兄弟？不！救命！”

“哈啰？”

“你正在做什么，兄弟？”

“哈啰？哈啰？哈啰？”

“停下来！不！杰森，不！救命！救命！救命！”

“先生，你必须告诉我你人在哪里，这样我才能帮助你。”

“你正在做什么，兄弟？为什么？为什么？为什么？”

（电话哔了几声，然后是一阵持续的哔哔声。）

这通电话前后不到90秒，我猜这时那部手机已经被砸个粉碎了。接下来的半小时，我不断重复播放录音带以试图抓住泰勒奋力从攻击者身边逃脱时所说的每一个字，但我始终没有听到坎贝尔的声音。里面有些令人反感的重击声，在我听起来，像是用球棒敲打树干的声音。

听过这卷录音带后，我可以告诉你，真人实境节目上所演出的暴行并不会带你更接近真实。当天晚上我惊醒了3次，泰勒的尖叫声在我耳边不断回响。

|致 谢|

我在此向比尔·巴斯博士、道格·奥兹里博士和史密森尼博物馆的道格·乌贝雷克博士、修·贝里曼博士和理查德·詹兹博士致以谢意，感谢他们在我还是田纳西大学的学生时给予了我鼓励、启发和指导。

我也要感谢田纳西大学的朋友与同事，他们是我“学术圈朋友”的基本成员。当我还是研究所新生时，与我共享实验室和办公室的史蒂夫·赛姆斯博士以及比尔·罗德里奎斯博士，总会让我参与系里承办的案件，并激发我在人体农场进行研究的兴趣。我还要感谢凯萝·李·巴斯对我的关爱，以及感谢科罗拉多州克莱柏斯一家，他们与我保持着友谊关系并一直支持着我，尽管我们之间的距离非常遥远。

其他曾经与我共事的人还包括艾莉卡·包伯尼亚克、穆里·马克斯博士、凯利·桑德尼斯－布鲁威尔海德、奎格·罗伦、劳威尔·莱文、O. C. 史密斯、M. 李·高夫、麦克·皮托史修斯基博士和威尔森·T. 苏利文三世博士。另外也要感谢檀香山市法医处人员，他们不但准许我研究他们的案件，还让我把他们写进书里。我要特别感谢夏威夷执法机关的工作人员；感谢让我参与部分案件的联邦调查局人员；感谢约翰逊城警局、芭芭拉·沃夫博士、佛罗里达州的潘尼拉斯郡警局、巴斯镇和萨米特郡的执法机关和法医、纽约州阿尔巴尼市警局、美军法医处的奎格·麦拉克博士、美国海军刑事调查处的夏威夷悬案组、澳洲海军调查处、夏威夷州司法部检察长；感谢雷·埃默里先生在亨布里案和其他案件上的贡献与研究；感谢欧胡岛民防局、纽约市警局、纵火调查员钱宁·罗伯森、华盛顿郡警局以及冲绳美军法医处。我诚挚地感谢所有执法人员与医学界人员，在解决本书提及的案件以及其他案件上所付出的不懈努力。

其他在本书各案件中扮演关键角色的人，还有区检察长杰瑞·艾斯提斯、刑事调查员戴洛·艾利、史蒂夫·浩斯里探员、麦克敏郡法医小威廉·佛瑞博士、田纳西州调查局与诺克斯郡警局的人员、田纳西州法医杰瑞·T. 弗朗西斯科博士、公园巡逻队助理队长杰瑞·霍布斯、公园巡逻队队员罗伯特·怀特曼、罗瑟琳·古德曼的姐姐雪莉·艾伦、布朗特郡法医处、C. 欧文·拉维乔依博士、伊丽莎白·摩尔博士、林·C. 史莱比法官、理查德·W. 蒙希探员、首席调查员乔·奥兰多；感谢资深调查员汤米·马汀和纽约州警局工作人员的支持，同时也感谢他们准许我使用坎道尔·法兰索瓦的照片；感谢美国国家海洋渔业署的约翰·诺顿博士；感谢比尔·史铎林在一封 20 世纪 80 年代的打字信中，提供给我们一颗名叫“奶油杯”的颅骨背后的历史。

我也要感谢美军全面考察联合特遣部队[①]、美军夏威夷中央鉴定实验室、美军战俘/战斗失踪人员联合核查司令部、石滩组[②]以及美国国防部战俘/失踪人员处等以上单位的所有工作人员。这群专家们冒着生命危险搜寻挖掘失踪的美军人员——“直到他们全都回到了家乡”。

虽然要在短短篇幅中一一感谢所有对我在中央鉴定实验室期间或在解决本书案件上有所贡献的人，是一件不可能的事情，但是有些人值得

① Joint Task Force–Full Accounting，一个专门搜索越战失踪军人的组织。

② Stony Beach，隶属于美国国防部情报局，以访谈方式调查越战失踪军人，负责协助美军战俘/战斗失踪人员联合核查司令部。

特别感谢。这些人有汤姆·荷兰博士、金·史奈德博士、吉米·史密德博士、布鲁斯·安德森博士、玛德琳·辛克斯博士以及小钱宁·E. 韦伯博士；分析师里克·哈斯顿、分析师罗伯特·梅维斯、分析师迪克·海特斯以及分析师 H. 索恩·海吉森。其他应该感谢的人还有设于马里兰州洛克维尔市的美军 DNA 鉴定实验室的科学家们，特别是布里昂·史密斯博士，以及弗吉尼亚州李堡[1]的工作人员。

我要特别感谢东南亚美国战俘及失踪人员家庭国家联盟，以及许多退伍军人组织和永远抱持着希望的家属们。

特别感谢泰尼斯·海克梅耶尔及其家人，他们让我们洞见了失去亲人所带来的不舍与悲痛。我也要感谢亨布里家族所提供的托马斯·亨布里的照片和生前故事。特别感谢本书人物的所有朋友及其家人。

我向所有对本书案件有所贡献而我却没有提及的人致以诚挚的歉意。生活在这颗美好星球的 50 多年来，我所累积的智慧已足以让我明白：我并非永远不会犯错，解决案件也绝非是一个人的独角戏。每起案件的成功破解，都是许多专家共同努力的结果。如果哪位人士在感谢名单上被遗漏了，或是破案贡献未被收录于本书中，本人在此也特别致谢（并欠你一杯酒）。

特别感谢米丽安·厄立克·威廉森，她是一位才华横溢的作家、好听众和文学上的好伙伴。

① Fort Lee，许多美国陆军单位总部的所在地。